세상에서 가장 아름다운 이별

노희경 대본집

세상에서 가장 아름다운 이별 2017+1996

초판 1쇄 인쇄 2018년 1월 3일
초판 1쇄 발행 2018년 1월 10일

지은이 | 노희경
펴낸이 | 金湞珉
펴낸곳 | 북로그컴퍼니
편집부 | 김옥자·서진영·김현영
책임편집 | 태유미
디자인 | 김승은·송지애
마케팅 | 이예지·김은비
경영기획 | 김형곤
주소 | 서울시 마포구 월드컵북로1길 60(서교동), 5층
전화 | 02-738-0214
팩스 | 02-738-1030
등록 | 제2010-000174호

ISBN 979-11-87292-88-3 03810

· 이 도서의 국립중앙도서관 출판예정도서목록(CIP)은 서지정보유통지원시스템 홈페이지(http://seoji.nl.go.kr)와 국가자료공동목록시스템(http://www.nl.go.kr/kolisnet)에서 이용하실 수 있습니다.(CIP제어번호: CIP2017034064)

세상에서 가장 아름다운 이별

2017+1996

노희경 대본집

북로그컴퍼니

세상에서 가장 아름다운 이별 2017

아무도 말해주지 않지만 분명히 존재하는 가족의 이야기

이십일 년 전, 〈세상에서 가장 아름다운 이별〉을 쓸 때, 작가는 내 어머니의 인생을 조명하고 싶은 욕구가 컸다. 그런데, 이번에 다시 이 작품을 선보이면서, 작가는 이 이야기가 이제 내 이야기구나 싶어, 먹먹해졌다.

인간의 삶이란 누구의 삶이라도 생로병사의 틀 안에서 반복되는, 별다를 것 없다는 진리를 넘어, 여전히 그 존재 자체로 숭고하다는 진리도 다시 만났다.

가족의 몰락이 사회 문제로 대두된 지 이미 오래다. 자극적인 소재를 찾아 갈등만을 강조하며, 뉴스가 드라마가 예능이 앞다투어 가족의 몰락을 부추기고 방관하고 조장하는 느낌을 지울 수가 없는 이 시대, 조용히, 담담히, 우리를 지켜준 우리의 존재를 확인시켜주는 가족 이야기를 하고 싶었다.

세상에서 가장 아름다운 이별 1996

살아생전에 못 다한 효도를 이제야 한다

누가 뭐래도 내 어머닌 내게 부처님이요, 예수님이요, 소크라테스에 세상 모든 성인과 현인들의 현신現身 그 자체셨다. 일자무식이어서 지식을 자랑할 일이 없으셨고, 수줍어 말을 못 해 수다를 일삼는 친구 하나 만들지 못하셨고, 세상의 영리한 이치를 알지 못해 재물 한 푼 남기지 않으셨지만 생각 있는 자라면 생각해보라!

동서고금을 막론하고 지식을 자랑하는 성인과 현인이 어디에 있었으며, 재물을 모은 성인과 현인 또한 어디에 있었는가! 그저 무식하니 누구에게나 머릴 숙이고, 수줍어 말 못 하니 드센 말로 사람들 가슴에 비수를 꽂지 않고, 세상의 재물을 모을 만큼 영리한 이치를 알지 못하니 없는 자를 업신여기지 않고, 늘 자식처럼 형제처럼 자신처럼 사람들을 안쓰럽게 여기셨다.

〈세상에서 가장 아름다운 이별〉은 이처럼 내게 성인이셨던 어머니께서 돌아가신 후 3년 만에 쓴 작품이자 어머니께 올린 글이기도 하다. 대본집《세상에서 가장 아름다운 이별》을 내며 나는 기쁘다. 작가 초년 시절, 순수하고도 뜨겁던 글에 대한 초심을 다시 만난 듯해서. 그리고, 여전히 열정적으로 사랑하는 어머니 이야기가 시대를 뛰어넘어 남겨질 수 있어서.

일러두기

1. 이 책의 편집은 노희경 작가의 드라마 대본 집필 형식을 최대한 따랐습니다.

2. 2017년 각색 대본과 1996년 원작 대본의 집필 형식에 차이가 있습니다. 시간의 흐름에 따라 대본 집필 형식이 달라진 걸 볼 수 있도록 각각의 형식을 통일시키지 않고 최대한 수정 없이 실었습니다.

3. 드라마 대사는 글말이 아닌 입말임을 감안하여, 한글맞춤법과 다른 부분이라 해도 그 표현을 살렸습니다.

4. 말줄임표는 두 개, 세 개, 네 개 등으로 다양하게 표현되어 있습니다. 이는 대사 시 호흡의 양을 다양하게 표현하고자 한 작가의 의도를 반영한 결과입니다.

5. 쉼표, 느낌표, 마침표 등과 같은 구두점도 작가의 의도를 따랐습니다.

차례

인희 • 2017 원미경, 1996 나문희

일밖에 모르는 무뚝뚝한 남편 정철의 아내로, 나이가 꽉 찬 딸내미와 대학 합격을 기다리는 삼수생 아들을 둔 엄마이자, 가끔 헛소리도 하고 기저귀 신세를 지는 치매 걸린 시어머니를 모시고 사는 며느리로, 이 시대의 평범한 엄마이다.

풍족하게 키우진 못했지만 그래도 부족함 없이 사랑을 주며 남매를 키워냈고, 미우니 고우니 해도 평생 가장 많은 시간을 함께 보낸 시어머니의 치매도 자신의 몫으로 여기며 마지막 가시는 길까지 잘 배웅하겠다는 마음이다. 큰애 출산할 때도 곁에 없었던 일밖에 모르는 남편이지만 표현을 잘 할 줄 몰라 그렇지, 따뜻한 마음의 남자라는 걸 안다.

이렇게 오손도손 때로는 아옹다옹하며 아내이자 며느리이자 엄마로 살아온 세월이 30년이 훌쩍 넘었다. 1년 뒤 남편이 정년퇴직하면 가평의 새집에서 부부가 느긋하게 노후를 보내는 것, 양지바른 그 집에서 시어머니를 편안히 모시는 것. 이것이 엄마가 갖고 있는 작은 바람이었고 곧 그럴 수 있을 것 같아 설렘에 부풀어 있었다.

한동안 소변보는 것이 계속 불편해 병원에 가서 진료를 받았더니, 난소암이란다. 요즘 같은 세월에 그깟 난소암 따위 무슨 걱정이랴 했다. 그런데...

정철 • 2017 유동근, 1996 주현

어릴 적부터 열등감으로 작용했던 아비의 부재, 그것은 곧 어머니를 향한, 세상을 향한 고약한 부담감으로 그를 억눌러왔다. 그래서 자신이 처한 비루한 환경에서 벗어나고자 발버둥치녀 살아왔다. 자식들 키우는 것도, 치매 걸린 어머니를 모시는 것도 모두 아내인 인희의 몫으로 둔 채 말이다.

아내가 병원 얘기만 꺼내면 칠색 팔색을 하였고, 하여, 명색이 의사 마누라지만 아내는 몸이 아파도 좀처럼 표현을 하지 않았다. 그렇게 자신이 모른 척하고 외면했던 아내가 난소암이란다. 의사이면서도 아무것도 해준 것이 없는, 또 아무것도 해줄 수 없는 자신에 대한 무력감이 밀려들기만 하는데...

할머니 • 2017 김영옥, 1996 김영옥

젊어서 남편 잃고 세상의 모진 풍상을 혼자 맞아가며 외아들 정철을 키워내느라 몸고생 마음고생이 많았던 어머니. 처지가 그렇다 보니 남들 눈엔 지독하고 괴팍한 성격으로 비쳤을지 모르나, 그래도 자식들한테만큼은 온갖 정성을 다 바친 그 시절의 어머니였다.

미울 땐 여우 같은 며느리랑은 살아도 곰 같은 며느리랑은 못 산다며 수시로 며느리를 구박하던 시어머니였지만, 그래도 더러 며느리 좋아하는 호두과자 같은 걸 빈방에 들여 놓아준 적도 있었고, 그 심란한 세월 다 보내고 같이 늙어가면서 미운 정 고운 정 담뿍 든 고부 사이이며, 때때로 아옹다옹하면서도 여느 모녀지간 부럽지 않게 깊은 속정을 나누는 그 별난 관계였다.

허나, 고되게 살아온 세월의 후유증이었을까? 지금은 치매에 걸려 때로는 사람도 못 알아보고 정신이 왔다 갔다 하며 며느리에 의지하며 살고 있다.

헌데, 그 며느리가 아프단다.

연수 • 2017 최지우, 1996 이민영

인희와 정철의 큰딸. 수려한 외모에 공부도 잘해서 좋은 대학을 나왔고, 결혼보다 자기 일에 대한 열정이 더 크다. 성격 또한 좋아서 주변 사람들에게 호감도가 높은 잘나가는 백화점 VMD이다.

아버지와 할머니에게 맹목적으로 헌신하는 엄마가 같은 여자로서 때로는 부끄러웠다. 엄마처럼 살지는 않겠다고 마음먹기도 하였었다. 하지만, 엄마의 손길 하나하나와 그 맹목적인 희생이 가족의 버팀목이라는 걸 깨닫게 된 순간, 이제 엄마와 작별인사를 해야 할 시간이 왔다는 걸 알게 되었다.

된장찌개를 끓이고 있는 엄마의 뒷모습만으로도 집 안 공기가 이렇듯 따뜻할 수 있다는 걸 예전엔 왜 몰랐을까?

정수 • 2017 최민호, 1996 이종수

인희와 정철의 막내아들로, 어리광 부리며 엄마의 사랑을 독차지하며 자랐다. 은연중에 의대 진학을 하기 바라는 아버지 때문에 삼수까지 하고 있다. 무뚝뚝한 아버지가 마냥 어렵고 불편하기만 했다.

그래서 엄마에게 항상 투정과 짜증을 부렸다. 엄마는 한없이 받아주었고 따뜻하게 보듬어주었나. 그렇게 바다 같은 품으로 품어주고 넘치도록 사랑을 주었던 엄마가 말기암이란다. 지금껏 한없이 받기만 했던 사랑을 엄마에게 돌려줄 시간이 없다는 걸 깨닫게 되는데...

근덕 • 2017 유재명, 1996 맹상훈

경마에 인생을 바친 경마광. 택시 운전이라는 본업은 하는 둥 마는 둥 하며, 누나인 인희와 부인인 양순에게서 돈 뜯어가기 바쁘다. 부모님이 돌아가신 후 인희가 업어 키운, 그녀의 아픈 손가락. 인희가 가족들 몰래 들어놓은 생명보험증서를 보고서야 인희가 자신에게 준 사랑이 얼마나 큰지 깨달았지만 이미 때는 늦었다.

양순 • 2017 염혜란, 1996 박순천

'서방인지 웬수인지 모를' 노름꾼 남편 근덕을 만나 고생하지만 착실히 장사하며 씩씩하게 산다. 당차고 긍정적이지만 남편의 바람은 절대 용서 못 한다. 시누이인 인희의 도움을 가슴 깊이 감사해하고, 그녀 곁에서 묵묵하게 병간호를 하며 인희가 가는 길에 힘이 되고자 한다.

그 외 인물들

이인철 • 2017 이희준, 1996 정준호

연수의 직장 동료이자 대학 선배다. 연수가 유부남인 영석과의 사랑에서 다칠까 봐 늘 걱정이다.

차영석 • 2017 김태우, 1996 김응석

연수의 애인이자 직장 거래처 대표다. 우유부단해서 연수와 부인 사이에서 자꾸만 헤맨다.

정 박사 • 2017 맹상훈, 1996 송재호

대학병원 외과 전문의로, 정철과 대학 동기다. 정철의 부탁으로 인희의 수술을 맡는다.

윤 박사 • 2017 길해연, 1996 김동주

정철과 같은 병원에서 일하는 산부인과 전문의로, 정철의 후배다. 따뜻하고 배려심이 깊다.

S# 신. 장면(Scene)이라는 의미. 같은 장소, 같은 시간 내에서 이루어지는 일련의 행동이나 대사가 한 신을 구성한다. (S# 뒤에 장면 번호를 적어 표기한다.)

E 이펙트(Effect). 대사와 음악을 제외한 효과음을 뜻하며, 보통 등장인물은 보이지 않고 소리만 나는 경우에 사용한다.

O. L. 오버랩(Overlap). 현재의 화면이 사라지면서 뒤의 화면으로 바뀌는 기법이다. 대사에서 O. L은 앞 사람의 말을 끊고 틈 없이 말을 할 때 쓰인다.

몽타주 따로따로 편집된 장면들을 짧게 끊어서 붙인 화면을 말한다.

인서트 화면의 특정 동작이나 상황을 강조하기 위해 삽입한 화면. 인서트 화면이 없어도 장면을 이해하는 데에는 별다른 지장이 없으나 인서트를 삽입함으로써 상황이 명확해지는 한편 스토리가 강조된다. 인서트 화면으로는 대개 클로즈업(Close-up)을 사용한다.

점프컷 연속성이 없는 두 장면을 붙이는 편집 방식이다.

F. I. 페이드인(Fade-In)을 의미한다. 어두웠던 화면이 점차 밝아지는 상태를 말한다.

풀 샷 배우의 전신을 카메라 앵글에 담는 촬영 방법이다.

스톱모션 한 프레임씩 변화를 주면서 촬영한 후 이 이미지들을 연속적으로 영사하여 움직임을 만들어내는 기법. 특정 시간과 인물을 강조하거나 극적인 충격 효과를 주게 된다.

애드립 배우가 연기 도중에 말하는 즉흥적인 대사. 라틴어 'Ad libitum'에서 나온 말로, '하고 싶은 대로', '자유롭게'라는 뜻이다.

세상에서 가장 아름다운 이별 2017

제1부

1. 병원 로비, 낮.

정철, 가방을 들고 퇴근하는, 단정해도 조금은 초라한 모습이다. 지나가던 젊은 의사들이나 간호사, 정철에게 '퇴근하세요?' 하며 인사하고, 정철, 보는 둥 마는 둥 대충 '어어' 인사하고, 조금 바쁜 걸음으로 가는, 그때, 전화 오고, 받으며, 걸어가는, 무표정한, 약속이 있는지, 갈 길만 가며,

정 철　(아무렇지 않게, 담담히) 어.

인 희　(서운하고, 화난, E) 그래서, 당신은 진짜 안 온다고!

정 철　(갈 길만 가며) 어.

2. 도로 + 연수의 차 안, 낮.

인희, 외출복 차림으로 도롯가에 서서,

인 희　(어이없어, 남편 말투 따라 하며) 어? 이? (서운하고, 속상한) 그게 말이니, 방귀니? 내 엄마야? 어떻게 자기 엄마 일을.. 남 일처럼 말하고 그래? 어가 뭐야?

그때, 연수의 차 와, 도로에 서고,

연 수　(차 창문 열고, 답답하지만, 참고) 엄마, 타.

인 희　(연수 보고, 안 웃고, 차 타며, 안전벨트 하며, 전화에만 집중하는, 서운한, 답답한, 너무 큰 소리는 아닌) 어머니가 노친네라도 덩치가 산만 한데, 어떻게 모시고 와? 나랑 연수랑 꼬챙이 같은 여자 둘이서.. 그 먼 데서 집까지.. (운전해 가는 연수 보며, 많이 서운한, 좀 큰 소리) 넌 왜 이렇게 늦었어? 엄마 한데서 얼어 죽일래?

연 수　(운전하며, 인희 안 보고, 어이없는, 담담히) 내가 놀다 와? 일하다 오지? (답답한, 인희 보며, 친구한테 하듯 편하게) 문자 넣었잖아, 카페 있으라고?

인 희　(쌩하고 창가 보며, 외면하고, 전화하는, 답답한) 어머니, 엊그제도 요양원에서, 집에 간다고 길길이, 난리 피셨다는데, 오다 차 안에서 그러면, 어떡할라 그래?

연 수　(이 상황이 답답한, 우회전 혹은 좌회전하는)

3.　건널목 + 선술집 안, 낮.

정철, 건널목 건너, 작은 선술집 쪽으로 가면서, 친구들 세 명이 모여 술 먹는 걸 보고, 친구들(친구1, 2, 3, 또래 동기)과 눈 마주치고, 걸어가며 전화하는,

정 철　(담담히) 요양원 쪽에 전화해 말해놨어, 진정제 좀 많이 놔드리라고... 오는 길에 별일 없을 거야. (하고, 전화 끊고, 걸어와 선술집 안으로 들어서며, 작게 웃으며, 반가운 듯) 이런 이런 미안, 미안, 내가 늦었다, 늦었어.

친구1　(웃으며, 반가운, 손 내밀며) 부탁하는 놈이, 젤 늦는 게 말이 되냐?

정 철　(악수하며, 웃음 띤) 그러게 말이다. 점심 끝나고, 복막염 수술이 있어서.. 야, 넌 안 늙었다? (히며, 친구2와 악수하고) 혈색 좋다.

친구3　당뇨가 혈색 좋아 봤자지, 야, 난, (시계 보며) 곧 가야 돼, 버스 시간 놓쳐. 니 이력서나 내놔.

정 철　(서둘러, 가방 뒤지며) 뭘 이렇게 빨리 가?

친구3　점심부터 있었어, 애들이랑.. 너두 지방 살아봐라, 차 시간이 젤 무섭지. (하

며, 정철이 뒤져서 찾은 이력서를 서너 장 보고, 주머니에 넣으며) 근데 너무 기대는 말아라, 여기저기 아는 병원에 넣어보기는 하겠지만,

친구2 (말꼬리 자르며, 정철이 안쓰러운) 지방 병원도 의사가 넘쳐나. (정철에게, 술 따라주며) 연봉 깎고, 그냥 다니는 병원에 있지..

친구1 (친구2 보며, 답답한) 너두 참.. 정철이 얘가 연봉 싸움 할 놈이냐? 연봉 깎는다고 해도 우리처럼 받아주질 않으니까,

정 철 (불편한, 초라해지는, 술 마시고, 친구3 보며, 다른 친구들에게 술 따라주며, 편하게, 담담히, 말꼬리 자르며) 굳이 뭐 대학병원, 준종합병원 아니어도 돼. 작은 수술이라도 가능한 읍 단위, 병원이면,

모두 술을 들고, 잔 부딪히고, 마시고,

친구1 (편하게) 읍 단위도 산부인과 쪽 아니면, 자리 없을걸, 나도 이번에 면 단위에 신청했다야. 예전에 의사 귀할 때 말이지, 지금은 여기도 저기도 자리 없어, 난리야.

정 철 (상황을 몰랐다, 이해되는, 답답한) 아.. 그래..

친구3 (답답한) 야야, 답답한 소리 그만하고, 술이나 마셔.

정 철 (잔이 빈 친구들에게 술 따라주며, 맘이 어둡다, 애써 편하게) 그래도 간만에 니들 보니까, 좋다야.

4. 국도변, 밤.

달리는 연수의 차, 보이는,

인 희 (어이없는, 서글픈 웃음 띤 듯, 담담히, E) 아이고, 저럴 때 보면, 순한 애다, 니 할머니..

5. 연수의 차 안, 밤.

연수, 담담히 차 몰아 가고 있고,
인희, 할머니, 뒷좌석에 앉은, 할머니, 인희의 어깨에 입을 벌리고 기대 침을 흘리며 초췌하게 자고 있는, 인희, 그런 할머니를 안쓰럽고 서글픈 웃음 슬몃 짓고 보며, 가방에서 수건 꺼내, 할머니 입가 닦아주며, 담담히 말하는,

인 희　평생을 으릉으릉대던 양반이, 약에 취해, 입가에 침 흘리는 것도 모르고.. 애처럼 자네.. (고개 돌려 창가 보며, 집에 모시고 가, 어떨까 싶다, 막막한, 할머니나 제 처지나, 서글픈)

연 수　(백미러로, 오는 차 살피며, 운전만 하며, 담담히) 엄마, 이건 아냐. 할머니 치매 걸리고 3년 동안, 가족들 전부 얼마나 힘들었는데 다시 6개월도 안 돼서, 집으로.. 엄마, 그냥 오늘은.. 할머니 휴가 나온 거라 치고, 할머니, 다시 요양원으로 모시자, 어? 내가 좋은 요양원 알아볼게.

인 희　(창가 보며, 서글퍼도, 일상적으로 덤덤히) 좋은 요양원? 어디? 니 아버지 말대로 약 많이 주는 데? (연수 보며) 모셔봐야 이제 뭐 얼마나 모셔. (창가 보며, 담담히) 정신만 들면, 전화해 우는 거, 달래는 것도 힘들고... 놔둬, 그냥. (할머니 머리에 검불이 붙은 것 떼어내며, 작게, 구시렁대듯, 서글픈) 우리 사이.. 정도 있고, 그쵸, 어머니?

연 수　(답답한, 잠시, 운전하다, 룸미러로 인희 보며) 설마, 삼촌이랑 고모가 모셔 오쟀어? 자기들한테 할머니가 전화하니까, 귀찮아서?

인 희　(말해 뭐하나 싶다, 창가만 보는) ...

연 수　(답답한, 운전해 가며) 나, 집 나갈려고 방 얻는데.. 나 나가면, 엄마 혼자,

인 희　(조금 서운한, 큰 소리는 아니다) 니가 뭐 언제 도왔냐?

연 수　(혼잣말, 작게 구시렁대며, 운전만 하며) 말을 해도....

인 희　(창가 보다, 반가운) 어머, 눈이다! 연수야, 눈 와?

연 수　(운전하다 창 보며, 굳었던 맘이 풀어지듯, 조금 밝게) 어머.. 그러네..

인 희　(차창 열고, 손 내밀고) 올 첫눈은 진짜 빠르네.. 은행도 안 떨어졌는데.. 아이고, 이뻐라..... (할머니 깨우는) 어머니, 어머니 좋아하는 눈 와, 눈.

할머니　(졸린 듯 멍하게 눈 작게 뜨고)

인 희　(할머니 손잡아, 차창 밖으로 내밀고, 애 달래듯, 작게 웃음 띠고) 눈 오지, 눈? 어머니 집에 간다고? 어서 오시라고? 반갑다고?

연 수　(룸미러로 인희 보는데, 귀여운 건가, 속이 없는 건가 싶은 생각이 드는, 작게

웃음 짓고, 이쁘게 보며, 음악 틀고) ..

인 희　(할머니를 안고, 할머니 손잡아, 눈을 맞게 해주며, 눈을 이쁘고 황홀한 듯 보며, 편안한) .. 정말 눈이 곱다.. (하고, 할머니 귀에 대고, 아주 작게 자장가처럼 노래 부르며, 눈은 창가의 눈 보는) 펄펄 눈이 옵니다. 하늘에서.. 눈이 옵니다. 하늘나라 선녀님들이.. 송이송이 하얀 송이.. 자꾸자꾸 뿌려줍니다...

그런 인희의 밝고, 따뜻한 얼굴에서 F. I.

자막 : 세상에서 가장 아름다운 이별 1부

6.　인희의 집, 오래되고 아담한 2층 양옥집 전경, 아침.

그 앞을 분주히 지나가는 출근하는 사람들 보이고,

할머니　(E, 억울하고, 속상한, 큰소리로) 밥 안 줘, 이년! 날 아주 굶겨 죽여라, 이년, 이 빌어먹을 년!

7.　인희의 집, 화장실, 아침.

인희, 변기에 앉아 있는, 아랫배가 아픈지 소변보는 모습이 무척이나 힘들어 보이는,

인 희　(아픈 걸 간신히 참고, 소리치는) 곧 나간다니까! (아랫배가 아픈지 얼굴을 찡그리고, 킁 하고 신음 소리를 내고, 휴지를 풀어 밑을 닦으며, 혼잣말) 가요, 가! 오줌도 맘 편히 못 눈다, 내가.

일어서며, 물 내리고, 서둘러, 나가는,

8. 인희의 주방 + 거실, 아침.

할머니, 거실 소파 밑에 목에 턱받이를 하고 앉았고, 인희, 화장실에서 바쁘게 나와 주방으로 가는데,

할머니 (자신을 안 챙기는 게 억울한 듯, 인희를 눈으로 쫓으며) 밥 줘!

정철, 밥을 다 먹고, 주방에서 물 마시고, 화장실로 가는, 인희, 가는 정철을 힐끗 보며, 주방으로 가, 그릇에 국자로 죽 퍼 담는,

할머니 (인희만 보며) 밥 줘! 밥!

인 희 (죽 담으며, 답답한) 알았어요! 줘요, 줘! (하고, 작은 앉은뱅이 소반에, 반찬과 죽 그릇, 수저 놓으며) 좀만 기다려. 그걸 못 참고, 사람을 달달 볶고... (하고, 소반 들고, 거실로 가, 할머니 앞에 놓고, 쪼그려 앉아, 숟가락을 할머니 손에 쥐여주고) 잡어.

할머니 (숟가락 잡는)

인 희 (손동작하며) 죽 휘휘 저어봐.

할머니 (죽을 휘휘 젓는)

인 희 (기특한 웃음 띤) 이제 드셔봐?

할머니 (먹는)

인 희 (기특한 듯, 웃으며) 잘하네. 그렇게.. 먹을 때마다, 휘휘 저어. (하고, 2층으로 오르며) 연수야, 정수야! 뭐해, 안 내려오고?

할머니 (죽 먹으며 인희가 어디 가나 싶어, 먹으면서도, 연신, 눈으로 쫓는)

9. 정수의 방 안, 아침.

정수, 술에 취해 잔 듯, 외출복 차림으로 바닥에서 자고 있는,
인희, '정수야! 정수야' 하며, 들어서다, 냄새나, 바닥 보면, 정수가 술 먹고 토해놓은 토사물을 밟은, 답답하고 황당한, 양말 벗어 닦다가, 정수 등짝을 때리며,

인 희　아주 술독에 빠졌네, 빠졌어!

정 수　(아픈지, 뒤척이며, 침대 밑으로 고개 처박는)

인 희　(애타는, 답답한) 왜 이럴까, 얘가 진짜.. 매일 술이고.. (하고, 일어나, 커튼 치고, 창문 열며) 너 여자한테 채였어? 아님 엄마가 모르는 뭐 괴로운 일 있어? 말해봐? 왜 맬 술이고, 담배야? 아주 방에서 쩐내가 나서 못 살겠어? 어, 정수야? (하고, 정수 보면)

정 수　(아랑곳없이, 자는)

연수의 방문이 열리고 닫히는 소리가 나는,

인 희　(걱정되지만, 포기하자 싶은, 나가며) 연수야, 밥 먹고 출근해!

10.　주방 + 거실, 아침.

연수, 냉장고 문 열고, 우유 따라 마시는,
인희, 얼른 2층에서 내려와, 국 푸는,
할머니, 죽 먹으며, 인희만 눈으로 쫓는,

인 희　(국 푸며, 연수에게) 왜 우유야? 밥 한 숟갈만 뜨고, 가.

연 수　바빠.

인 희　(국 푸다, 안 먹겠다 싶어, 다시 국솥에 붓고, 눈치 보며) 오늘 나 니네 백화점 가는데, 너 볼 수 있어?

연 수　(우유 다 마시고, 담담히) 아니. 바빠. (하고, 우유잔 놓고, 나가는)

그때, 화장실에서 정철, 나와서 안방으로 들어가는,

연 수　(현관 나가며, 안방 쪽에 대고) 아빠, 서 나가요, 시동 걸어놀게, 나오세요. (하고, 나가는)

인 희　(나가는 연수 보며, 서운한, 구시렁) 기집애.. 진짜.. (하고, 할머니 보면)

할머니 (수저만 들고, 안 먹고, 인희가 자길 안 챙기는 게, 서운해 째려보는)

인 희 (할머니에게 친구처럼, 툭툭) 째려보면 뭐? 어쩌라고? (하고, 안방으로 가는)

할머니 (인희의 동선을 눈으로 쫓으며, 서운한, 너무 슬퍼, 울 지경이다, 죽을 숟가락으로 휘휘 젓다, 죽 그릇에 침을 캭 뱉는)

11. 안방, 아침.

정철, 출근 준비를 다 하고 거울을 보고 있는, 그때, 인희, 문을 열고 들어서서 옷장에서 손수건을 꺼내 정철에게 주며 눈치를 살피는,

인 희 오늘 수술 있어?

정철, 손수건을 받아 챙기고, 말없이 머리를 한 번 더 만지고 나가려 하면, 인희, 정철의 넥타이를 한 번 더 만져주며,

인 희 없어?

정 철 (왜 그러나 싶어, 보는) ?

인 희 나 오늘 고교 동창 계모임인데, 일 보구 당신하구 같이 들어오면 어떨까 싶은데..

정 철 (보며, 이상한, 덤덤히) 계?

인 희 (답답한) 여행계, 죽기 전에 여자들끼리 여행 한번 가볼 거라고, 5년 전부터 이십만 원씩 공동적금 붓잖아, 말했잖아. 이번엔 베트남 다낭인지 어딘지 간다는데.. 또 못 가게 생겼네. 나, 걔들 보고, 오후에 당신한테,

정 철 (무뚝뚝하게, 덤덤히) 뭐하러?

인 희 오줌소태가 영 안 나. 아래가 이상한지, 팬티에 뭐가 묻는 것도 같고.. 병원 가서, 윤 박사한테 신찰 한번 받아보게..

정 철 (말꼬리 자르며) 다른 병원 가.

인 희 (서운한, 조금 투덜대듯) 다른 병원 어디? 남자 의사들한테 다리 벌리기 싫어. 윤 박사가 편하지..

그때, 연수, 밖에서 소리치는,

연 수 (E) 아빠, 늦어요!

정 철 (대답 않고 문 열고 나가며) 그런 건 동네 병원도 잘 봐. 뭐한다구 우리 병원까지 와.

인 희 (눈치 보며 따라 나가며) 동네 병원서, 가보라잖아, 큰 병원...

12. 거실, 아침.

인희, 정철, 안방에서 나오는데, 할머니, 그새를 못 참고 화가 더욱 나 몸을 바들바들 떨며, 눈으로 계속 인희를 쫓고, 인희와 정철, 할머니를 의식하지 못하고 현관으로 가는, 정철, 신발장에서 구두를 꺼내면, 인희, 구둣주걱을 내주고, 정철, 그걸 받아 구두를 신는,

인 희 (눈치 보며, 웃음 짓고, 친구 대하듯) 나, 병원 간다, 어?

정철, 대꾸 않고 구두를 신고 그냥 마당으로 나가는,

인 희 (거실 유리창으로 와서는 마당을 나가는 정철 보며) 입에 꿀을 발랐나, 사람이 묻는데 왜 말을 안 해.

그때, 할머니, 더는 못 참고 일어나 인희 뒤쪽으로 와 갑자기 머리채를 잡아 끌며,

할머니 나 왜 밥 안 주냐, 이년! 이 시애미를 개똥 덩어리만도 못하게 여기는 년, 이 못된 년.

인 희 (머리 잡은 할머니 손목을 잡고는, 나무라듯 말하지만 심하게 화가 난 건 아닌) 아아아아.. 머리 머리... 노친네 기운도 좋지.. 좀 놔요! 없는 머리 다 뜯기네!

할머니 (계속 머리채를 잡고) 지들만 먹고, 난 왜 밥 안 줘? 이년!

*점프컷 》
유리창 밖의 정철, 그 소리 들으면서도, 반응하지 않고, 그냥 마당을 가로질러 밖으로 나가는,

인 희 (정철을 못 보고, 밉지 않은 큰 소리) 아.. 아퍼, 어머니 이거 놔봐!

13. 거실, 낮.

할머니, 투명 상자(그 안에는 색색의 공들이 가득하다)를 안고 소파에 앉아 그 안의 것들을 유심히 보고 있는, 그 모양이 꼭 아이 같다, 인희, 주방에서 설거지를 하고, 할머니, 상자 안에서 빨간 공을 들어 인희에게 보여주며,

인 희 (설거지를 하다, 공 보고, 애한테 하듯) 아우, 잘했네. (다시 일하며) 흰 공.

할머니, 칭찬에 덤덤한, 다시 공 상자를 보는, 그런데 이번에는 흰 공이 뭔지 모르겠다는 표정이다, 덤덤히 인희 보고, 인희는 일을 하느라 정신없고, 할머니, 도움받기를 포기하고 노란 공을 들었다 내려놓고, 다시 흰 공을 들었다 내려놓는, 그러다 다시 흰 공을 들고 가만 보다, 인희 보면, 인희, 일하느라 여념 없는, 인희의 그 얼굴 위로 할머니 목소리 들리는,

할머니 이거.

인희, 그 소리에 일하다 할머니 쪽을 보는데, 할머니, 노란 공을 들고 있는,

인 희 (아무렇지 않게, 일하며) 그건 노란 공.
할머니 (상자에서 파란 공을 들고) 이거!
인 희 (여전히 일만 하며) 그건 파랑 공. 내가 집으라고 한 건 흰 공.
할머니 (빨간 공 집어, 보여주며) 이거, 흰 공.
인 희 (일만 하며, 일상적으로) 아니, 그건 빨강.
할머니 (화나, 공을 던지고) 안 해.

인 희　(살짝 답답한) 왜 또, 하다 안 해?

할머니　나가.

인 희　어딜 나가, 설거지 하는데, 싫어. 안 나가. 공부나 해.

할머니　(화나, 공 상자를 엎어버리며, 울듯이) 나가! 나가자! 엄마, 나가!

인 희　(손은 일하고, 눈으로 보며) 또, 또, 또 떼지기 시작한다, 그리고 내가 왜 엄마냐? 며느리지? 안 나가! 그거 주워 담어, 그럼 데고 나갈게.

14.　마당, 낮.

인희, 할머니를 휠체어에 태우고, 좁은 마당을 왔다 갔다 하는, 할머니, 까무룩 자는, 인희, 노래를 흥얼거리며, 할머니 보고, 휠체어 놓고, 장독대로 가, 장독을 열어, 간장 찍어 먹어보고, 장독의 뚜껑을 다 열어 빛을 쬐게 해주고, 옆에 걸레를 들어, 노래(조용필, '그 겨울의 찻집' 같은)를 부르며 단지를 닦는,

그때, 대문 열리는 소리 나고, 인희, 대문 쪽 보며, 입에 손가락을 대고, '쉿' 하는, 간병인, 들어서며, 인희처럼 입에 손대고, '쉿!' 하는,

***점프컷 》**

할머니　(자다 깬) 누가 왔어?

인 희　(얼른 휠체어 쪽으로 와서, 도우미 안 보이게 돌리고, 걸으며) 오긴, 누가 와?

할머니　(자는)

인 희　(할머니 자는 것 확인하고, 간병인에게 턱으로 안으로 들어가라고 하는)

간병인　(조심히 안으로 몰래, 들어가는)

인 희　(노래 흥얼거리며, 할머니를 재우는)

15.　집 대문 앞, 낮.

카메라, 위에서 보면, 인희, 외출복 차림으로 서둘러 현관을 나와 마당을 지

나 대문을 여는,

할머니 (E, 울며, 악을 쓰며) 어디 가냐, 어디? 나 두구 어디 가냐, 이년! 정철아, 정철아!

간병인 (E) 할머니, 저 있잖아요. 며느님 좀 있으면 오실 거야. 약 드시자, 약.

할머니 (E, 울며) 나도 데려가, 인희.. 아줌마.. 나도 데려가!

인희, 대문을 나와 얼른 문 닫고, '휴' 하고 한숨 쉬고는 서둘러, 대로로 나가는,

16. 병원 식당, 낮.

사람들, 여럿이 밥을 먹는, 정철, 식판에 밥을 받아서, 혼자 한쪽에 가서 앉는, 한쪽에서 윤 박사와 병원장과 여러 레지던트들이 밥 먹는,

윤 박사 (밥 먹다, 정철을 보고) 선배 이리 와.

정 철 (윤 박사 보고) 됐어. (하고, 밥을 먹는)

윤 박사 (식판 들고 일어나 가려 하면)

병원장 (정철이 맘에 안 드는) 뭐해요, 윤 교수님?

윤 박사 (웃으며) 뭐하긴요, 자리 옮기지. (하고, 정철 앞으로 가서, 앉아, 밥 먹는)

정 철 (밥 먹으며, 덤덤히) 그러다, 너도 병원장 놈한테 밉보여.

윤 박사 (편하게, 밥만 먹으며) 밉보라 그래. (하고, 밥 먹으며, 편하게) 호종 선배한테 자리 부탁한 거 연락 왔어? 이번 달, 계약 종료잖아, 그 전에 알아본대?

17. 버스 정류장 + 백화점 정문 앞, 낮.

인희, 버스에서 내려 바쁘게 백화점 안으로 들어가려다 진열대에 눈이 가는, 연수가 했구나 싶어 대견하게 보고 웃고는 다시 서둘러 백화점 안으로 들어가는,

18. 연수의 사무실 안, 낮.

연수, 사무실로 들어와서, 제자리에 앉아, 도면을 펼쳐놓고, 컴퓨터를 켜면, 백화점 디피가 시뮬레이션으로 보이는, 그때, 영석, 연수의 옆으로 와서, 앉으며,

영 석 (편하게, 따뜻하게) 일 잘돼?
연 수 (영석 보고, 서운하지만, 참고, 짐짓 담담히, 컴과 도면을 비교해가며, 확인하며) 우리 쪽에 올 일 있어?
영 석 니네 캡틴이, 우리보고 견적 넣으래.
연 수 (일하다, 영석 보는, 맘에 안 드는, 차분히 보는) 대성인포에서,
영 석 거기보단, 우리가 수가가 낮아.

그때, 부장, 사무실로 들어오며,

부 장 (반갑게) 차 대표, 기다리게 해, 미안.
영 석 아닙니다.
부 장 (회의실로 가며) 이쪽으로 오지?
영 석 (일어나, 회의실 쪽으로 가는)
연 수 (가만 가는 영석을 보며 연락 없이 이렇게 불쑥 나타나는 영석이 서운하고, 그런 감정이 들킬까, 참고, 눈가 살짝 붉어져도, 옆의 물 마시며, 감정 추스르고, 일에 몰두하는)

19. 백화점 레스토랑 안, 낮.

인희의 친구1, 2, 모여 주스나 커피를 마시며 수다를 떨고 있는, 인희, 미안한 웃음을 지으며 서둘러 와서는 자리에 앉으며,

인 희 늦었지?

친구3 (들어와, 가방에서, 구취제 꺼내 뿌리며, 자리에 앉으며) 너, 또 궁상떨며, 버스 탔지?

인 희 (민망해 웃는, 그러다 냄새가 나는, 친구3에게) 너 담배 펴? 냄새나, 야. 다 늙어, 미쳤니?

친구3 (앞에 놓인, 차 마시며) 나 말리지 마. 이제 나두 나 하고 싶은 대루 하고 살 거야.

친구2 (웃음) 그래, 걔 냅둬. 지 하고 싶은 대로 살라구 지 남편 힘 떨어질 때까지 기다렸다는데.... 걔 요즘 지 남편 힘 떨어졌다구 아주 막가잖니.

인 희 (깔깔대고 웃고) ...

***점프컷, 시간 경과 》**

종업원, 주스를 가져오고, 인희, 친구1에게 받은 돈을 백에 넣는,

친구2 (인희가 답답한) 여행 간다고 모은 곗돈, 맨날 너는 여행은 안 가고, 그걸 도로 받아가냐, 기집애야. 3년 전엔 애 시험 본다고, 이제 또 노친네 왔다고,

친구3 가평 집은 다 지어가?

인 희 가을에 들어갈걸, 자재비가 모자라 여태 미뤘잖아. 엊그제 적금 타서, 잔금 마무리 지었어.

친구2 늙어 남편하고 조용히 살겠다고 지은 집을.. 치매 걸린 시어머니 모시고 들어가게 생겼으니, 니 팔자도 참...

친구1 너, 시어머니 요양원에 있는 거 아냐?

친구3 얘는 왜 또 딴소리야, 여적 우리가 시어머니 얘기했는데.. 지난달에 다시 모셨대잖아. 노친네, 지랄 나서.

인 희 (웃으며, 주스 마시며) 말도 걸다, 지랄이 뭐니?

친구2 그럼 지랄을 지랄이라 그러지, 뭐라 그러냐?

인 희 (웃고 마는)

친구3 근데, 정 박사.. 올해, 성년 아니니?

인 희 내년. 계약이 올해로 안 끝나면,

친구1 야야, 우리 집 호랑이도 엊그제 명퇴했어. 계약 연장 바라지도 마. 요즘 어디든 계약 연장이 쉬운 줄 아니? 이제 인생 끝난 줄만 알면 돼.

친구2 (친구1에게) 말 좀 가려서 해라, 넌.

친구1 (인희에게) 미안하다, 내가 자궁을 들어냈더니, 아주 입만 걸어진다야.

인 희 야, 정말 미안하다, 내가 너 수술한다 소리 듣고도, 그날 요양원에 어머니 모시러 가느라, 못 갔어. 근데, 자궁 들어냈어? 많이 아팠니?

친구2 야야야, 걘 동정의 여지도 없어. 멀쩡한 자궁을 괜히 들어내고,

인 희 (이상한) 멀쩡한 걸 왜?

친구1 그게, 그게 아니구. 왜 독수리 있잖니?

인 희 독수리? (생각나는) 아, 그 앞이빨 전부 인플란트 해 박은 애?

친구1 그래. 평창동 살던, 윗머리 듬성 빠진 애. 내 중학교 동창.

인 희 (주스를 마시며) 근데?

친구1 걔가 자궁암으로 옆머리, 뒷머리 다 빠졌잖아. 살두 해골만 남구 소로록 다 내리구.

인 희 쯧쯧... 어쩌니.

친구1 그애 한 번 보니까 잠이 안 오드라고.. 그래서, 물혹 몇 개 있다는데, 혹시나 싶어.. 아예 들어냈어.

친구2 너, 그거 건강 염려증이야. 야, 병 때문두 아니구, 여자가 그거 없으면 여자냐?

친구1 (지지 않고) 야야야 너나 여자 해? 신랑이랑 잠자리도 안 하고 각방 쓰는 게 말끝마다 여자 여자는 무슨?

인희, 친구들 깔깔대고 웃고,

20. 연수의 사무실 + 회의실 안, 낮.

연수, 자기 자리에서, 결재 서류 들고, 회의실 안으로 들어가는, 영석과 얘기하는 부장 보이고,

연 수 (부장에게 서류 주며) 부장님, 우리 이런 식으로 일하지 말자.

부 장 뭘?

영 석 (연수 보는, 담담한)

연 수 (화났지만, 너무 격앙되진 않은) 왜 일이 언제나 상명하달식이야? 자재까지 이미 들어온 대성인포 제치고, 여기 나인에서 일 받는 거 왜 나만 몰라?

부 장　(미안한) 그게, 위에서 오늘 결정이 나서,

연 수　(화난, 참으며, 차분한 으름장) 그러다, 내 사표 받아요. (하고, 나가는)

21. 비상계단, 낮.

연수, 화가 난 얼굴로 비상구 문을 벌컥 열고 계단을 뛰듯이 내려가는, 뒤이어 영석, 따라오며,

영 석　연수야!

연수, 아랑곳 않고 내려가면, 영석, 뛰어와 연수의 어깨를 잡아 벽으로 몰아세우는, 연수, 탁 뿌리치고, 화나도 짐짓 담담히, 영석을 보는,

영 석　(연수 보고, 주머니에 손 넣고, 답답한) 미안해.

연 수　미안하단 말은, 대성인포 담당, 자기 후배한테나 가서 해. 수주 가로채 미안하다고. (하고, 가면)

영 석　(따라와, 연수 앞 가로막으며, 차분히) 일 얘기 아냐?.. 연락 못 한 거 그럴 수밖에 없었어.

연 수　(화나는, 가만 보다, 눈가가 붉어지는, 머리를 쓸어 올리고, 맘 추스르고, 영석을 다시 가만 보며, 차분히) 왜, 또 자기 아내가 의심을 했어? 그래서 나한텐 전화 한 통 없이 그 여잘 미국에서 3개월 동안이나.. 달랬어? 그랬어?

영 석　(맘 아프게 보면) ..

연 수　내가 자기한테 분명히 말했지? 우리가 헤어지는 건 언제나 가능하다고. 자기가 이번 가을에 이혼한단 말을 다 믿은 건 아냐. 근데, 우리 좀 심플해지자. 자기가 나한테 원하는 건, 와이프와 좋게 이혼 준비할 시간이랬지. 난 그 시간 준다고 했고. 그래 줄게, 그 시간. 근데, 내가 원하는 것도 좀 해. 전화를 하면 받고, 그게 안 되면, 문잘 넣고, 그것도 안 되면, 하루나 이틀 후엔 반드시 해명이든 변명이든 하고, 그것도 안 되면 내 앞에 나타나지 않으면 돼. (조금 격앙된) 내가 마치 자기한테 매달리는 거처럼, 뭐야, 이게, 기분 더럽게. (하고, 가는데, 눈가 붉어지는, 내색 안 하려, 서둘러 계단 다시 올라가는)

영석　(난간에 기대, 참담한, 맘 아픈, 가는 연수를 보는)

22.　연수의 사무실 복도, 낮.

인철, 인부로 보이는 사람들과 얘기를 나누며 사무실 쪽으로 가고 있는,

인철　오늘은 먼저 급한 대로 정문 좌측 디피부터 손보자구요. 새벽까지 일 끝내야 하니까, 인력 확보 넉넉히 하시구요. 돈보다 시간이니까. (하는데)

사원1, 사무실에서 서류 봉투 들고 급하게 나오고, 그의 뒤로 직원들, 점심 먹으러 우르르 따라 나오는,

인철　(사원1 보고) 야, 넌 작업복 안 갈아입고 뭐해?
사원1　그렇지 않아도 이 탐장님한테 가던 길이에요.

직원들, 점심거리로 잡담하며 인철과 사원1, 인부들을 밀치며 가고,

인철　(사원1 보면) ?
사원1　방금 나인 차영석 대표 왔다 갔어요.
인철　?!
사원1　저 지금 나인 들어가요. 위에서 나인 자재 쓴대요. 대성인포는 (제 목을 손으로 그으며) 아웃! 들어온 자재들 포장해서, 반품하래요.
인철　(기가 차, 한숨만 나오고)
사원1　저 갈게요. 자재 갖구, 퇴근 무렵이나 올 거예요. 자세한 건 정 선배한테 들으세요. (가고)
인철　(속상한 얼굴로 되돌아가려다, 사무실 쪽으로 오는 눈가 붉은 연수를 보는)
연수　(답답한, 인철 지나쳐, 사무실로 들어가는)
인철　(사무실 들어가는 연수 보고, 다시 비상구 쪽 보면)
영석　(비상구 쪽에서 나와, 엘리베이터 앞에 서서, 버튼 누르다, 무심히 인철을 보는) ...

인 철　(그런 영석을 보다, 옆에 와, 서는)

23. 엘리베이터 안, 낮.

영석, 1층을 누르고, 인철, 지하 2층을 누르는, 가만 어색한 분위기로 가는,

24. 백화점 에스컬레이터, 낮.

인희, 친구들과 잡담하며 내려오고 있는,

친구1　그냥 갈 거야?
인 희　여기까지 왔으니까, 연수나 보구.
친구2　맨날 보는 딸넌 뭐하러 나와서까지, 술 한잔 먹고, 저녁하고 가자니까.
친구3　인희가 술 먹니, 너나 처먹지?
친구들과 인희　(웃는)

25. 백화점 작업장(창고 같은, 사람 없는), 낮.

인철, 무표정한 얼굴로 거칠게 풀어놨던 자재들을 다시 포장하고 있는, 그때, 연수, 인철 쪽으로 다가오며,

연 수　(담담한) 위에서 내린 결정이야. 수가가 15프로나 적게 들어왔어.
인 철　(일하며, 담담히) 알아.
연 수　(미안하게 보다, 뒤돌아 가면) ..
인 철　(작업만 하며, 연수 안 보고, 담담히) 니들 다시 만나기로 한 거야?
연 수　(멈춰서, 돌아보면)
인 철　(일만 하며, 남 말하듯, 툭툭) 왜, 그 자식이 이번엔 진짜 이혼한대?
연 수　(참담한, 보면) ..

인 철　(일 멈추고, 연수 보며) 니가 그놈을 차버리고 유학 간 거는 그래, 미안한 일이지.

연 수　(조금 답답하게 보면)

인 철　그런데, 그놈이 다른 사람이랑 결혼했으면, 그만 끝내는 게 맞지, 다시 울며불며 널 못 잊겠다고 찾아왔다고... (버럭) 뭐하는 짓이냐? 이게! (화난, 답답한, 조금 큰 소리로) 지금 이 상황은.. 누가 봐도, 이상해, 임마! 왜 이렇게 니 인생을 망가뜨려! 너처럼 똑똑한 놈이!

연 수　(담담히) 내가.. 안 똑똑한가 보지. (하고, 그냥, 돌아서서 갈 길 가는데, 착잡한)

인 철　(답답한, 그냥 일이나 하자 싶어, 화난 채, 일만 열심히 하는)

26.　백화점 차 나오는 곳 앞, 낮.

인희의 친구들, 차에 타 있고, 인희는 밖에 서서 친구들과 인사 나누는,

친구2　(인희에게) 인희야, 또 연락하자?

인 희　(웃으며) 어.

친구1　(인희에게) 딸내미 보고, 전화하든가, 우리 늦게까지 있을 거니까.

친구3　뭘 늦게까지 있어? 니 영감 밥 안 줘?

친구1　돈도 못 벌고 들어앉은 서방, 밥 먹거나 말거나. (인희에게) 너 가평 집 다 지으면, 집들이 꼭 해야 한다.

인 희　그래, 내가 꼭, 집들이 부를게. (뒤차 보고) 야야, 차 나와, 어서 가.

친구들, '간다' 하며 가고, 인희, 손 흔들고,

27.　백화점 1층 디피 되어 있는 곳, 낮.

영석, 설계도를 보며, 디피를 확인하며, 뭔가 메모해놓는,

연 수　(오며, 영석에게, 담백하게) 밥 먹자, 나 점심 전이야.

영석　(연수 보고, 화가 좀 풀렸나 싶은, 도면 접고) 뭐 먹을래?
연수　국물 있는 거..

그때, 인희, 현관으로 들어오며, 연수를 발견하곤 좋아라 하며 큰 소리로 연수를 부르는,

인희　연수야!

연수, 영석, 그 소리에 돌아보면, 인희, 웃으며 연수 쪽으로 걸어오고, 연수, 조금 어색한, 영석을 의식하고, 영석, 한쪽에 놓아둔 겉옷을 들고 나가며,

영석　(인희 못 듣게, 연수에게만) 밖에서 기다릴게. (하고, 인희를 스쳐 지나가는)
연수　(담담한) 엄마.. 왜 여깄어? (하고, 영석 나가는 것 보는)
인희　나 여기 오늘 온댔잖어. 점심 했어?
연수　(어색한, 거짓말) 어.
인희　그럼 인철이 불러, 같이 차 마시자.

영석, 현관 쪽에서 기다리고,

연수　(영석을 슬쩍 보고, 인희 보며) 어떡하지, 엄마. 선배 지금 바빠. 나두 바쁘고..
인희　(서운하다) 그래?.. 퇴근은 언제야?
연수　퇴근하고, 방 보러 갈 거야. 나, 방 구한다고 했잖아.
인희　(서운한, 그러나 담백하게) 알았어, 일해 그럼. 난 혼자 장이나 보고 가야지 뭐.
연수　미안. 집에서 봐. (하고, 가는)
인희　(가는 연수 보며, 이쁜, 작게 구시렁) 뉘 집 딸인지 늘씬하다..

연수, 백화점 밖으로 나가고, 영석, 연수가 걸어가면, 그 뒤를 따라가는, 인희, 영석의 존재를 모르고, 가는 연수를 이쁘게 보고, 이내 돌아서서 지하 쪽으로 가는,

28. 지하 식품부 매장, 낮.

인희, 젓갈 매장 시식대에서 시식을 하는,

인 희 좀 달다.
점 원 명란은 안 단데.. (하고 명란을 조금 주면)
인 희 (먹으며, 젓갈들을 둘러보며) 창란 있어요?
점 원 네.
인 희 그럼, 창란하구.. 명란, 황새기 그렇게 백 그람씩만 줘요.
점 원 네.

하며, 점원, 젓갈을 포장하는, 인희, 그동안 주위 매장을 휘휘 둘러보다 옆에서 허름한 옷차림의 여자, 젓갈 시식하는 걸 보고, 양순이 떠올라 맘이 짠해 고개를 돌리는, 그러다 전화를 걸까 하는 마음 들고, 가방에서 휴대폰 찾는,

29. 근덕의 집 안방(허름한 산동네 집), 낮.

근덕(택시 운전사 복장), 잔뜩 성질이 나 신발을 신은 채 장롱이며 서랍이며를 뒤지며 돈을 찾고 있는, 그러다 못 찾고, 마당으로 뛰쳐나가는,

30. 근덕의 집 마당, 낮.

근덕, 씩씩거리며 뛰쳐나와 수돗가에서 큰 대야에 닭을 가득 넣고, 손질하는 양순에게,

근 덕 (버럭) 야, 줘?!
양 순 (일만 하며, 퉁명스레) 뭘 줘?
근 덕 (열 받아, 버벅거리며) 뭐, 뭘 주긴, 어, 어제, 어제 번 거 어쨌어, 돈!
양 순 (퉁명스레, 제 일만 하며) 어제 무슨 돈을 벌어, 내가. 장사 공쳤는데!

근 덕　야, 공갈칠 걸 공갈쳐라, 우리 통닭집이 공치면 대한민국 누구네, 닭집이 노나냐? (손 내밀며, 열 받고, 다급한) 돈 줘!

양 순　(아랑곳없이, 근덕 보며) 버럭대긴, 니가 그럼 내가 무섭냐?

근 덕　니가 이렇게 나온다 이거지? 이게 진짜 내가 요즘 매를 안 드니까.. 너 죽었어.. 오늘.. (하고, 뭔가 때릴 것을 찾는, 그러다 빗자루 들어 보면, 너무 가늘고 안 아플 것 같아, 내려놓고, 다른 걸 찾는)

양 순　(같잖게 보며) 지랄한다, 지랄해? 왜 거기 있는 오함마 들어서, 내 대굴빡을 찍지! 근데, 너 (일하며, 머릴 디밀며) 찍을람 제대로 찍어라, 설 찍음 죽는다, 아주?!

근 덕　(오함마 들었다, 내팽개치며, 속 타는) 아이 진짜, 이게.. (하고, 가서, 닭 든 대야를 확 뒤집어버리며) 돈 내놔!

양 순　(속상해, 닭을 들고, 근덕 패며) 니가 오늘 나한테 죽을라고 개지랄을 떠는구나, 아주! (근덕이 아파해도, 패며) 전번에 니 누나한테 가 뜯은 돈 어디다 쓰고, 이 개누무 인간! 니가 지금, 죽을라고, 장삿거리 내팽개치고, 지랄이지, 지랄이!

근 덕　아! 아! (하고, 맞으며, 양순 팔목을 두 손으로 잡고, 버럭) 그게 얼마나 돼서, 얼마나 돼서?!

양 순　(버럭) 오백이나 뜯었다며?

근 덕　(팔목 뿌리치고, 닭을 밟으며) 아, 진짜.. 잔말 말구 돈 줘! 우리 블랙이 오늘 컨디션 좋단 말이야! 경마하게 돈 내줘, 돈!

양 순　(속상한, 밟히는 닭을 뺏어, 대야에 담으며) 그러지 말어, 닭 아퍼! (하고, 근덕을 밀치고, 닭을 챙기려 하며) 그러지 말어, 차라리, 날 밟어, 날 밟어!

근 덕　(닭만 밟으며) 그러니까, 돈 줘, 돈 줘!

그때, 마루에 놓인, 양순의 휴대폰 울리지만 두 사람 아랑곳없이, 실랑이하는,

31.　길거리, 낮.

인희, 정류장으로 가며, 전화하는데, 왜 전활 안 받나 싶어, 맘이 불편한, 끊고, 다시, 전화해보는,

32. 근덕의 집 마당, 낮.

근 덕 (악랄하게, 닭을 줍는 양순의 어깨를 잡고 흔들며) 돈 줘! 정말 왜 그래? 나 열 받아 죽는 꼴 보고 싶냐?

양 순 (닭만 주우며, 아랑곳없이) 돈 없어! 날 죽여도 없어!

근 덕 (무릎 꿇고, 손 비비며) 야야야, 내가 이렇게 빌게. 오늘 블랙이 컨디션이 진짜 좋대. 너도 경마장 가봐서, 우리 블랙이가 잘 달리면 얼마나 잘 달리는지, 알지? 원래 걔가 오늘 경길 안 뛰는 날인데, 컨디션이 너무너무 좋아서, 뛴대요. 기수는, 11번 찬석이. (주머니에 있는, 핸드폰 꺼내 시계 보고, 주머니에 넣고) 이제 곧 경기 시간이야, 그러니까, 돈 줘. 내가 평택까지 손님 받고 내려갔다, 경기에 돈 걸라고 죽어라 차 밟아서, 집까지 왔는데.. 니가 돈 안 주면, (닭을 들어, 팽개치며, 울상 짓고, 악쓰며) 나는 어떡해!

양 순 (버럭) 어떡하긴, 죽어! (하고, 대야 들고 일어나려는데, 앞치마 속에 있던 전대가 툭 하고, 떨어지는)

근덕, 바닥에 떨어진 전대를 보고, 놀라, 얼른 집어 냅다, 집밖으로 뛰는,

양 순 야, 새끼야! 그건 안 돼! (하고, 울상 돼서, 마루에 있는 핸드폰을 근덕에게 던지며) 그거 오늘 가게 세 올려달란 거 마련한 돈이란 말이야!

핸드폰 땅바닥에 떨어지며 연결되고, 인희의 목소리 들리는,

인 희 (E) 근덕아, 양순아..

근 덕 (죽어라, 뛰어가며) 알았어, 알았어! 이 돈 열 배루 불려줄게. 열 배루. 밤에 보자, 여보!

인 희 (E, 불안한) 근덕아! 올케? 올케? 양순아,

양 순 (가는 근덕만 보며, 발을 구르며, 울며) 내 돈 내놔! 야, 새끼야! 내 돈 줘!

33. 정류장, 낮.

인희, 전화를 하고 있는,

인 희 (걱정스런) 올케? 올케? (부르다가, 지쳐 혼잣말) 뭔 일이니, 또. (하고, 핸드폰 끄고, 차 오면, 올라타는)

34. 근덕의 집 수돗가, 낮.

양순, 마당에 퍼질러 앉아, 울며, 짓밟힌 재료들을 보고, 다시 엉엉 울다,

양 순 (대문 쪽에 대고 큰소리) 경마에 미친 새끼! 서방이 아니라, 웬수다, 이 쌍새끼!

마당에 내팽개친 휴대폰, 들고, 보며,

양 순 (울상) 쌍, 안 깨졌네.. (하고, 핸드폰 켜보면) 되네, 쌍! (하고, 한쪽에 놓고, 닭을 모으며, 울상) 으이구, 귀신이 물어갈 인간..

35. 정철의 진료실 창구, 낮.

인희, 창구 쪽에 얼굴을 디밀고 간호사와 말하고 있는,

간호사 정 선생님, 다섯 시 넘어야 시간 될 텐데요, 사모님.
인 희 (웃음 띤) 수술 들어갔나 보네.
간호사 (웃음 띤) 네.
인 희 (이해했다는 듯) 아... (하고, 허리 세워 복도 쪽 보면, 멀리, '산부인과 윤정희 박사'라는 푯말이 눈에 들어오고, 그곳으로 가는)

36. 윤 박사의 진찰실 안, 낮.

윤 박사, 진료실에서 커튼을 열고 나오는, 인희, 한쪽 의자에 앉아 있는,

윤 박사 (자리에 앉으며, 인희에게) 소변이 언제부터 그래요?

인 희 (대수롭지 않게) 꽤 됐지, 아마.

그때, 환자, 옷을 추스르며 나오고,

윤 박사 (환자에게) 환자분, 뒷물 자주 하세요. 질 세정제나 끓인 소금물에 좌욕도 좀 많이 하시구요.

환 자 예. 다음에 뵐게요. (나가고)

윤 박사 (환자 나가는 거 확인하고, 인터폰에) 김 간호사, 나 이번만 하구, 좀 쉬자.

간호사 (E) 네.

인 희 못 쉬었어?

윤 박사 일당백이 이 병원 슬로건 아니우. (자리에 앉고) 난 그래도 좀 낫지, 일반 외과는 더할걸. 선배 힘들다구 안 해요?

인 희 그 사람이 언제 말하나 뭐.

윤 박사 어려선 의사질 하면 팔자 펴는 줄 알았는데, 그것도 돈 있고 능력 있는 놈 얘기고.. 우리 같은 계약직은.. 월급쟁이보다 날 게 없다니까. 어머닌?

인 희 간병인 왔지. 전화하니까 주무신대. 약이 독한지, 한 번 자면 낮잠도 밤잠처럼 서너 시간은 자시니까.

윤 박사 (일어서며) 그리구 밤엔 안 주무시구?

인 희 (웃다, 뜬금없이) 시집 안 가?

윤 박사 (진찰실 커튼 열며) 손주 볼 나이에 시집은? 옷 갈아입어요.

37. 윤 박사의 진찰실 안, 낮.

인희, 가운으로 갈아입고, 진료대 위에 다리를 벌리고 누워 있는, 윤 박사, 팹스미어 재료를 가지고 들어와 의자에 앉고,

윤 박사 언니, 검진 언제 받았지?

인 희 (담담히) 동네 병원에서 방광염 치료한 건 서너 달 전이고... 종합검진하면서, 초음파해본 건 2, 3년 됐지... 날 잡아놓으면 뭔 일이 생기고, 뭔 일이 생기고.. 그래서.. 그래도, 내가 워낙 건강하잖어, (보고, 어색하게 웃으며) 큰일 없겠지?

윤 박사 (편한 웃음) 엉덩이 딱 붙이시고, 엉덩이 흔들지 마요.

인희, 엉덩이를 딱 붙이는, 천장에서 내려다보면, 인희 얼굴이 굳어 있는, 굳은 인희 얼굴 위로,

윤 박사 기분이 좀 그렇죠?

인 희 (작게, 웃음) 그러네.

윤 박사 (진료를 하며, 대수롭지 않게) 분비물이 많네.

인 희 (얼굴을 찡그리며, 무심히) 그러게. 마른 냉이 그렇게 생기드라.

윤 박사 (O. L, 기구를 빼내, 현미경 유리판에 붙이고, 굳은 목소리 숨기며) ... 냄샌.. 안 나구?

인 희 누가 그걸 코에 대구 맡나.

윤 박사 (O. L) 우린 맡잖어.

인 희 (O. L, 웃고)

***점프컷, 시간 경과 》**

인희, 초음파 검사(난소 쪽)를 받고 있는, 윤 박사, 조금 전과 달리 얼굴이 약간 어두운, 그러나 목소리는 변함없는, 기구 조작하며 화면을 보면서 말하는,

윤 박사 (심각하게 화면을 관찰하며, 말은 담담히) 붓기는 어땠어요?

인 희 (담담히) 최근에 좀.. 불어터진 수제비마냥 가끔 퉁퉁..

윤 박사 연수는 시집 안 간대?

***점프컷 》**

초음파(난소 양쪽이 심각하게 손상된) 화면 보이는,

인 희　그러게, 갈 생각을 안 하네. 인철이라구 회사 선배가 있는데.. 난 좋은데, 진 싫은지..

윤 박사　(화면을 유심히 관찰하며, 말은 담담히, 건성으로 묻는) 정수는?

인 희　시험 봤다구 만고 땡이지, 뭐. 이번엔 대학을 붙을란지.. 벌써 삼수잖어.

윤 박사　(얼굴색이 어둡게 변하는) 소변볼 때 많이 힘들었을 거 같은데.. 참은 지 오래 됐어?

인 희　(담담히) 쪼금.

윤 박사　(검진을 끝내고 일어서며) MRI 좀 찍자.

인 희　왜? 뭐가 이상해?

윤 박사　(어색한 웃음) 의사들 환자만 보면, 검사 못 해 안달병 나잖아.

간호사, 들어와 검진액을 닦아내면, 인희, 일어나 신발을 신고, 윤 박사, 그 옆에서 손을 씻는,

인 희　산부인과 검진받으면 밑이 허전한 게 난 영 그렇더라. 나.. 괜찮은 거지?

윤 박사　(마음에 걸리는 게 있는, 웃음) ... 검사받아요. 병원 가족은 모든 검사비 디씨니까.

인 희　(웃으며, 옷을 추스르고) ..

38.　MRI 촬영실, 낮.

인희, 누워, 촬영을 하고 있는,

39.　정철의 진찰실 안, 낮.

정철, 중년 남자를 앉혀놓고 말하고 있는,

정 철　(투박하게) 이젠 여기까지 매일 오실 필요 없고, 집에서 소독제로 닦아내세요.

남 자　네.

정 철　저번처럼 무리하게 안에까지 솜 넣어서 닦지 마시고, 겉만 닦아도 돼요. 알겠죠?

40. 정철의 진찰실 앞 대기실, 낮.

인희, 멀뚱하게 앉아 창밖만 바라보는, 그때, 안에 있던 남자 환자 나오고, 인희, 그가 연 문틈 사이로 정철을 보려고 하는,

41. 달리는 버스 안, 밤.

버스 안, 만원인, 정철, 서서 손잡이를 잡고 피곤한 듯 서 있는, 인희, 그런 정철이 안쓰러운, 정철의 옷에 묻은 먼지를 털고 앞 보며,

인 희　(맘에 없는 말) .. 여보, 우리.. 차 살까?
정 철　(안 보고, 앞만 보는) ..
인 희　연수 집 나가면, 아침저녁 만원 버스랑 지하철이랑 힘들 건데..
정 철　됐어..
인 희　(조금 편하게, 애교 있게) 우리.. 외식하고 들어갈까? 시금치모짜렐라피자.. 지난번 애들하고 먹은 거 맛있던데.. 나 돈 있는데..
정 철　(앞만 보는)
인 희　(대답하지 않는 게 서운한) 말아라.. 치..

42. 집으로 가는 길, 밤.

정철과 인희, 얘길 나누며 걷는,

인 희　(정철의 눈치를 보며, 말 못 꺼내다) 이번에 계약 연장된대?
정 철　...

인 희　(여전히 눈치 보며) 내년 정년까진 그럼 병원 다닐 수 있나?

정 철　..

인 희　내년에 병원 그만두고, 시골병원 가면.. 서울서 정년해도 받아주는 병원들 있다니까, 돈 좀 덜 벌어도.. 정수 대학 졸업할 때까지, 3, 4년 더 다니면.. 딱 좋겠는데.... 집 짓는다구 돈을 너무 써서..

정 철　...

인 희　(눈치 보며) 요즘도 젊은 병원 원장이 따따부따 막 그래요?

정 철　(답답한, 담담한) 정수 자식은 요즘 어딜 그렇게 싸돌아다녀?

인 희　(외면하며, 앞만 보고 가며) 나두 모르지. 당신 바람대로 의대 가려고 삼수까지 해서 수능 본 거잖아. 지도 좀 놀고 싶지. 그냥 모른 척해.

하고, 걷다가, 멀리 과일가게 보이면,

인 희　(고개를 쭉 빼고 과일가게 보며) 연시가 있나? (하고, 과일가게로 가고)

정 철　(가는 인희 뒤를 보며, 답답한) ...

43.　클럽 안, 밤.

현란한 조명들과 EDM으로 가득한 클럽 안, 정수, 남자친구들과 함께 신나게 소리 지르며, 춤을 추고 있는, 재영, 한쪽에 앉아, 그런 정수를 어이없게 보는,

＊점프컷, 시간 경과 》

정수, '아! 악! 음악 죽인다!' 하며, 소리치며 춤추다, 재영 있는 테이블로 와, 맥주를 병째 벌컥벌컥 마시는,

재 영　(어이없게 보며) 작작 마셔. 술 먹고 죽을래?

정 수　(안 취한, 웃으며, 맥주를 병째 마시며) 어.

친구1　(맥주 마시며, 좀 취한) 재영아, 넌 우리 삼수생들 기분 몰라. 넌 대학생이니까.

재 영　(어이없는, 정수 보며) 나 집에 갈 건데, 넌 어떡할 거야?

정 수　나? (술 한 병 더 마시며, 눈은 재영 보고, 웃는)

재 영 (어이없는, 조금 걱정되는, 기가 찬) .. 어? 어?

정 수 (맥주 다 마시고, 병을 입에 대고 탈탈 털고, 재영의 귀에 대고) 나는.... (웃으며) 더 놀 거야. (하고, 재영의 볼에 입 맞추고, 나가, 소리 지르며, 춤추는)

재 영 (화난, 가방 들고 나가는)

정 수 (재영이 나갈 줄 모르고 춤추고, 디제이가 하란 대로 소리치며, 춤추는 데, 열심인)

44. 윤 박사의 진찰실, 밤.

윤 박사, 차트 판에 끼워진 사진들을 심각하게 보다가 창가로 가서 한숨을 쉬다가 책상을 보는, 핸드폰이 보이고, 윤 박사, 각오가 선 듯 책상으로 와 의자에 앉아 전화를 하는,

인 희 (E) 여보세요?

윤 박사 (인희의 목소리에 난처한) 언니?

45. 거실, 밤.

소파에 할머니 앉아 있고, 인희, 빨래를 개며 정철의 휴대폰을 받고 있는,

인 희 이 남자 씻는데, 급한 일이야? (하며, 욕실로 가서 욕실 문을 여는데)

46. 욕실, 밤.

정철, 얼굴을 다 씻었는지 세면대에서 고개를 들면, 인희, 진열장에서 수건을 꺼내 정철에게 주며 통화하는,

인 희 수술.. 사고 났어? 아, 그건 아냐? 잠깐만, (하며, 정철에게 휴대폰 건네주며)

윤 교수.

정철, 핸드폰 받고, 그때, 할머니, 인희를 부르는,

할머니　(E, 버럭) 어딨어?! 너 어딨냐?!
인 희　(할머니에게 가며, 웃으며) 아이고, 노친네, 정말. 엉덩일 못 드네, 그냥. 연애 할라고 날 불러? 왜 자꾸 불러?

정철, 문 닫고, 수건으로 닦으며 전화 받는,

정 철　나다, 무슨 일이야?
윤 박사　(E, 어두운) 지금 병원 좀 나오세요. 드릴 말씀 있어요. (하고, 끊는)
정 철　(휴대폰을 들고, 뭔 일인가 싶은) ? (수건 놓고, 나가는)

47.　윤 박사의 진찰실 안, 밤.

윤 박사, 전화 끊는, 차트 판으로 시선 가고,

48.　대문 앞, 밤.

인희와 정철, 문 열고 나오는, 정철을 배웅하는,

인 희　이 밤에 뭔 일이래?
정 철　먼저 자. (하고, 가는)
인 희　(정철 뒤에 대고) 모범 타고 가요! 힘들어서 어떡해!

49.　할머니의 방, 밤.

할머니, 점점 짜증이 나고, 슬픈, 오만 가지 인상을 쓰고 있는,

50. 주방, 밤.

인희, 설거지를 하고 있는, 문득, 시계를 보다,

인 희 에구, 내 정신 좀 봐. (하고, 고무장갑을 서둘러 벗어놓곤 할머니 방으로 급히 들어가는, 잠시 후, 놀라, E) 이런, 어머니, 어머니!

51. 할머니의 방, 밤.

인희, 할머니가 똥 싼 기저귀를 빼서 집어던지려는 순간, 할머니를 잡고 말리고 있는,

인 희 (손으로 똥 싼 기저귀를 잡아 뺏으며) 아이고, 냄새!
할머니 (속상해서, 울듯이, 소리치는) 나쁜 년! 왜 이제 와! 이 나쁜 년!
인 희 (엉망이 된 할머니의 옷과 자신의 옷을 보며, 속상하고, 난감한) 조금만 참지. 때 되면 내가 알아서 안 빼줄라구. 이그, 많이도 싸셨네.
할머니 (슬픈) 기저귀도 안 갈아주고..! 개년!
인 희 (치우며, 답답한) 내가 일이 좀 많냐? 바빠서 깜박했지.. 이그. 이걸 어떡해. (할머니에게, 서운한) 채운 기저귀를 잡아 빼면 어떡해?!
할머니 (흐느끼며) 드러워..
인 희 (안쓰런, 담담히) 그래, 드러.. 드러.. 내가 잘못했어. 내가 죽일 년이야. (할머니의 옷을 벗기며) 옷 벗자, 목욕하고, 기저귀 다시 채워줄게요, 손 들어.

52. 병원 현관 안쪽, 밤.

환자 몇몇 보이고, 윤 박사, 종이컵을 들고 생각에 잠겨 커피를 마시다 문득

문밖을 보면,

53. 병원 앞, 밤.

택시 서고, 정철, 택시 문 열고,
윤 박사, 문을 열고 나오는,
정철, 윤 박사가 나오는 것 모르고, 택시에서 내려 택시 문을 닫고, 택시 떠나고,

윤 박사 왔어요..
정 철 (소리 난 쪽, 보는) ?

54. 병원 주차장 사이에 있는 작은 공원, 밤.

정철, 벤치에 앉아 있고, 윤 박사, 커피를 사 와서, 정철에게 건네주는, 정철, 보는,

＊점프컷, 시간 경과 》

정 철 (담담히, 커피만 마시며) 무슨 얘긴데, 이렇게 뜸을 들여? 다 늙은 처녀가 뭐 애를 밴 것도 아닐 거고.. 사고도 아니고....
윤 박사 (담담히, 커피 마시고, 안 보고) 언니, 검사 결과가 나왔어요.
정 철 (대수롭지 않게, 보면) ?
윤 박사 오베리언 켄서(난소암)야.
정 철 (커피를 마시다가 이게 무슨 소린가 싶다) ?
윤 박사 (정철 담담히 보며) 단순한 방광염인 줄 알았는데.. 초음파, MRI 검사 결과, 오베리언(난소)에 손바닥만 한 튜머(종양)가 잔뜩.....
정 철 (윤 박사만 멍하니, 눈빛 흔들리지 않고, 보는) ..
윤 박사 다른 장기 쪽에도 튜머가 보여. 오베리언 쪽은, 촉진에서도 이미 잡힐 정도로 컸고.

정 철 (멍한, 눈가 살짝 붉어지는, 차분하려 커피 마시고, 안 보고) 사진.. 어딨니? 니 방에 있니?

윤 박사 가요. (하고, 가는)

정 철 (긴장하고, 무거운, 처지지 않으려 하는, 따라가는)

55. 윤 박사의 진찰실 안, 밤.

차트 판에 빼곡한 사진들, 정철, 사진들을 하나하나 빤히 보는, 가슴이 철렁하는, 그래도, 안 그런 척 미동도 하지 않는, 윤 박사, 그 옆에서,

윤 박사 (사진 보며) 이쪽 오른쪽에서 시작했어요. 그래서 자각 증상이 더 늦은 거 같아. 위랑 폐로도.. 이미 전이가..

정철, 눈가가 붉어져 기도 안 찬 얼굴로 차트 판을 외면하고, 책상 쪽으로 몸을 돌려 두 팔로 책상을 짚고는 '후..!' 하고 숨을 토하고는 말을 못 하는,

56. 거실, 밤.

할머니, 깨끗하게 씻고, 내복 하의에 기저귀 차고, 소파에 앉아, 텔레비전을 보고 있는, 만화영화를 보며 재밌는지, 아이처럼 히히 웃는,
카메라, 욕실 쪽 가면 인희, 문 열어놓고, 쪼그려 앉아, 빨래하며, 할머니 모습을 보며, 어이없어, 웃는,

인 희 으이그.. 집 안에 온통 똥을 처발라놓고 좋댄다....

할머니 (인희 보며) 배고파! 밥 줘!

인 희 좀 기다려! 이거 좀 헹구고 연시 줄게. (하고, 열심히 빨래만 하며) 애들도 이 남자도 왜 소식이 없어..

57.　술집 카페 안, 밤.

정철, 윤 박사와 바에 앉아 있는, 정철은 술을 많이 마신, 그러나, 티가 많이 나진 않는, 정철, 양주를 벌컥벌컥 다 마시고, 윤 박사, 속상한 얼굴로 그런 정철을 보고, 정철, 술을 따라 마시고, 다시 술을 따르려는데 술이 없는,

정 철　(바텐더에게) 술 더.

바텐더　(윤 박사 보면)

윤 박사　(고갯짓으로 가라고 하는)

바텐더　(그냥 가는)

정 철　(조금 큰 소리) 술 안 주고 어디 가요!

윤 박사　(담담히) 선배, 지금 이럴 때가 아니야.

정 철　(윤 박사 보며, 맘 아프지만, 담담히) 이럴 때가 아니면... 그럼.. 어떻게 할 때냐?

윤 박사　(안쓰레 보면) ..

정 철　(입가를 손등으로 닦고, 막막한) 내가 이럴 때가 아니면, 어떻게 할 때냐구? 니가 말해봐, 내가 어떻게 할 땐지?

윤 박사　(담담히) 언니한테 가요.

정 철　(그 말에 눈이 붉게 변하며, 자조적으로 버럭 소리치는) 가서?!

윤 박사　?

정 철　(맘 아픈, 참고) 가서, 가서 어떡해.. 그 암 덩어리 여편네 부여잡고 울까? 울어?

윤 박사　(맘 아프게 보면) ..

정 철　(눈물이 그렁해, 울지 않으려 참고, 자조적으로, 말 한마디 한마디를 뼈아프게 하는) 아프다고 했어. 근데 내가 동네 병원 가서 약이나 지어 먹으라고... 의사라는 남편 놈이 그랬다구. (가라앉은, 맘 아프지만, 안 그런 척) 근데 이제 와서.. 이제 와서, 너 암이다, 그렇게 말해?

윤 박사　..

정 철　내가 어떤 놈인 줄 너 알지? 의료 사고로 사람 처죽여 내 병원 내가 말아먹은 놈이야, 나.

윤 박사　어시스트들이 뒤처리 잘못한 거, 책임진 거뿐야.

정 철　(못 들은 듯, 자조적으로, 맘 아프게, 그러나 애써 참으며) 이 나이에 남의 병원에서 초라한 월급쟁이 의사질 하는 게 부끄러워, 여편네 아프다는데도 병

원 오지 말라구 한 놈이야, 내가. (맘 아픈, 자조적으로, 강조) 그런 개새끼가, 가서.. 무슨 말을 해.

윤 박사 (눈가 붉은, 맘이 아픈) ...

정 철 (일어나서, 눈가 그렁해, 악쓰는) 너 죽는댄다. 잘 죽어라, 그러냐?!

윤 박사 선배.

정철, 지갑에서 카드 꺼내놓고, 나가며,

정 철 (맘 아픈) 난 못 해. (나가며) 난 그렇게 못 하겠다. (하고, 나가는)

58. 할머니의 방(방문 열린), 밤.

인희, 연시 바구니를 들고 들어와 할머니 앞에 놓고 앉아, 턱받이를 해주며,

인 희 (노랫가락처럼) 어머니, 연시 먹자. 딱 두 개만.

할머니 (기분 좋아, 고개 끄덕이는)

인 희 (귀여운, 웃음 띤) 아우, 울 어머니, 착하기도 하시지. 내가 연시 까줄게? (하며, 연시 껍질 까고)

할머니 (입 벌리고) 아..

인 희 (아이한테 하듯) 아고 잘하네.... 좀만 기다려.. (연시 까며) 껍질 까니까..

59. 도롯가 접한 인도, 밤.

정철, 코트 주머니에 손을 꽂고 걸어가는데, 눈물이 흘러도 모르는, 멍하고, 막막해, 걷기만 하는, 한참을 걷다가, 멈춰 서서, 사방을 보는데, 사람들은 지나가고, 차는 달리고, 자신은 그 길 위에서 어떻게 할지 모르겠는, 걸어가다, 더는 못 걷겠는, 가만, 서서, 큰 소리도 못 내고, 흐느끼는, 오래 서서, 우는,

60. 빈 오피스텔 안, 밤.

연수와 인철, 싱크대며, 화장실이며를 열어보고, 집이 좋은가 체크하는,

연 수 (집 둘러보며) 나 혼자 온다니까, 괜히 따라와서, 고생이다, 선배가..

인 철 (창문이며, 문이며 꼼꼼히 살피며) 내가 추천한 책임이 있지.. 어떻게 혼자 오게 해.

연 수 (편하게, 농담처럼) 나 같은 애한테 의릴 뭐하러 지키니? 너도 안 봐주는데?

인 철 (집 안만 살피며, 담담히) 그러게..

연 수 (편하게, 웃는데, 전화 오고, 보면, 영석이다, 인철 의식하고, 한쪽으로 가서 전화 받는, 편하게) 어, 나.

61. 영석의 집 안, 밤.

영 석 (소파에 앉아, 서류 보다 전화한) 미안해. 다시 한 번 사과할게, 연락 못 한 거.

＊점프컷, 교차 씬 》

연 수 (담담히, 편하게) 그만해, 그 말은.. 자기 기죽어, 말하는 거 별로야.

영 석 연락하지 않는 동안, 나도 너 보고 싶었다. 많이.

연 수 (맘이 싸해지는) .. (따뜻하게) 나, 지금, 인철 선배랑 있어.

영 석 (편하게, 알겠단 듯) 아... 그럼 나중에 통화하자. (하고, 전화 끊고, 한쪽 보면, 아내와 안고 찍은 사진이 보이는, 가만 보다, 서류 보는)

인 철 (여전히, 이것저것 확인하며) 무슨 전활 그렇게 조용히 받아.

연 수 (어색한) 그냥..

인 철 (보며) 차 대표야?

연 수 (남남히 보며) 다 아는 건, 우리 서로 묻지 말자.

인 철 (보며, 담담히) 숨어서 하는 사랑.. 불편하겠다. (주변 보며) 집이 좋다. 얻어. (하고, 나가는)

연 수　(인철을 불편하게 가만 보다, 한쪽에 놓아둔, 가방 들고, 나가는)

62. 클럽 앞, 복도, 밤.

재영, 답답하게, 서 있다가, 문 쪽 보면, 정수, 술 취해 기분 좋게 나와, 재영의 옆에 서서, 재영을 이쁘단 듯 보는,

재 영　(편하게, 화나진 않은) 나 여기서 한 시간 반 기다렸다.
정 수　(재영이 귀여운) 그래서?
재 영　(안아주며) 너 자꾸 왜 이러는데.. 어, 정수야...

63. 달리는 택시 안, 밤.

정철, 뒷좌석에 초라하게 앉아, 강가를 보는데, 눈가가 붉어, 멍한, 막막한, 취기가 있는,

64. 할머니의 방, 밤.

할머니　(연시를 먹다가, 연시를 보고, 갑자기 분해 눈물까지 그렁해) 이 우라질 년. 시애미한테 개똥을 줘? (하며, 이불 까는 인희 등에 연시를 던지고) 너나 먹어라, 이년, 너 먹어! 이 나쁜 년.

인희, 이불 깔다 놀란 얼굴로 뒤돌며, 제 등을 보려 하며,

인 희　뭐야, 이게! (터진 감 보고, 속상한) 못 살어, 내가.
할머니　이 개가 물어갈 년. 내가 아무것도 모른다고..
인 희　내가 뭘 어쨌다고! (바닥에 떨어진 연시를 보며) 이거 이거 아까워서 어쩔 거야? 이불은 또 어떻게 하고?! 못 산다, 내가! (하며, 이불과 바닥에 떨어진 연

시를 주워 먹는)

할머니　(분한) 냄새 나는 개똥을.. 처먹고, 이 쌍년!

인 희　(터진 연시를 주워 먹으며) 에베베.. 별 욕을 다 해, 이제! 욕하지 마! (하고, 손가락 빠는)

할머니　드런 년. 그게 맛있냐?

인 희　(아까워, 손가락 빨며, 할머니를 보고, 버럭) 맛있지, 그럼, 얼마나 단데!

65.　집으로 가는 길, 밤.

정수, 술이 떡이 돼, 벽에 기대서서 정신을 못 차리고 있는, 재영, 그런 정수의 어깨를 잡고,

재 영　정수야, 집에 가자, 여기서 이러지 말고, 어? 정정수?

정수, 고개를 들며 취한 목소리로, 작게 웃으며,

정 수　너, 나 사랑해?

재 영　당연하지.

정 수　너, 나 의대 못 들어가두 좋아할 거냐구?

재 영　이번엔 자신 있다며?

정 수　또 떨어지면 싫어할 거야?

재 영　그런 말이 어딨냐? 이러지 말고, 집에 가자.

정 수　니네 자취방 가서 자자. (하며, 주저앉고)

재 영　룸메 있어, 안 돼. (하며, 일으켜 세우려는데)

정 수　재워줘.. (하며, 갑자기 재영을 끌어안으며, 입 맞추고)

재 영　(몸을 빼내, 정수 달래는) 그만해! 아까 했잖아! 낼 또 하자, 어?

그때, 차를 몰고 오던 연수, 정수를 발견하고는 경적을 울리고, 재영, 놀란 얼굴, 정수, 취한 얼굴로 고개 돌리고,

연 수　(차에서 내다보며, 웃음 띤, 편하게) 야, 정정수, 너 뭐해?

정 수　(연수를 알아보곤, 어색한, 술 취한) 누나다...

재 영　(어색한, 일어나, 인사하며) 안녕하세요.

연 수　(재영 보며, 웃음 띤 얼굴로) 정수 여친이구나? 재영이니?

재 영　(편하게) 네.

연 수　(편하게, 웃으며) 내 동생이랑 만나느라 니가 고생이 많다, 야.

재 영　조금요.

연 수　정수 대신 내가 지하철역까지 바래다줄게. 차 타.

재 영　아... 아니에요. 혼자 갈 수 있어요.

정 수　(취해, 일어나며, 흔들거리며) 누난 가. 내가 데려다줄 거야.

연 수　(정수에게, 편하게) 좋은 말 할 때 타라. 제대로 걷고.

재 영　(같이 타자는 듯, 정수 옷깃을 잡고, 차로 가며, 연수에게) 고맙습니다. (하고, 차문을 열고 정수와 타고)

연 수　(차에 타는, 둘을 이쁘게 보는)

66.　대문 앞 + 마당, 밤.

정철, 비틀비틀 대문 열고, 마당으로 들어서는,

할머니　(E) 에라, 이 미친년아, 사람이 개똥을 먹어, 에라 이 미친년!

인 희　(E) 남들 다 자는데! 그만해요, 어딜 가?!

정철, 현관으로 가고,

67.　거실 안, 밤.

할머니, 방에서 연시 바구니를 들고 거실로 나오고, 인희, 연시로 범벅이 되었지만 걸레 든 손으로 할머니 연시 바구니를 뺏으려 하는, 그러나 힘을 못 당하겠는,

인 희　이거 줘요! 무슨 늙은이가 이리 힘이 좋아!

할머니　(바구니를 안 뺏기고, 연시 던지며) 개똥이다, 개똥!

인 희　이거 내놔, 집 다 망가져!

할머니　(안 뺏기고, 펄쩍펄쩍 뛰며) 개똥이다, 개똥! (하며, 연시를 던지고)

정철, 현관문 열고 들어오는데, 할머니가 던진 연시가 윗옷에 터지는, 정철, 연시 터진 윗옷을 보고, 맘 아픈, 화도 나는, 다짜고짜 할머니에게 가서 들고 있는 연시 바구니를 뺏어 바닥에 내팽개치는,

할머니　(놀라, 멍한) ?

정 철　(속상해, 버럭) 왜 이 여잘 못 잡아먹어 평생을 그래요, 평생을! 이 노친네야! 도대체 뭐가 못마땅해 그러냐구, 말해봐! 뭐가 못마땅해!

인 희　(놀라, 정철의 팔을 손으로 치고, 어이없는) 왜 그래?

정 철　(눈가 붉어, 할머니에게 소리치는) 말해봐요, 이 여자가 어머니한테 뭘 잘못했는지, 말해보라구!

할머니　(전에 없던 정철의 고함에 놀라, 주저앉아, 울먹이며, 서러운) 너 왜 그래.. 아저씨, 왜 그래..

인 희　(걸레로 바닥 닦으며, 속상하고, 원망스런 눈길로 정철 보며) 정신없는 노친네한테 이게 무슨 행패야! 술 먹었음 곱게 잠이나 자.

그때, 연수, 정수를 부축하고 들어서고,

정 철　(연수와 정수를 보며, 버럭) 니들은 어딜 처싸돌아다니느라, 허구헌 날 오밤중이야, 이 새끼들아! 엉?

정 수　(화나는, 정철을 외면하며, 짜증) 아, 썅, 진짜.... (하고, 제 방으로 가려는데)

정 철　(가는, 정수의 옷섶을 잡으며) 뭐.. 썅?

정 수　(짜증스레) 놔요!

하면, 정철, 그대로 정수의 뺨을 치고, 인희, 걸레질하다, 정철 보고, 어이없어, 멍한, 연수, 놀라 정철 말리는,

연수　(정철에게) 아빠, 왜 그래? (정수에게) 정수야, 너 니 방 가, 어서!

정수　(화나, 방으로 가며, 화난) 짜증 나, 진짜!

인희　(황당하고, 놀라, 울상, 걸레 놓고, 일어나, 정철의 팔 잡고, 팔뚝을 때리며) 어머머머, 미쳤어, 미쳤어! 왜 애를 때려! 돌았나 봐, 진짜! 왜, 생전 안 하던 짓을 해!

정철　(인희, 아랑곳없이 가는 정수에게, 화나 소리치는) 야, 쌍누무 새끼야,

정수　(보면)

정철　뭐, 아빠한테 썅! 이 버릇머리 없는 새끼, 니가 새끼야, 벌써 대학 들어갔어?! 삼수하고 시험 친 주제에, 뭘 잘했다고, 빽하면 술 처먹고,

연수　(속상한, 인희가 치우던 바닥을 걸레질하는)

인희　(말꼬리 자르며, 속상한, 소리치는) 놔둬요. 삼수하는 애 속은 오죽해?! (정철을 안방 쪽으로 밀며, 등 툭툭 치며) 당신이나 방에 들어가, 빨리! 당신이나 들어가서, 자, 어서!

정철　(인희를 획 뿌리치며 (인희, 그 바람에 넘어지고), 속상해, 버럭) 놔! 니가 지금 누굴 가르치려고 들어?! 지 몸 하나 간수 못 하고, 언제 죽을지도 모르는 게!

연수　(뭔 소린가 싶어, 정철 보고)

정수　(별 반응 없이, 2층에서 내려다보는) ?

정철　(인희에게 악쓰며, 소리치는) 니가, 지금 누굴 가르치려고 들어, 이 등신아!

인희　(넘어진 채, 어이없고, 황당해 정철 보는) ?

그런 인희의 얼굴에서, 엔딩.

제2부

1. 할머니의 방, 아침.

정철, 출근하는 차림으로 방문 앞에 서 있는,
할머니, 이불을 반만 덮고 쪼그리고 누워 자고 있는,
정철, 그런 노모가 안쓰럽고, 맘이 아파 다가가, 이불을 잘 덮어주는,

2. 2층 화장실, 아침.

인희, 수건을 들고 문턱에 앉아, 세수하는 정수 눈치를 살피고 있는, 간밤에 정철에게 맞은 정수가 걱정되는,

인 희 (조심스럽지만, 짐짓 친구처럼 편하게) 많이 아팠어?
정 수 (세수만 하는) ...
인 희 이제 엄마랑 말 안 해?.. 치사하다, 야. (세수를 마친 정수에게 수건을 주면)
정 수 (수건 받아 들고 닦으며) 됐어.
인 희 아빠가 속상한 게 있나 보다, 그렇세 생각해.
정 수 (대답 없이, 그냥 자기 방으로 가버리고)
인 희 (그런 정수를 보는)

3. 거실 + 할머니의 방, 아침.

인희, 2층에서 내려오다가 할머니 방에서 나오는 정철에게,

인 희　(퉁명스럽게, 어이없고, 답답한) 그럴 걸 뭐하러 소란을 펴요? 노친네, 간밤에 어찌나 놀랐는지, 아침잠 없는 양반이 내처 눈을 못 뜨고. 왜 당신은 나이 들면서 안 하던 짓을 해? 술을 안 먹나, 애들을 안 패나. 정신없는 노친네한테 같이 정신없는 사람처럼 화를 안 내나.. 오늘은 연수도 먼저 가고.. 택시 타고 가.

정철, 인희의 잔소리를 무시하고 거실을 가로질러 현관으로 가서 신발을 신으며,

정 철　(인희 얼굴을 보지 않고) 오늘 오후에 장 박사 병원으로 좀 와.
인 희　(답답한) 뭐한다구?
정 철　(안 보고, 제 할 일만 하며) 검사 한두 가지 더 할 게 있어.
인 희　어제 다 했잖아. 병원 가서 다시 할 검사가 더 뭐 있어? 방광염 가지구. 대충 약이나 주면 되지. 암튼 의사들이란 그저 환자만 보면 피 뽑구 싶어 난리지.
정 철　(버럭, 답답한) 맨날 뭘 그렇게 잘 알어?!
인 희　(답답한) 성질을 낼 게 아니라, 오늘 나 가평 간다니까. 돈만 주고, 한 번도 안 가봤잖아. 공사 만료일이 낼모렌데, 집이 됐는지, 안 됐는지, 확인해야지.. 그래야 더 춥기 전에 이살 가든 말든 할 거 아냐. 이누무 집, 웃풍이 쎄서, 어머니 겨울만 되면 콜록대는데. (눈치 보며) 근덕이네도 한 번 가볼라 그러고...
정 철　(나가려다, 돌아보며) 잔말 말구 와!
인 희　안 가도 되는데..
성 철　(답답한) 니가 의사냐?

정철, 화난 얼굴로 마당으로 나가고,

인 희　(정철 뒤에서, 얄미운 듯, 혼잣말) 알았어요, 가. 괜히 버럭버럭.. 화를 내고...

늙어서 꽥꽥대면 누가 무섭냐? 잘 가라, 이 꼰대야!

4. 인사동 거리, 낮.

정수와 재영, 데이트하고 있는, 재영, 좌판에서 액세서리를 고르며 이것저것을 얼굴에 대보며 어떠냐는 듯 정수를 보면, 정수는 모자를 두 개 들어, 하나는 재영, 하나는 자기가 쓰고, '스웩!' 하며 밝게 장난치는,

정수 (밝게) 맘에 든다, 이거. 사자. (주인에게) 얼마예요?

5. 카페, 낮.

정수, 창가 자리에 앉아 창밖을 보고 있는, 대학 입시와 어제 정철에게 맞은 일로 조금 답답한, 재영, 커피를 가지고 와 앉으며, 정수 주고, 커피 마시는,

정수 (불쑥, 담담히) 재영아, 우리 여행 갈래? 동해든, 서해든.. 안면도 갈까? 바다 보고 오자, 응?

재영 (웃음 띤, 눈치 보듯, 살피며, 편하게) 너 좀 이상해... 왜 그래? 합격자 발표 기다리는 거 떨려? 걱정돼?

정수 (창가 보며) 떨리긴 무슨. 그냥 기다리는 동안 뭐 할 일도 없고 그래서. (커피 마시는)

재영 오늘 너 좀 많이 이상하다. 뭔 일 있지?

정수 (보고, 담담히) 어젯밤에 아버지한테 (제 뺨 치는 시늉하며) 빽! (하고, 쓰게 웃는)

재영 많이?

정수 (차 마시고, 아무렇지 않게) 한 대.

재영 (혼났다고 다음 날까지 툴툴거리는 모습이 귀엽기도 한) 내가 너 그럴 줄 알았어. 요즘 맨날 술 마시고 늦게 들어가고.. 맞아두 싸.. 고소하다. (하고, 커피 마시는)

정수　(재영이 편하고, 좋은) 너 꼭 우리 엄마처럼 말한다?
재영　(웃으며) 니네 엄마가 이뻐? 내가 이뻐?
정수　(편하게, 깔끔하게) 너. 야, 너 나랑 결혼할래?
재영　(웃으며) 됐거든.
정수　왜? 내가 어때서?
재영　(담백하게) 커피 들고 일어나. 영화 시간 다 됐어. (커피 들고 일어나 가는)
정수　(재영이 이쁜, 편하게, 가며, 농담조) 재영아, 쌩까지 말고, 우리 결혼하자, 야.

6. 근덕의 집 가는 길, 낮.

인희, 보자기에 잔뜩 찬거리를 들고 낑낑대며 가는,

7. 근덕의 집 마당, 낮.

인희, 문을 열고 들어서는, 어제 난리 핀 걸 치우지 않아 수돗가가 엉망이다, 인희, 가슴이 철렁해지는,

인희　(조심스레, 안쪽에 대고) 올케!

그때, 부엌에서 머리를 감았는지 거품이 가득한 머릴 한 채 양순 뛰어나오며,

양순　누구세요?

＊점프컷, 시간 경과 》
수돗가 어느 정도 치워져 있고, 양순, 마저 서둘러 정리하고 있고, 인희, 마루에 앉아, 말하는,

인희　(걱정스럽고, 안쓰런) 어젠 장사두 못 나갔겠네.
양순　(안심시키며, 사람 좋게 웃으며) 괜찮아요, 오늘 나가 두 배로 벌면 되지, 뭐.

덕분에 나도 술 먹고 종일 누워 잤어요. (속상해, 혼잣말) 염병, 그누무 경마. 내가 그 블랙인지 검둥인지 총으로 쏴 죽여야, 그 도박병이 고쳐지지.. (하다, 인희 보며) 형님한테 이런 꼴 안 보일라구 그랬는데.. (하고, 마루에 와 앉으며) 죄송해요.

인 희 올케가 죄송할 게 뭐 있어, 그놈이 미친놈이지. (지갑에서 봉투 꺼내 주며) 얼마 안 돼. 내가 푼돈 모은 거야.

양 순 (손사래 치며, 마다하며) 아, 됐어요! 번번이!

인 희 (안쓰러운, 봉투를 손에 쥐여주며) 받아. 시누이라고 이거밖에 못 해.

양 순 (돈 봉투 주머니에 넣으며) 많이 도와주셨어요. (고개 숙이고) 전 염치없어 고개도 못 들어요. (하다, 대뜸, 고개 들고) 점심 하실래요?

인 희 올케 먹어. 난 그냥 먹는 거 보고 갈게.

양 순 왜요? 같이 드시지. 김치 잘 익었는데.. (하고, 부엌으로 들어가는)

***점프컷, 시간 경과 》**

인희, 양순을 안쓰럽고 대견하게 보는, 양순, 혼자 상을 차려 밥을 우적우적 먹으며, 웃으며,

양 순 내가 근덕 씨한테 당할 년은 아니잖아요, 형님도, 아시겠지만. 둘이 붙음, 내가 힘이 좀 좋아요. 내가 이기지.

인 희 (어이없어, 쓰게 웃고)

양 순 지난번엔 조 아래 맥줏집 하는 이혼한 년이 하나 있는데, 그 맥줏집에서 둘이 히히덕대는 거라.. 그 인간이 도박은 해도, 여적 여자 문젠 깨끗했잖아. 그런데, 이게 이제, 여자까지 찝쩍대는 거지.. 내가 그 꼴 보나, 못 보지?

인 희 (걱정) 여자도 그래?

양 순 아니, 뭐 그냥 내 생각에... 거길 드나드니까. 그래서, 암튼 내가 장사 끝나고 돌아오는 길에 거길 갔더니, 둘이 얼굴을 마주하고, (고개 흔들며) 요래 요래.. 쳐다보면서, 지랄을 하고 있는 거지. 그래서, 내가 냅다, 뛰어 들어가, 그냥 그년 젖통을 덥석! 물어버렸잖아!

인 희 ?!

양 순 (밥 먹으며) 그년이 울고불고.. 근덕인, 아니 근덕 씬, 미쳤냐며 날 잡아먹을 듯 눈을 부라리고, 그래서 내가 그냥 그 인간 거시길 물어뜯어, 사단을 낼려

다가.. (깔깔대고, 웃으며) 나중에, 쓸데가 있겠지, 싶어, 그건 관두구요. (하고, 웃으며, 밥 먹는)

인희 (씁쓸하게 웃으며) 근덕이가 가만있어?

양순 웬걸요, 내 머리챌 잡고 미친 개 뛰듯 길길이.. 그래두 다신 거긴 안 가는 거 같아요.

인희 ...

그때, 근덕, 초췌한 얼굴로 대문을 발로 차고 들어오며,

근덕 양순아, 밥 줘! (하다가, 인희를 보곤, 비아냥) 야... 웬일이시냐?

양순, 밥을 입에 넣다가 놀라고, 인희, 한심스레 근덕을 보는,

근덕 (비아냥) 의사 사모님이, 이 누추한 곳에.. 어쩐 일이냐고? (화가 나 웃옷을 벗어던지며, 비아냥) 하나뿐인 동생, 지지리 궁상 어떻게 사나, 보러 왔냐, 쌍?!

인희 (속상한) 너 지난번에 개인택시 얻는다고, 나한테 돈 가져가놓구 뭐, 경마해?

근덕 (양순을 쏘아보고)

양순 (밥만 먹으며, 쏘아보며) 베리베리 쏘리다!

근덕 (이판사판이다 싶어, 인희에게 화나, 버럭) 그래, 경마했다, 왜? 차 한 대 사달라니까 기껏 (대야 던지며) 돈 오백 주고, 지금 웬 생색? 식빵, 엿같이 진짜! 그래, 나, 그 돈 갖곤 안 되겠어서 경마 좀 했다, 왜?! (하고, 퉷, 하고 인희 앞에 침 뱉곤) 왜, 떫냐?

양순, 마루에서 뛰어와 근덕 등짝을 때리며,

양순 미쳤나, 너? 누나한테 왜 침을 뱉어, 새끼야!

근덕 (인희에게 달려들 듯, 양순은 밀치려 하고) 안 보구 살자며? 형제 연 끊자며? 그래, 하나뿐인 동생이 이렇게 사니까, 맘 편하냐, 어?!

인희, 기도 안 찬 얼굴로 가방 들고 일어나는,

근 덕 맘 편해, 잠이 오냐구?! (하며, 옆에 있는 대야를 발로 차고)

인 희 (속상해, 눈가 붉어, 버럭) 그래, 새끼야. 마음 편히 잠 잘 온다, 왜!

근 덕 (눈을 부라리며) 어, 그러셔.. 처잠이 오셔?! 나가?! 어서 나가, 어서 안 나가?! (하며, 신발을 벗어 인희에게 던지는)

인 희 (속상해 가는, 눈물 나는, 훔치며)

양 순 (근덕 패며, 속상한) 이게 이게 이게, 지랄해, 지랄해, 아주! 엄마 같은 지 누나한테! (가는 인희에게) 형님, 언니, 이 새끼 미쳤어요, 이 새끼가 한 말, 맘에 담지 말고, 귓등으로 들어!

근 덕 (양순, 밀치며) 어지간히 해, 너도!

양 순 (근덕 빰 치고)

근 덕 (놀라면)

양 순 (지가 생각해도, 너무 세게 때린, 놀라) 어머머머, 미안 미안, 내가 너무 쎄게 쳤지? 이 나갔니, 이 나갔어? (하고, 근덕 입을 보려 하는)

8. 정철의 진료실 안, 낮.

정철, 가운을 벗고 서류를 챙기고, 퇴근 준비하는,

윤 박사 (E) 정 박사님, 안에 계시지?

간호사 (E) 네.

윤 박사, 들어오고,

윤 박사 장 선배한테 사진 보냈어요.

정 철 (곱지 않게 보며) 누가 너한테 그러라 시키든? 왜 시키지도 않는 짓을 해, 넌?

윤 박사 ?

정 철 (이내 미안한 마음이 들지만 말 않고 옷을 마지 입고)

윤 박사 (그 마음 이해하는) ...

정 철 (연이어, 책상 서랍을 잠그며) 검사 다시 받을 거야. 니 차트 필요 없어.

윤 박사 ?

정 철 (실내화를 갈아 신고, 걸어놓은, 웃옷 입으며) 내가 이 병원에 있지만 나 이 병원 못 믿어. 지난번 윤 박사 환자두 종양을 양성인데, 악성으로 잘못 짚은 적 있잖아. 다시 검사할 거야. MRI 기계두 초창기에 사서 너무 오래됐구, 아무튼 싹 다 못 믿겠어. (하고, 나가는)

윤 박사 (할 말 없는, 잠시 있다, 나가는)

9. 달리는 버스 안, 낮.

인희, 근덕 생각에 속이 상한 얼굴로 창밖을 멍하니 보고 있는,

인 희 (혼잣말, 서글픈) 나쁜 새끼...

10. 윤 박사의 진료실 앞, 낮.

윤 박사, 문을 닫고 나오는데, 원장, 차트를 들고 오다가 윤 박사에게,

원 장 (짜증) 정 선생님 못 보셨습니까?

윤 박사 왜요?

원 장 병원을 말아먹으려고 하는 건지. 예약 환자도 몇 안 되는 분이, 환자를 다 돌려보내고 자긴 근무 시간에 외출이나 하고... (가다, 돌아서서, 윤 박사 보며) 진짜, 정 선생님 왜 그런대요? 갑상선암 환자 세 명한테나 수술받을 필요 없다 그랬대요?

윤 박사 (원장이 답답한, 담담히) 과잉 진료 안 하시는 분이잖아요. 약물 치료로도 가능한 환지였나 보지?

원 장 (답답한) 수술 안 하면, 병원은 어떻게 운영합니까?! (하고, 가는)

윤 박사 (심란한, 돌아서서 가는)

11. 대학병원 대합실 안, 낮.

정철, 출구 쪽을 보며 인희를 초조한 낯빛으로 기다리고 있는,
인희, 들어와 정철을 찾으려 고개를 빼고 두리번거리는,
정철, 어느새 인희 옆에 와 툭 하고 치는, 인희, 놀라, 보면,

정 철 (답답한) 왜 이렇게 늦어?
인 희 (짜증) 뭐가 좋아 서둘러요.
정 철 가. (하며, 앞장서고)
인 희 (뒤따라가며, 곱지 않게 보고) ....

12. 커튼 쳐진 병원 진료실, 낮.

간호사, 인희의 팔에서 혈액을 뽑고 있는,

인 희 (간호사에게) 어제오늘 피를 몇 리터는 뽑네.
간호사 (웃고, 혈액을 다 뽑고, 그 자리에 솜을 붙여주며) 문지르지 마시고, 꾹 누르세요.

13. 장 박사의 진찰실 안, 낮.

장 박사, 정철과 얘기를 나누고 있는,

장 박사 잘 안 되겠지만, 객관적으로 볼려고 노력해라. 얼굴이 그게 뭐야?
정 철 (답답한) 검사 처음부터 다시 해. 윤이 보낸 거 다 잊어버리구.

하는데, 인희와 간호사, 커튼을 열고 나오는,

장 박사 (웃음, 인희에게) 제수씨, 힘들죠?

인 희　(웃음) 그냥 난 약이나 주면 좋겠구만.

장 박사　(농담) 이쁘니까 잘해주려구 그러지.

인 희　(자리에 앉으며, 편하게) 경환 엄마, 잘 있죠?

장 박사　늙은이가 잘 있어 봤자지, 골골해요.

인 희　?

장 박사　그 사람 평생을 약으로 사는데 뭐, 걱정할 거 없어요.

정 철　(일어나며) 검사실이 2층인가?

장 박사　급하긴. (인희에게) 빈속이죠?

인 희　네.

장 박사　(차분하게 설명하는) 어제 검사에서 빠진 거랑, 또 어제 검사했어두, 미흡하다구 생각되는 부분, 다시 할 거예요.

정철, 일어나 장 박사의 말을 신중하게 듣는 인희를 안쓰럽게 보고,

장 박사　소변보기가 많이 불편해요?

인 희　(정철이 신경 쓸까, 정철을 힐끗 보며, 장 박사 보고, 담백하게) 조금 많이.

장 박사　얼마나?

정 철　(안쓰레 인희를 보고) ..

인 희　오늘은 배만 뒤틀리구, 한 번도 안 나오네요.

정 철　(속이 상하다, 의자에 놓인 코트를 들고) 빨리빨리 검사하자. (하며, 밖으로 나가고)

인 희　(나가는 정철의 뒷모습을 보는)

장 박사　(인희를 보는 표정이 어두운)

14.　내시경 검사실 안, 낮.

인희, 얼굴을 잔뜩 찡그리고 검사를 받고 있는,

15.　MRI 검사실 안, 낮.

인희, MRI 검사를 받고 있는,
정철과 장 박사, 다른 한쪽에서 화면을 보고 있는, 두 사람의 표정이 모두 어두운,

16. CT 검사실, 낮.

인희, 검사를 하고 있는,

17. 장 박사의 진찰실 안, 낮.

정철, 의자에 앉아 있는,
장 박사, 차트 판을 보다가 끄고는 자리에 앉아 정철 보며, 맘 아파도, 담담히,

장 박사 수술 못 해.
정 철 (굳은, 무덤덤히) 해.
장 박사 철아. 다 알잖아.
정 철 (자조적으로, 화를 참으며, 빤히 보며) 내가 뭘 아냐? 명의라고 소문난 너나 알지, 나 같은 돌팔이 의사가 뭘 알아?! 난 위궤양 수술하다, 다른 장기를 건드린 적도 있고, 맹장을 장염으로 오진한 적도 있어. 난 아무것도 몰라.
장 박사 니 그런 행동, 도움 안 돼.
정 철 (눈자위가 붉어져, 장 박사를 똑바로 보며, 맘 아픈, 그러나 차분히) 챙피한 소리지만, 낼모레면 아랫것들한테 밀려 계약직 의사도 그만이야, 나. 그때까지 기다릴 것도 없어, 나, 지금 의사 그만둔다. 나 지금부터 의사 아니야, 그러니까 찬찬히 내가 알아듣게 설명해.
장 박사 (맘 아파도, 단호하게) 이미 늦었어.
정 철 (눈이 붉게 충혈돼서 버럭 소리 지르며 일어나는) 그게 의사가 할 소리야, 임마?! 니들은 남의 사정 생각도 안 하고 늦었다, 그 한마디면 모든 게 끝나?! 이 검사 저 검사 다 해놓고, 늦었다, 그러니 가라! 그럼 끝나는 거야?! 사람

목숨 놓고, 가라, 그럼 끝나, 자식아?!

장 박사 (정철의 그런 모습이 안타깝지만, 냉정하고, 단호하게) 수술이 하등 도움이 안 돼. 임파선을 타고 모든 장기에 전이됐어. 여기저기 엉망이야. 잘못해 수술하다 더 크게 번질 수도 있어. 괜히 이곳저곳 휘저어, 암덩이만 키워. 진정해, 너.

정 철 (단호히) 수술해!

장 박사 안 돼.

정 철 (눈물이 눈가에 가득해, 소리치고 싶지만, 참으며) 수술해, 배 열고 보기 전엔 누구도 어쩌구저쩌구 장담 못 해. 너 왜 그렇게 말이 쉬워? 남편이 의산데.. 손 하나 까딱 않고.. 평생 저 하나만 보고 산 여자한테, 거두절미 너 끝장났어, 여편네야. 그렇게 말하라구? 난 못 해. 배 열고 내 눈으로 보기 전엔 나 그 말 못 해. 진행이 예상보다 못 할 수도 있어, 그럴 가능성 충분히 있어.

장 박사 수술하면 인희 씨가 더 힘들어. 너 좋자고, 개복할 거 아냐.

정 철 (참담한, 화나는, 차트 판의 불을 켜고, 보며) 그래, 나두 의사야. (사진에 난소 쪽 종양 가리키며, 눈가 붉지만, 울지 않으려 하며, 진지하고, 단호하게) 이게, 이렇게 큰 게 아래를 누르고 있어. 소변볼 때마다 죽을 맛일 테구, 하루가 다르게 더 심할 거야. 자각은 죽는다는 통보니까, 곧 죽겠지. (울지 않으려 이를 앙다물고 차트 판을 두드리며) 죽을 때 죽더라두, 이건 떼낼 수 있잖아. (위쪽, 폐 쪽 가리키며) 이것도, 이것도! 숨통이나 틔워주자구! 한 달, 단 일주일만이라두 숨통이나 틔워주자! 그것만이라도, 해주자, 좀!

18. 병원 공원, 낮.

인희, 벤치에 앉아 껌을 씹으며 지나가는 환자들을 아무 생각 없이 보고 있는,

19. 병원 현관, 낮.

장 박사와 정철, 나오는,

정 철 갈게. (하고, 나가다) 3일 뒤, 틀림없지?

장 박사　그래. 낼 당장 입원시켜.
정 철　간다. (하고, 문 열고 나가고)
장 박사　(맘 아픈, 답답한 얼굴로 돌아서고)

20. 길거리 + 좌석 버스 정류장, 낮.

인희, 씩씩대며 걸어가고 있는,
정철, 성큼성큼 걸어가 짜증 난 얼굴로 인희를 자기 쪽으로 돌려세우며,

정 철　집은 나중에 지어두 돼.
인 희　(정철의 팔 뿌리치며) 나중에, 언제! 어머니, 감기 들어 아침에도 콧물을 흘리고 난리라고 말해도 그러네.. (가다, 돌아서서, 정철에게) 빨리 집 지어야 어머니도 나도 편하다구! (하고, 가려 하면)
정 철　(팔 잡으며) 아픈 사람이 어딜 가냐?
인 희　(뿌리치며) 아프긴 누가 아퍼? 소변이 불편하댔지, 내가 아프댔냐?
정 철　(답답한)
인 희　그렇게 내가 걱정스러우면, 진작에 좀 걱정하지.
정 철　?
인 희　젊어서 애 날 때두 옆에 없던 사람이.. 늙어서 노망나나... 가요, 일두 안 하구 월급 받을라고.. 그러다 병원서 찍혀! (하고, 정류장 쪽으로 가고)
정 철　(한숨 쉬고 따라가, 다시 팔을 잡는)
인 희　(뿌리치고) 내 걱정이 그렇게 되면, 근덕이한테나 한 번 가보든가.
정 철　(화난, 답답해, 보면)
인 희　(야속한) 그러는 거 아니야. 나한텐 하나밖에 없는 피붙이구, 당신한텐 하나밖에 없는 처남인데.. 평생을 나 몰라라..
정 철　..

버스 오고,
인희, 사람들과 같이 버스를 타러 가려다,

인 희　오늘은 술 먹지 말고. (정철이 미운) 꼴 보기 싫게, 어젯밤처럼 오기만 해봐라. (하고, 버스 타고)

버스 출발하고,
정철, 떠나는 인희를 보고, 한숨을 쉬고 가는,

21. 연수의 사무실, 낮.

사원들, 저마다 퇴근 준비로 바쁘고,
연수, 분주하게 책상을 정리하며 퇴근 준비를 하는,
인철, 일하는 게 보이는,

사원1　연수 선배, 정말 가? 간만에 한잔하자, 일찍 끝났는데?
연 수　(웃음) 안 돼.
사원1　같이 한잔하자. 선배 안 가면 재미없는데..
연 수　(웃으며) 그러게, 나 없음 재미없을 건데.. 그럼 회식 날을 바꾸던가.
인 철　(옷 들고, 일어나며) 연수 씨, 오늘 차 점검 들어갔댔지, (가며) 나와, 내가 태워줄게.
직원들　우우우.. 팀장님, 카리스마.. 멋진데?
연 수　(왜들 저러나 싶다, 그러나 가볍게) 낼 보자. (하고, 나가는)

22. 주차장, 낮.

인철, 자기 차로 가서, 차문 열고,
연수, 주차장에서 그런 인철 보며, 담담하게,

연 수　나, 집에 안 가.
인 철　(차 문 열다, 연수 보며, 잠시 생각하다) .. 어디 가든 데려다줄게. 타.
연 수　(담백하게) 서초동 가.

인철　(담백하게) 차 대표네?
연수　(담백하게) 어.
인철　(잠시 보다) .. (담백하게) 타.

23.　달리는 인철의 차 안, 낮.

인철, 운전하고, 연수, 조수석에 앉아, 창가 보는,

인철　(운전해 가며, 담담히) .. 그 인간이.. 너 책임져준대?
연수　(창가만 보며, 담백하게) 책임져주기 바라지 않아.
인철　(운전만 하며, 남 말하듯, 담담히) 책임지지 않는 사랑도 있니?
연수　(담담히, 편하게) 사랑을 책임질 수 있는 거라고 생각한 적 한 번도 없어.
인철　(운전에만 신경 쓰며, 말은 편하게) 사랑은 책임이야. 적어도 책임지려고 하는 노력이야.. 책임 없는 사랑은 너무 가볍잖아. 넌 차 대표한테 곧 먼지 되고 바람 될 거야. 흔적도 없이, 그렇게 될 거야. 그 사람은 엄청난 책임과 무게가 있는 애들과 와이프에게로 돌아갈 거구.
연수　(담담히, 창가 보며) 신경 안 써.. 추억은 남겠지..
인철　(운전하며, 담담히) 추억 만들려고, 남의 인생 니 인생 망치냐, 바보야. (남 말하듯 대수롭지 않게, 앞만 보며) 니들 때문에, 차영석 와이픈 무슨 죄냐? 지들 좋다고 남 상처 주고.. 이해가 안 된다. 진짜..
연수　(창가만 보며, 담백하게) 이해하지 마, 그냥 버려, 나 같은 애.
인철　(운전만 하며) 갠 이혼 안 해. 할 거면 벌써 했지. 착해서가 아니라, 우유부단한 놈이니까... 나도, 너 버리고 싶다. 근데, 나도 너만큼.. (스스로가 답답한, 그러나 담백하게) 안 똑똑해서. 잘 안 된다, 그게. (하고, 좌회전하는)

24.　공사 중인 전원주택 앞, 저녁 무렵.

아직 완공이 다 안 된 상태의 집 앞에 가로등이 켜 있고,
인희, 김 소장의 차로 집 앞에 멈춰 서는, 인희, 차에서 내려서 집을 흐뭇한

마음으로 보며,

인 희　그럼 낼부터는 마무리 공사 들어가는 거죠?

김 소장　(사람 좋게 웃으며) 그럼요.

인 희　(집으로 가다가 이리저리 둘레를 살피며) 내장재는 전번에 말한 거 되는 거죠?

김 소장　네. 근데, 사시는 집은 나갔어요?

인 희　네. 그 집은 내년 봄에나 들어온다는데, 우리가 급해서. 나, 안에 좀 들어가보면 안 될까요?

김 소장　(집 키를 꺼내, 문 열며) 되죠. 우리 사모님 맘이 급하시네.

인 희　(웃으며) 내가 좀 그렇죠?

25.　전원주택 마당, 저녁 무렵.

한쪽에 화단이 있고, 나무 두어 그루 심을 수 있는 공간이 있는, 인희, 정돈되어 있진 않지만 널찍한 마당이 마음에 드는,

인 희　마당에다가 평상 하나 짜서 놓고, 여름에 수박 잘라 먹으면 딱 좋겠네. 저쪽엔 상추랑 고추도 좀 심어서 따 먹어도 좋겠고. 좋네요, 소장님.

김 소장　마음껏 둘러보세요, 사모님.

인희, 아이처럼 잔뜩 설레는 마음으로 집 안으로 들어가는,

26.　전원주택 집 안, 저녁 무렵.

인희, 안방을 보고 주방을 보고 밖으로 나가 베란다를 살피며, 들뜬 기분을 감추지 못하고, 이곳저곳을 휴대폰 카메라로 찍기도 하며,

인 희　베란다 너무 이쁘다. 여기 화분 놓고 티 테이블 하나 갖다 놓고 차도 마시고

하면 너무 좋겠다.

김 소장　그럼 다시 신혼 기분 내실 수도 있겠네요.

인 희　신혼 기분은.. 무슨.. 늙은이들이. (하며, 소리 내 웃고, 2층으로 가는 계단을 오르려는데 막혀 있는) 여긴 못 올라가나요?

김 소장　계단이 좀 망가져서요. 다음에 오셔서 보세요. 2층도 좋습니다. 아들 있으시다고 그러셨죠? 아들 장가보내서 2층에 살림 내줘도 좋을 겁니다.

인 희　아직 대학도 못 갔는데, 장가는요, 무슨...

김 소장　아..

인 희　(집 둘러보며) 대학 합격 발표 기다리고 있어요. 장가보내도 요즘 애들을 왜 데리고 살아요. 지들 편하게 살게 해야죠. 그래야, 우리들도 편하고요. (하고, 둘러보며 기분이 좋은)

27.　전원주택 앞, 밤.

김 소장, 나오고, 인희, 계속 집을 돌아보며 나오는,

인 희　(기분 좋은) 집 좋네요. 완성되면 진짜 이쁘겠다. 2층도 봤으면 좋았을 건데.. 그리고, 마당에 나무 등치 좋은 걸루 약속한 거예요... 팔뚝만 한 어린 놈으로 하시면 안 돼요?

김 소장　(차 문을 열며) 타세요, 제가 댁까지 모셔다드릴게.

인 희　(주위를 아쉬운 듯, 뿌듯한 듯 둘러보고) 참, 좋다. 서두르면 겨울 깊어지기 전에 이사할 수 있겠네. (하고, 차 타는)

28.　달리는 차 안.

김 소장, 운전하고 있고, 인희, 조수석에 앉아, 핸드폰 하고 있는,

인 희　간병인 님, 가평 왔다가 내가 너무 늦었네. 죄송해요.

간병인　(E, 편한) 할머니, 종일 주무시고 이제 깨셨는데요, 뭐.

인 희 아우.. 다행이네. 내가 나와 있어두 그 노친네 때문에 맘이 안 편해서..

그때, 할머니의 악 쓰는 목소리 들리는,

할머니 (E) 연수야! 연수야!

간병인 (E) 어머, 할머니, 나오셨네.

인 희 (걱정돼) 여사님?

할머니 (E) 너.. 누구야? 너, 도둑이지? (버럭) 도둑이다!

간병인 (E, 맞는지) 아이구!

갑자기, 쾅 하며 핸드폰 내팽개치는 소리 나고, 이내 끊기는 소리 나는,

인 희 (속상해) 여사님?!

29. 인희의 집 화장실 안, 밤.

간병인, 화장실 문고리를 잡고 안절부절못하는 얼굴로 서 있는,

할머니 (E, 야구 방망이로 문을 두드리며) 내가 니 년을 반드시 서에 넘길 거다. 어디 할 짓이 없어, 도둑질이야. 이년! 내 돈 내놔라, 내 돈 내놔! (하고, 방망이로 문을 두드리고)

간병인 아이구, 그누무 몽둥이 좀 치워요! 진지 드릴게!

30. 거실, 화장실 앞, 밤.

할머니, 화장실 문 앞에서 야구 방망이로 문을 마구 두드리며, 소리치는,

할머니 여기 도둑 있어요! 여기 이 안에, 내 돈 훔쳐간 도둑 있어!

31. 달리는 차 안, 밤.

인희, 휴대폰 끊으며, 애가 타는,

인 희 소장님, 죄송한데, 좀 빨리.....
김 소장 네네.
인 희 (속이 타는, 더운지, 손부채질을 하는)

32. 윤 박사의 사무실 안, 밤.

윤 박사, 퇴근하려 옷을 갈아입고 있는,
정철, 문을 열고 얼굴만 디밀며,

정 철 술 한잔할래?
윤 박사 사줄래요?
정 철 나와.
윤 박사 (따뜻하게 웃고, 준비하고, 나가는)

33. 양순의 통닭집 안, 밤.

손님이 많은, 뽕짝(미스터 팡의 '안동역' 같은) 나오는, 양순, 생맥주를 따라 손님에게 가져가며, 크게 노랠 따라 부르고, 춤추는, 손님들, 기분 좋은,

양 순 이건 서비스!

다른 테이블의 손님, 주문하는,

손 님 누나, 여기 닭튀김 하나 더!

양 순 (신난) 앗싸! 닭튀김 하나 더! 앗싸! (하고, 고갤 끄덕이며, 노랠 부르며, 주방으로 가, 신나게 노랠 부르며, 춤추며, 닭을 튀기는)

손님들 (양순 보고, 박수 치며, 양순의 흥을 돋우고, 웃으며) 잘한다!

그때, 양순, 닭 튀기다, 열리는 문 쪽 보며,

양 순 (춤추며, 큰 소리로) 어서 옵쇼! 이라세이 마세이!

정철, 윤 박사 (들어서는)

양 순 (놀라) 어머머머머머... (손 닦고, 가서, 인사하고, 정철 손잡고, 반갑게) 어떻게 이 누추한 델 오셨어요.

정 철 (양순 보고, 안쓰럽고, 따뜻하게 웃으며) 장사가 잘되네요.

***점프컷, 시간 경과 》**

손님들, 거의 나가는,

양순, 정철과 윤 박사의 자리에 앉아, 나가는 손님에게 '또 오세요!' 하고 인사하고, 정철 보며,

양 순 (어색하게 웃으며) 인사는 해야 돼서.. (조심스레, 눈치 보고, 소주 마시고, 정철 잔에 술 따라주며) 제가 한 잔,

정 철 (술 받아, 놓고, 안 마시고, 양순에게, 조심스레) 나.. 처남댁한테 부탁 있어 왔어요.

양 순 (애매하게 웃으며) 저 같은 거한테 무슨.. 박사님이 부탁할 게 있어서.. (하고, 맥주를 벌컥이는데)

정 철 .. 우리 마누라 수술 들어가는데, 병간호 좀 도와줘요. 워낙 깔끔한 사람이라 남 손 빌리는 거 싫어할 것 같아서 그러는데.

윤 박사 (술을 마시다, 그 말에 놀라 정철을 보고)

양 순 (술 마시다, 캑캑내며) 이게 이게 무슨 소리야? 형님, 어디 아프세요? (이상한) 어, 오늘 낮에까지만 해두 별일 없었는데..

정 철 (보면) ?

양 순 (정철이 화났나 싶어, 설레발) 아니 아니, 그게 그러니까.. 오늘 낮에 김치랑, 아니 젓갈이랑.. 돈은 안 주시고, 그냥 딱 그것만,

정 철　(안심시키며, 따뜻하게) 알아요. 얘기 들었어요.

양 순　(얼굴 풀어지며, 한숨 쉬고) 네, 그러셨구나. 정말 젓갈밖에 안 주셨어요.

윤 박사　(정철 보며) 무슨 말이에요? 수술이라니..

정 철　(윤 박사를 보는)

양 순　(조심스런) 근데.. 형님, 어디가 많이 아프세요?

정 철　(이내 고개 돌려 양순을 보며, 어렵게) ... 네.

양 순　어디가요? 형님, 오줌소태 때문에 고생이시라던데.. 오줌보가 문젠가?

윤 박사　(정철을 보며, 답답한)

정 철　(씁쓸하게 웃으며) 네, 그러네요. 드럽게.. 오줌보가 안 좋네요.

윤 박사　(일어나며) 저, 나랑 나가서 얘기 좀 해요.

정 철　(윤 박사의 팔을 잡아 앉히며, 양순에게) 해줄 수 있죠? 낼 당장 입원할 건데.

양 순　그럼요. (사이) 그럼, 지금 일 접어야 되겠다.

정 철　처남한테 얘기 안 해두 돼요?

양 순　(어색한 웃음 지으며) 전화하면 돼요, 그 인간은.

윤 박사　(애가 타는) 정 선배.

정 철　처남, 여전히 속 썩여요?

양 순　(웃으며) 지 버릇 개 주나요.. 조금.

정 철　(술을 마시고) 나쁘네. 처남이.

양 순　(고개 저으며, 웃으며) 아니에요. 그렇게 안 나빠요. 성질 별난 년, 데꾸 사는 것두 고맙죠, 뭐. 그리고, 너무 어려서 만나, 정들어, 내가 버림 그 인간 어쩌나 싶기도 하고.. 봐주며 살아요.

정 철　(따뜻하게 웃으며) 저, 그럼 지금 집에 갔다 오실래요? 짐두 좀 챙기시구, 처남한테 연락도 하시고.. 여긴 내가 지키고 있을게.

양 순　(술 마시고, 웃으며) 그러실래요?

34.　거리 맥줏집 앞, 밤.

양순, 시둘러 집 쪽으로 가다, 맥줏집 안에 근덕이 있다 싶어, 밖에서 안을 보는데, 문 열고, 이혼녀 나오며,

이혼녀 너 뭐야?

양 순 우리 근덕 씨 왔냐, 안 왔냐?

이혼녀 안 왔다!

양 순 진짜냐? (하고, 안을 들여다보면, 근덕 없는, 이혼녀에게) 너, 내 신랑 여기 들락거리는 거 내 눈에 띄면, 잡아 죽인다?

이혼녀 지랄하네, 또라이.. (하고, 들어가고)

양 순 쥐 잡아 먹은 년처럼, 입술을 시뻘겋게.. (하고, 가며, 핸드폰 하는) 어, 어디냐? 티브이 경마장이냐?

35. 도로, 밤.

여러 대의 택시가 있는, 근덕, 동료가 주는 드링크제를 먹으며, 핸드폰 받으며,

근 덕 티브이 경마장은 돈이 있어야 가지... (하고, 영상통화하며) 길바닥에서 일한다, 니 서방.

***점프컷, 교차 씬 》**

양 순 (영상통화하며) 핸드폰 주변 돌려봐.

근 덕 (핸드폰을 들고 주변을 보란 듯이 돌려 보여주며) 됐냐?

양 순 니 누나, 아프다고 수술한대서, 나 거기 수발들러 가니까, 경마하지 말고, 집에 와서 밥 처먹고, 처자고 있어. (하고, 전화 끊는)

근 덕 (끊긴 핸드폰 보며) 수술?.. (대수롭지 않게) 맹장인가?

손 님 (근덕에게) 잠실 가요?

근 덕 (대뜸) 안 가요. (하고, 가는 사람들에게) 인천이나 제물포 가요, 인천! 파주도!

그때, 다른 운전기사 오며,

기 사 야, 오늘 손님도 없는데, 경마 가자.

근 덕 (시계 보며) 지금 시간이 몇 신데, 끝났지?

기 사 근처 24시간 하는 경마장 내가 아는 데 있어. 따라와. (하고, 차 몰아가고)

근 덕 (경마 하고 싶어, 입술이 바짝 타는) 그래, 좋다.. 오늘 또 붙어보자. (하고, 차 몰아 가는)

36. 불법 경마장, 밤.

근덕과 기사, 여러 사람들, 경마를 구경하는, 구시렁대며, 다들 미친 듯한,

기사와 다른 사람들 달려, 달려, 달려!

근 덕 (의자 위에 올라앉아, 애가 타는) 그래, 가자, 가자, 가자, 가자, 우리 총알.. 가자, 가자, 가자... 총알아, 총알처럼 달려! 달려, 달려! (그러다, 이기면, 의자에서 벌떡 일어나) 터졌다! (경마장을 뛰어다니며, 포효하는) 아자자자자자!

37. 양순의 통닭집 안, 밤.

윤 박사 (걱정스런, 어렵게 말하는) 언니가 힘들지 않을까요?

정 철 (약간 취해, 술을 마시며) 힘들어도.. 할 수 없지. 너두 좀 도와라.

윤 박사 ...

정 철 해보는 데까지는 해봐야지, 그래야 내 맘이 편할 거 같아.

윤 박사 (이해되는) ...

정 철 (뜬금없이) ... 윤아.. 남자가 참 그렇다.

윤 박사 (술을 따라 마시며) ?

정 철 생각해보니까 남자란 인간이 참 쓸모가 없어. 젊어 일할 때나 쓸데가 있을까 늙어지면 쓰레기야. 평생 지 한 몸 간수하는 법도 배우지 못하구 살구. 도대체 하는 게 없어. 밥을 할 줄 아나, 빨래를 할 줄 아나, 애들을 키울 줄 아나. (농담처럼) 집사람 죽는다고 슬픈 건 없는데 참 아쉬울 거는 같다... (쓰게, 웃는)

윤 박사 ..

정 철 (쓸쓸한 웃음) 윤아, 너두 우리 집 된장, 고추장 많이 퍼다 먹었지?

윤 박사　... 그랬지.
정 철　(농담처럼, 그러나 괴롭게 술을 들이켜면서) 너 이제 그 맛난 거 못 먹게 돼, 어쩌냐? 안됐다, 임마.
윤 박사　(마음 아파 술 먹고)

38. 집 대문 앞, 밤.

인희, 숨을 헉헉대며 급한 걸음으로 와, 대문을 열고 들어서는,

인 희　(큰 소리로) 어머니, 나 왔어!

39. 거실, 밤.

할머니, 거실에서 양푼째 밥을 먹고 있는, 인희, 들어서며,

인 희　(걱정스런) 어머니, 괜찮아?

그때, 간병인, 주방에서 나오며,

간병인　오셨어요?
인 희　미안해서 어떡해요... 많이 힘들었죠?
간병인　난리도 아니었죠, 뭐..

인희, 간병인을 한 번 보고 다시 할머니를 보면,
할머니, 밥을 입안 가득 넣고 눈물이 그렁해서는,

할머니　어디 갔다 왔어?

인희, 그런 할머니를 측은하게 보고, 입가에 묻은 김칫국물을 옷소매로 닦아

주며,

인 희　(할머니 안쓰레 보며, 작게 웃으며) 어머니 살.. 집 보고 왔지.

40.　할머니의 방 안, 밤.

할머니, 턱받침을 하고 앉아, 인희가 반으로 잘라 숟가락으로 긁어주는 사과를 받아먹고 있는, 사과를 긁어 먹이며,

인 희　맛있지? 이그이그, 잘 먹네, 잘 먹어. (먹이며) 더 추워지기 전에 우리 이사 갈 거야, 어머니. 마당에 대추나무나 감나무 같은 거.. 심어도 되겠더라구. 어머니, 대추 좋아했지? 우리 대추나무로 심을까?

할머니　사과나무.

인 희　(웃으며, 먹이며) 사과나무는 진드기 때문에 키우기 힘들 건데.. 농약 쳐야 되고.

할머니　사과나무! 사과나무!

인 희　(마지막으로 긁어 먹이며, 달래는) 알았어, 알았어 사과나무 심자. 부사 말고, 홍옥으로다. (할머니 입 닦아주며, 주머니에서 핸드폰 꺼내 보이며) 내가 사진도 찍어 왔는데, 한번 볼래?

할머니　(그저 보면)

인 희　(핸드폰 열어 찍어 온 사진을 한 장 한 장 보여주며) 여기가 마당. 이쪽에는 어머니 좋아하는 채송화 심고, 이쪽에는 나 좋아하는 봉숭화랑, 허브 심고. 여긴, 어머니 방. 웃풍도 없고 안쪽이라서 제일 따듯할 거 같어. 좋지? 그치?

할머니　(졸린, 하품을 늘어지게 하는)

인 희　벌써 졸려? 지금 자면, 새벽에 깨서 안 되는데... (텔레비전 틀어주며) 만화 보고 있어, 응? (아기처럼 할머니의 머리를 쓸어주곤 사과 껍질과 그릇들을 챙겨 들고 나가려는데)

할머니　(졸린) 대추나무! 대추로 심어.

인 희　(나가다가 문득 돌아보며) 알았어요. 대추나무로 심어. (하고, 나가는)

41. 영석의 집 안, 밤.

연수, 서서 천천히 주위를 둘러보는, 모든 게 완벽하리만치 깔끔하고 세련돼 보이는, 연수, 살림들을 보던 눈을 돌려 귀여운 쌍둥이 형제(4, 5세 정도) 사진과 영석과 그의 아내가 함박웃음을 터뜨리며 안고 있는 사진을 오래 보는, 연수, 그런 사진들에 아무런 동요도 느끼지 않는 듯한,
그때, 영석, 안방(안방 문 닫지 않고)에서 추리닝을 갈아입고 나와, 사진을 서랍에 넣으며,

영석 와이프가 이번에 왔다가, 꺼내놓고 갔나 봐.
연수 (짐짓 아무렇지 않은 듯, 주변 보며) 와이프 왔다 가니까, 집 안이 분위기가 확 다르네... 지난번에 왔을 땐, 홀아비 집 같더니, 지금은 신혼집 같다.. (소파에 앉으며) 와이픈, 공부하는 거 언제 끝나?
영석 내년.
연수 그럼 아주 서울 들어오나?
영석 와이프, 박사 끝나면, 그때 이혼 얘기할게.
연수 (피곤한) 그 얘긴 그만해.
영석 (어색하게 웃으며) 그러자. 미안하지만 나 좀 기다려줘야겠다. 오늘, 이리 뛰고 저리 뛰느라, 몸에서 땀 냄새가 너무 나. 좀 씻어야겠어. 나, 씻고 나올 때까지, 냉장고에 와인 있으니까, 마시고 있어. 곧 나올게.

영석, 욕실로 들어가고,
연수, 주방으로 가 냉장고를 여는, 그러다 뭔가 이상해 냉장고 문을 다시 닫고 냉장고 문을 보면 쪽지가 붙어 있는,

＊점프컷, 인서트 - 쪽지 내용 》
제발, 아침밥 꼭 먹을 것.

＊점프컷 》
연수, 쪽지를 읽고는 냉장고에서 와인을 꺼내고 컵을 가지러 싱크대 쪽으로 가는데, 여기저기에 온통 쪽지투성이다, 전기밥솥에 밥솥 사용법이 붙어 있

고, 가스레인지엔 국 끓이는 법이 몇 가지 붙어 있고, 조리 기구엔 사용법이 너무도 자세히 붙어 있는, '제발, 인스턴트 말고, 밥 좀 먹자, 차영석!'이라고 쓴 메모도 보이는,
연수, 맘이 막막해지는, 와인을 잔에 따라 마시고, 욕실 쪽을 보면, 물소리 요란스럽게 나고, 연수, 자신이 있을 곳이 아니라는 생각이 드는데,
그때, 영석, 화장실에서 부르는 소리 나는,

영 석 (E) 연수야, 미안한데 안방 침대 쪽 장롱에서 가운 좀 갖다줄래?

연수, 술잔을 테이블에 내려놓고 안방으로 들어가는,

42. 영석의 안방, 밤.

너무나 깨끗한 안방 내부가 보이는,
깨끗하게 정돈된 침대, 머리맡에 나란히 놓인 베개 두 개가 보이는,
연수, 침대 쪽을 힐끗 보고는 맘이 언짢아지는, 그러다 장롱 문을 열어 보는데, 깨끗하게 정리되어 있는 장롱 안, 양복이 가지런히 걸려 있고, 아래를 보면 와이셔츠가 다려져 차곡차곡 개어져 있는, 연수, 서랍을 하나 빼보면, 정갈하게 정리된 영석의 속옷과 양말들이 보이고,
다시 닫고 서랍 하나를 빼보면, 수건과 가운들이 잘 정리되어 있는, 연수, 가운 하나를 빼고 문을 닫으려다가 문 쪽에 붙어 있는 넥타이 걸이가 눈에 들어오는, 매듭이 되어 있는 넥타이 예닐곱 개가 나란히 예쁘게 걸려 있는, 연수, 마음이 짠해져, 보는데, 내가 무슨 짓인가 싶어지는, 장롱 문을 닫고 침대 쪽을 다시 보면, 엄마처럼 다소곳하게 앉아 수줍게 웃고 있는 부인의 사진 보이고, 연수, 그 사진을 보는데,

인 철 (E) 넌 차 대표한테 곧 먼지 되고 바람 될 거야. 흔적도 없이, 그렇게 될 거야. 그 사람은 엄청난 책임과 무게가 있는 애들과 와이프에게로 돌아갈 거구.
연 수 (E) 신경 안 써.. 추억은 남겠지..
인 철 (E) 추억 만들려고, 남의 인생 니 인생 망치냐.. 바보야... 니들 때문에, 차영석

와이픈 무슨 죄냐?

연수, 맘 아픈, 내가 무슨 짓을 하나 싶은, 아내 사진을 한참 보다가, 나가는,

43. 영석의 거실 안, 밤.

연수, 가운을 욕실 문 앞에 놔두고 소파에 두었던 가방을 들고 조용히 나가는,

44. 영석의 욕실 안, 밤.

영석, 머리 감다가 닫히는 문소리에 문 쪽으로 고개 돌리는,

영 석　(이상한) 연수야! 연수야!

45. 집 앞, 밤.

연수, 생각 많게 걸어가, 집을 보고는, 가방에서 키 꺼내 들어가는,

인 희　(E, 화가 나) 어떻게 모두 남 일 같애?! 지금이 몇 시야? 일찍 들어오라구, 내가 몇 번을 말해, 도대체?!

46. 거실 안, 밤.

인희, 걸레질을 하고 있는,
양순, 주방에서 설거지를 하며, 인희 눈치를 보고 있고,
연수, 심란한 얼굴로 냉장고에서 물병을 꺼내 따라 마시는,

인 희　사람들이 왜 그래, 정말. 정신 빠진 노친네, 집에 가둬놓구 맘이 편해?

연 수　(잔을 내려놓으며) 미안해요.

인 희　(걸레질을 하며) 나 죽어두 눈 하나 꿈쩍 안 할 인간들.

정 철　(옷을 갈아입고, 안방에서 나오다, 인희가 걸레질하는 모습 보고) 청소기 없어?

인 희　(일하며, 퉁명스럽게) 그게 때가 져요?

정 철　연수, 니가 좀 해.

연 수　?

인 희　놔둬요. 걔가 손모가지에 힘이나 있구.

정 철　(버럭) 연수 시켜!

정철, 인희에게서 걸레를 빼앗아 연수에게 던지며,

정 철　(연수에게 버럭) 임마, 니가 좀 해!

인 희　(황당해) 이 사람이..

연수, 속상한 얼굴로 고개 돌리면,
양순, 달려와 걸레를 들며,

양 순　제가 할게요. (하고는, 걸레 들어 바닥을 닦고)

정 철　(연수에게) 너 왜 안 해, 자식아. 아버지 말이 말 같지 않어?!

연 수　(속상한, 답답한) 어제오늘 정말 왜 그러는데, 아빠? 나도 힘들어.

정 철　(속상한, 화난) 뭐, 힘들어? (버럭) 니가 뭐가 힘들어?! 돈 벌어서 힘들어? 너 지금 돈 좀 번다고, 직장 생활한다고 유세해?! 그럼 벌지 마, 자식아! 너 안 벌어두 먹구살어! 니가 무슨 공주야, 왜 기집애가 집안일 하날 안 거들어, 엉? 니 엄마가 종이냐, 니 눈엔 니 엄마가 종으로 보여, 그래, 임마?!

연 수　(버럭, 속상한) 내가 언제 그랬대요?!

정 철　어디서 말대꾸야!

인 희　(일어나 정철을 가로막으며, 서운한) 왜 그래요, 도대체! 아무리 처남이 밉다지만 처남댁을 집으로 데려오고.

양 순　(마루를 닦다, 그 소리에 일어서며) 형님, 그게 아니구요....

인 희　(아랑곳 않고) 그리고 연수가 놀다 와, 일하고 왔잖아! 어머니, 나랑 당신 아니면 애들은 돌보지도 못하는데.... 당신이나 좀 일찍 들어오지, 술 먹지 말구!

정 철 (버럭) 조용히 안 해!

연수, 물 마시다 물컵을 소리 나게 탁자에 놓고, 정철 보며,

연 수 제발 소리 좀 그만 치세요!

정 철 ?!

연 수 (속상한, 화나는 맘 참고) 아빠, 번번이 무슨 일만 있음 설명도 하지 않고, 먼저 화부터 내고 소리치는 거, 진짜, 보기 힘들어. (하고, 2층으로 가는)

정 철 (연수 보며, 버럭) 너, 니 엄마가 지금 어떤 줄이나 알어, 자식아?!

연수, 계단을 오르다 멈춰 서서 그게 무슨 말인가 싶어 돌아보는,

47. 마당, 밤.

정철, 화난 얼굴로 나오며,

정 철 따라오라면 따라와!

하며, 대문 열고 나가고,
인희, 현관을 나오며,

인 희 (답답한) 이 밤중에 어딜 나가, 집 놔두고?

정 철 (가며) 니 병 얘기야, 따라와.

인 희 (답답한, 투덜투덜, 구시렁대는) 병 얘길 뭐 나가서 해, 날도 추운데.. 정말 별일이네.

48. 공원, 밤.

인희와 정철(담배를 꺼내들고), 벤치에 앉아 얘기하고 있는,

인 희　(답답한, 속상한, 병이 걱정도 되지만, 짐짓 아닌 척) 말해봐요, 어서. 내 병이 뭔지.. 대체, 내가 어디가 그렇게 나쁘대?

정 철　(맘먹고, 안 보고) 다.. 다.. 나쁘대.

인 희　(어이없어 보는) ?

정 철　(안 보고, 막막한, 숨만 고르는)

인 희　(이상한) 아픈 데가 없는데.. 어떻게.. 다 나빠?

정 철　(담배를 만지작거리며, 작심한, 안 보고, 단호하게) 암이야.

인 희　(뭔 소린가 싶다) 암?

정 철　그래.

인 희　(놀랐지만, 잠시 생각하다, 애써 담담히) ... 무슨 암?

정 철　(외면하며, 슬픔을 참으며, 애써 담백하게) .. 난소에서 자궁까지 번져, (신장도 말하려는데)

인 희　(맘이 철렁해도, 애써 담담한 척, 너무 심각하지 않게, 말꼬리 자르며, 조금 당황한 맘, 감추며, 툭툭) 몇 기래? 초기야? 안 아픈 거 보니까 초기가 맞나 보네. 그래요?

정 철　(인희를 보며, 차마 말을 못 하고) ..

인 희　(답답한, 속상해, 화가 나는, 버럭) 말해봐, 떼내면 되냐고?

정 철　(차마 말을 못 하겠는, 거짓말하는, 담백하게) .. 그래.

인 희　(두렵고, 속상한, 그러나 부러 아무렇지 않은 척, 큰 소리로) 그럼 까짓 뭐.. 떼내지 뭐. 그깟 것.

정 철　(막막하고, 맘 아파, 그 맘 숨기려, 담배에 불을 붙이려는) ..

인 희　(담배 뺏고)

정 철　(슬픈 눈으로 보면) ?

인 희　담배 좀 그만 펴. 뭐 좋은 거라구, 맨날 물고 있어. (하고, 딴 데 보며, 답답해, 툭툭 말하는) 요즘 세상에 뭐 애지간한 암이 병이야... 의학이 얼마나 발달했는데...

정 철　...

인 희　(무서워도, 정철 달래려, 그냥 화난 듯 툭툭 내뱉는) 이제 쓸데두 없는 자궁 난소 들어내는데, 뭐.. 아쉬울 것도 없고.. (보며, 속상해, 화난 듯, 툭툭) 구파

발 선자도, 평창동 걔 친구도 들어냈대.. 당신도 의사니까 잘 알겠지만, 내 나이 여자들 유방이고, 자궁이고, 다 들어내는 게 수순인데.. 그게.. 뭐.. (무섭지만, 안 그런 척, 다른 데 보며) 아이구, 차라리 잘됐어, 혹시나 싶어 나두 간이 조마조마했는데... 이제 이 나이에 필요 없는 거 달고 있음 뭐해. 생리도 안 하는데. 떼내면 돼지.

정철 ..

인희 (무서워도, 내색 않고, 덤덤히) 아이구 난 그런 거 하나두 안 겁나네. 사는 게 무섭지. 림프로 전이는 안 된 거지?

정철 (맘 아픈, 안 보고, 거짓말) .. 그래..

인희 (정철 보며, 안쓰러, 화가 나) 됐네, 그럼! 들어가요, 청승 떨지 말구, 추워. (외면하며, 혼잣말처럼, 속상한) 근데, 별로 아픈 데두 없이 그런 병이 왜 걸렸대.

정철 (마음이 아프다, 안 보고) .. 안 아퍼?

인희 (보며, 속상해, 퉁박 주듯) 아프면, 뭐? 대신 아파줄래?

정철 (할 말 없고) ..

인희 (일어나 속상하게 가다, 돌아보는, 정철이 안된) 나이 들어, 성질만 괴팍해시고.. 맘은 약해져선... 내가 아프지, 당신이 아퍼? 아픈 나보다 코가 한 자나 더 빠져선.. 왜 그래? 남자가 그렇게 약해, 나 죽음 어떻게 살래? 남자가 좀 든든한 맛이 있어야지.. 이것 봐? 지금도 내가 자기 신경 쓰고, 위로하지... 번번이 그랬던 거처럼.. (하고, 가는데, 속이 상해, 눈가가 그렁한, 무섭기도 한, 작게 구시렁) 무서우면.. 내가 더 무섭지.. 지가 더 무섭나.. 뭐야, 처량 맞게.. 저렇게..

정철, 가는 인희의 뒷모습을 마냥 보다가 눈물이 그렁해, 땅만 보다, 담배에 불을 붙이려는,

49. 정수의 방 안, 밤.

정수, 술에 취해 침대에 널브러져 자고 있고,
연수, 수술이 걱정되는, 인희가 어떤 상탠가 싶어, 의자에 쪼그려 앉아, 생각 많은,
양순, 정수가 귀여운 듯 보며, 머릴 쓸어 넘겨주며,

양순　우리 정수도 이제 총각 다 됐네. 술을 다 마시구, 우습네.

연수　(안 보고, 제 생각에 빠져) 엄마, 얼마나 심하대요?

양순　(보며) 심한 건 모르겠고... 수술은 해야 된다대. 사실, 나두 잘 몰라, 오줌보가 잘못됐다고 그러는 거 같든대, 내가 좀 그렇잖아. 뭘 들어두 통 머리에 안 남아 있어. 닭을 만지다, 닭대가리가 됐는지?

연수　(화가 나는, 그때, 대문 소리 나고, 나가, 1층으로 내려가는)

양순　?

50.　안방 안, 밤.

인희, 속상하고, 답답해, 가방에 옷가지들을 챙기고 있는,

인희　(가방을 챙기며, 답답하고, 속상해, 화난 듯, 구시렁대는) 이사나 하고 수술하면 안 될 게 뭐 있어? 담 주면, 집도 꼴을 갖출 건데.. 새집에 들어가서 하면 일두 없구, 좀 좋아? 생전에 안 써주던 신경을 귀찮게 써준다고.. 이제 죽을 때가 됐나 부네, 저 꼰대가...

51.　마당 안, 밤.

연수와 정철, 얘기하고 있는,

연수　(정철에게 화나는, 참고, 담백하고, 건조하게) 엄마, 정확한 병명이 뭐예요?

정철　(애써, 담담하게) ... 난소암.

연수　(잘못 들었다고 생각하는, 이상한) 뭐라구요?

정철　(안 보고, 투박하게) 난소암이라고. 모레 수술한다.

연수　(충격으로 머릿속이 멍해지는, 왜 진작 자신에게 말 안 했나, 아버지가 원망스럽고 화가 나는) 아빤 언제 아셨어요, 그 사실?

정철　..

연 수 (정철을 보며, 눈가 붉어, 화 참고, 차갑게) 아빠가 미리 알고 계셨으면, 저한테.. 말씀하셨어야죠?

정 철 (연수 보며, 스스로에게 화나) 니가 언제부터 니 엄말 그리 챙겼냐?

연 수 (그 말이 맘 아파, 가슴이 뻐근한) ... (머리 쓸어 올리며, 외면하며, 화가 나는 걸 간신히 참고, 다시 정철 보며) 전이됐어요?

정 철 (차마 다 말 못 하겠는) 자궁..

연 수 (맘 아프지만, 참고, 잠시 맘 추스르려 한숨 쉬고, 정철 보며) 수술만 하면, 괜찮은 거 맞죠?

정 철 (말하려다가 참고는) .. 그래.

연 수 (다짐받듯, 화를 참고, 정철 빤히 보며) 믿어도 되는 거죠, 그 말씀?

정 철 (화나고 속상해, 버럭) 그렇다잖아!

연 수 (현관으로 들어가려다, 정철 보며) 정수한테는 말하지 마세요. 제가 나중에 말할게요.

정철, 답답해 한숨을 깊게 쉬는,

52. 할머니의 방 안, 밤.

양순, 자느라 정신없는,
할머니, 자는 양순의 머릿속을 뒤지며 이를 잡아, 바닥에 버리는 시늉하며,

할머니 아이고.. 이가 아주 소복하네. 이 드런 년. 이가 소복해..

53. 화장실 안, 밤.

인희, 소변보려고 변기에 앉아 아랫배를 누르며 끙끙거리는,
연수, 노크하고 문을 여는,

인 희 (배 아픈) 소변보게?

연 수　(미안하고, 속상해, 들어서지 않고 문틀에 기대서서, 고개를 못 들고) 아니..

인 희　그럼?

연 수　(인희 보며, 눈가 붉지만, 짐짓 담담히) 미안해, 아픈 줄 몰랐어.

인 희　(덤덤히) 별거 아니야, 1, 2기는 들어내기만 하면 깨끗하대. 혹여라두 정수한텐 암이라 그러지 말구, 지레 놀라 펄쩍 뛴다. 물혹 났다고, 아주 쉬운 수술이라고 해. 너무 걱정 말구. 우리 나이엔 이런 수술 많이 해.

연 수　많이 아퍼?

인 희　(어색하게 웃으며) 조금. 들어가 자. 늦었어.

54.　마트 안, 낮.

양순, 과자 먹으며 카트를 끌고, 인희와 함께 장을 보고 있는, 연수, 집 안에 먹을거릴 사기 위해, 식품 코너에서 이것저것 사는,
인희, 기저귀 코너에서 기저귀 찾으며,

인 희　성인용이 왜 안 보여?

양 순　(과자 먹으며, 기저귀 발견하고) 여기 있네요, 형님.

인 희　(챙겨 담으며, 속상하지만, 담담히, 카트 끌고 가며) 기저귀 가는 건 내 손으로 해야 맘 편한데.. 간병인도, 어머니도, 불편할 건데...

양 순　(어이없게 보며) 아픈 사람이 뭘 그런 걸 신경 써요? 돈 주고 부리는 간병인 걱정까지.. 뭐하러.. 그러니, 병 걸려?

인 희　간병인보다, 어머니가.. 남이 기저귀 가는 걸 싫어하니까,

양 순　(어이없는) 에에에.. 나는 며느리한테 아래 보이는 게 더 창피하겠네! 암튼 별난 노친네! 싫어!

인 희　(어이없이, 웃으며) 올케가 우리 시어머니가 뭐가 싫어?

양 순　멀쩡할 때 형님한테도 나한테도 (눈 흘기며) 요래 요래 눈 찢어져서, 보던 거 내가 싹 다 내 대굴빡이 기억해요!

인 희　(웃으며, 가며) 그땐 진짜 꼴 보기 싫었이, 그치?

양 순　이제 바른말 하시네, 미운 건 미운 거예요.

인 희　그래도 남들 안 볼 땐 나한테 잘했어. 말이 투박해 그렇지, 맘이 찬 사람은

아냐. (과일 코너로 가며) 사과랑 홍시랑 좀 사야 되는데, 좋은 게 들어왔나...

연 수　(카트 밀고, 인희 쪽으로 오며, 편하게) 엄마, 가자.

인 희　(연수의 카트 안을 보는데, 대부분 인스턴트다) 야, 넌 죄다, 인스턴트만,

연 수　(편하게, 밝게) 굶는 것보다 낫지. 그래도 내가 (카트 안에서 과일 봉지 꺼내 들며) 할머니 드실 건, 제대로 샀어. 됐지? 나와. (하고, 가는)

양 순　(가는 연수 이쁘게 보고, 따라가며) 연수가 아주 멋져졌어요.

인 희　(가는 연수 따라가며, 맘이 짠한) 그러게.... (문득, 양순 보며) 근데, 수술하면 얼마나 입원하나?

양 순　글쎄요. 내 친구가 지난번에 유방 절개를 싹 다 했는데도, 며칠이면 되든데.. 일주일 정도면 안 될까?

인 희　(안심되는) 그렇지? 일주일 정도면 되겠지?

55.　할머니의 방, 낮.

경적 울리는 소리 나고, 인희, 할머니 앞에 앉아, 턱받이를 하고 스스로 물을 마시는 할머니를 대견스럽게 보고 있는,
간병인, 열린 문 앞에 서서 말하는,

간병인　어서 가세요. 기다리시나 본데.

인희, 떨어지지 않는 엉덩이를 일으켜 세우면,

할머니　엄마... 아줌마, 어디 가?

인 희　(짠해, 웃으며) 놀러.

할머니　나두 데려가.

인 희　싫어.

할머니　(갑자기 물잔을 바닥에 던지며) 나쁜 년, 기어이 날 버릴라구. (하며, 인희 다리를 붙잡고 늘어지며) 나, 데리고 가라, 이년아, 나 데리구 가! 너 혼자는 못 간다, 이년!

인 희　(속상한) ...

할머니 (눈물이 그렁해) 나두 데려가라! 나두 데리구 가!
간병인 (와서, 말리며) 할머니, 이러지 마세요, 며느님 곧 와..
인 희 ...

56. 장 박사의 병원 전경, 낮.

환자들과 사람들 오가고, 멀리 병실 창밖으로 인희가 밖을 보다가 안쪽으로 고개 돌리는 게 보이는,

57. 병실 안, 낮.

인희, 침대에 앉아 있는,
그때, 장 박사, 윤 박사와 들어서고, 인희, 두 사람을 보고 웃으며,

인 희 다 늙어 이게 무슨 호강이래. 나 같은 사람한테 박사들이 줄줄이 붙구. (윤 박사 보며) 자긴 병원 안 가고, 뭐야?
윤 박사 (편하게) 언니 위해, 특별히, 출장 서비스 나왔지.
장 박사 (따뜻한 웃음) 제수씨, 혼자 있네, 애들은?
인 희 애들, 요 앞에 잠깐 갔어요.
장 박사 오늘 네 십니다.
인 희 우리 집 남자는?
윤 박사 차트 보고 계세요. 같이 들어갈 거야.
인 희 (안심되는) 아..
장 박사 뭐라 뭐라 해도 신랑이 좋나 부네.
인 희 (농담) 그럼.

58. 병원 안 일각, 낮.

연수, 벽에 기대, 영석에게 전화를 하고 있는,

연수 (편하게, 차분히) 괜찮아. 나 통화 오래 못 해. 엄마, 곧 수술 들어가. (사이) 아니, 오지 마. (하고, 옆을 보면)

인철, 과일 바구니 들고, 병실로 가려다, 연수를 보고, 연수 옆으로 와 서는, 담담한,

연수 내가 상황 봐서 전화할게. 어, 그래. 끊어. (하고, 전화 끊고, 인철 보면)

연수 여긴 어떻게 알고..

인철 (담백하게) 니가 웬만한 일로 결근계를 낼 녀석이 아니잖아. 그것도 전화로. 호식이가 알려주더라고. 업무 보고 하면서. 어머니는 어떠시니? 어디가 많이 안 좋으신 거야?

연수 (마음이 무거운) 초기 암. 좀 있다, 수술.

인철 (조금 놀라는, 안다까운 눈으로 보면) ....

연수 ..

인철 (안 보고, 착잡한, 생각하다, 가볍게) 우리 엄마도 간암이셨는데, 완치 판정받았어. 알지?

연수 (보며, 작게 웃음 띠고) .. 야.. 진짜 위로된다, 그 말.

인철 어머니 뵐까 싶었는데, 수술 전이면 그냥 가는 게 좋겠다. (과일 바구니 쥐여 주며) 이건, 수술 후 드시라고. (하고, 가는)

연수 (착잡한, 과일 바구니 들고, 엘리베이터 쪽으로 가려 하면)

인철 연수야.

연수 (보면)

인철 (편하게, 담담히) 지금 니 얼굴, 너무 어두워 임마. 환자 앞에선 보호자가 밝게 있어야 환자가 힘을 내는 거야. 억지로라도 웃어, 좀. 히 하고.

연수 (짐짓 밝게) 그래. (하고, 씩 웃고, 가는)

인철 (연수 그립게 보다, 담백하게, 돌아서 가는)

59. 장 박사의 진찰실 안, 낮.

장 박사, 정철, 윤 박사, 수술복 차림으로 인희의 검사 자료들을 다시 한 번 보고 있는,

장 박사 이곳저곳 가지 말고, 여기 보이는 이거랑, (위쪽을 보며) 이것만 떼내고 나오자. (윤 박사에게) 니가 아래, 위는 내가 할게. 그렇게 손 바꿔서, 하자. 그게 시간도 줄이고,

윤 박사 (말꼬리 자르며) 환자도 덜 힘들 거야.

장 박사 (정철 보며) 넌 어시스트야. 수술에선 빠져.

정 철 (말 들으며, 눈은 사진을 보며, 진지하게, 흥분하지 않고) 여긴 어때, 여긴, 떼낼 수 있을 것 같은데.... 다른 덴 몰라두 여기랑 여긴 제거해야, 조금이라도 편할 거 같은데...

장 박사, 윤 박사의 눈치를 살피고,
윤 박사, 그의 눈빛 못 본 듯 외면하고, 계속 사진만 보는,

정 철 (단호하고, 진지한, 장 박사 보며) 이건 어떻게 할 수 있잖아. 니들이 안 하겠다면 나라도 할 거야.

장 박사 좀 침착해. 수술실 들어가서, 일단 보고 얘기하자구.

윤 박사 장 선배 말대로 하자, 선배.

정 철 (사진 보며, 답답한)

장 박사 (정철의 어깨를 툭 치며) 니 심정 충분히 알고 있어. 우선 들어가서 보자구. (하고, 나가며) 수술 준비하자.

윤 박사 나오세요. (하고, 나가는)

정 철 (사진을 보며, 수술 계산을 하는, 초조한)

60. 수술실 앞, 낮.

남자 간호사들, 인희가 누워 있는 이동 침대를 끌고 오고 있는,
인희, 수술복 차림으로 누워 있고 수술실 앞에서 양순, 연수, 정수, 속상하

고 안타깝고 할 말 없는 얼굴들로 서 있다가 인희 오는 걸 보고, 인희 쪽으로 가는, 이동 침대 잠시 멈추면,

양순　(울며) 우, 우, 우... 어떡해요, 형님.

인희　괜히 우네... 괜찮다니까.

연수　(맘 아프지만, 짐짓 담담히, 인희에게 힘내란 뜻으로) 엄마, 강하지?

인희　강하지.

정수　(그다지 심각하지 않게, 밝게) 나 누구? 사랑하는,

인희　(맘이 처연한, 쓸쓸히 웃고) 막내아들.

정수　엄마, 홧팅!

인희　(맘이 쓸쓸하지만, 애들을 보고는, 애써 웃으며) 홧팅!

남자 간호사1　갑니다.

남자 간호사들, 이동 침대를 밀고 가고,
정수, 밝던 얼굴이 답답해지는, 속상해, 눈가 살짝 붉어지는(수술을 한다는 상황이 힘든, 죽음까진 생각하지 않는),
연수, 인희 들어간 수술실 쪽 보다, 돌아서서, 머리 쓸어 올리고, 한숨 쉬며, 빠르게 가는데, 속이 상해, 눈물이 그렁한,

61.　몽타주.

1, 수술 준비실 안. (수술실 안)
정철, 장 박사, 윤 박사, 내과의 간호사들의 도움을 받으며 머릿수건을 하고, 수술복을 입고, 수술 장갑을 끼고 있는,

2, 수술실 안.
인희, 마취되고 있는,
정철 일행 들어오고, 수술 형광등과 심전도 기계 보이는,

＊점프컷, 시간 경과 － 몽타주 》

1, 의식이 없는 상태의 인희가 수술대에 누워 있는, 정철, 차가운 수술실 불빛 아래 누워 있는 인희를 처연하게 내려다보는, 마음이 아픈,

2, 병원 화장실 안.
양순, 소변보며, 훌쩍이는,

3, 수술실 안.
윤 박사, 간호사에게 '메스' 하면 간호사 메스 주고, 윤 박사, 인희의 배를 가르는,
정철, 진지하고 차분한 듯, 갈라지는 인희의 배를 보지만, 이마에 땀이 흐르는, 호흡기로 눈이 가는, 보글거리는 호흡기 보이고,

4, 병원 수술 대기실 안.
정수, 연수, 정지된 듯 수술 상황판만 빤히 보고 있는,
정수, 답답한지, 일어나 나가며,

정 수　엄마 나오면 전화해, 밖에 있을게.

연 수　(미동 없이, 걱정되는 맘 감추고, 짐짓 차분히, 인희의 수술이 끝났는지 상황판만 보는)

5, 수술실 안.
다 갈라진 인희의 배,
땀 흘리는 윤 박사 보이고, 죽은 듯 누워 있는 인희 보이는,
장 박사, 인희의 배를 들추고,
정철, 막막한, 눈가가 붉어, 이를 앙다물고, 가만히 맘 아픈 것 참는,
갈라진 인희의 배 벌려보는 손들, 장 박사, 윤 박사, 인희의 상태가 극심한지 맘 아프게, 눈살을 찡그리고, 인희의 상태가 믿기지 않는 정철의 막막하고 맘 아픈 모습 보이는,
장 박사, 윤 박사, 그 외 다른 모든 사람들 정철을 보는,
정철, 인희를 보고, 막막해지는, 참담한,
죽은 듯 누워 있는 인희 보이고,

정철, 수술대에서 등 돌리고 마스크를 빼고는 한참을 서 있다가,
문 쪽으로 천천히 가서는 잠시 서 있다가 돌아서는,

정 철 (눈물이 범벅인 얼굴로, 고통스럽고, 막막하게) 배.. 닫아라!

하는 정철의 얼굴에서 엔딩.

제3부

1. 병원 전경, 수술 날과 다른 날, 낮.

인희와 양순, 정수, 연수의 왁자지껄한 웃음소리 들리는,

2. 병실 안, 낮.

무척이나 밝은 분위기다,
인희, 침대에 누워 있고, 양순, 서서, 신나게 얘기하고 있고, 연수, 정수, 양순의 얘기 들으며 과일 먹으며 웃긴,

연 수 (양순 보고, 웃으며) 그래서, 그래서 그담엔, 어떻게 했는데, 숙모?
양 순 그래서, 어떡하긴, (허리에 손 올리고, 술집 여자한테 말하듯) 내가 딱 그년을 (두 손가락으로 제 눈을 찌르고, 상대가 있는 듯 상대의 눈을 찌르듯 하며) 두 눈깔로 딱 쳐다보면서, 너 담엔 내 서방 넘보면, 한쪽 젖이 아니라, 두쪽 젖 다 물어 뜯긴다, 하고 그년 젖을 딱 치고, 조심해라. (하고, 얼굴에 침 뱉는 시늉을 하며) 퉤! 했지!
연 수 (황당하고, 웃긴) 진짜?
정 수 (안 믿는, 어이없는) 뻥이지?

인 희　(양순이 웃긴)

양 순　(정수 보며) 얘가 날 뭘로 보고, (인희에게) 형님 내가 그년한테 그랬을 거 같애, 안 그랬을 거 같애?

인 희　(웃긴, 수술한 배가 아픈) 그랬을 것 같애..

양 순　역시. 형님은 나를 아는구나.. (하고, 춤추는)

인 희　(아픈 배를 잡고 웃으며) 아이구, 그만 좀 웃겨. 나 배 터진다. 실밥 터져!

양 순　(호들갑, 인희 배를 잡고) 아이고, 아이고, 그럼 안 되는데, 그럼 안 돼. 형님, 웃지 마.

인 희　(웃으며, 배 아픈) 야, 너 저리 가, 얼굴만 봐도 웃겨. 연수야, 숙모 좀 어디다 치워.

정 수　(웃다, 인희 보며, 편하게) 엄마, 괜찮아?

연 수　(정수와 거의 동시에, 양순을 한쪽으로 몰며, 나무라듯, 그러나 친근하게) 숙몬 여기 딱 있어, 엄마 웃다, 실밥 터져. (하고, 인희에게 가, 배 만져주며, 웃음 띤) 엄마 괜찮어?

3.　정철의 병원 일각, 낮.

정철, 친구3과 얘기하고 있는,

친구3　(답답한) 어쩌냐, 여기저기 다 알아봐도 지방 병원에도... 자리가 없다.

정 철　할 수 없지 뭐.. (작게 한숨 쉬고, 막막한) 보건소는.. 어때?

친구3　거기도 정년이, 육십이야.

정 철　우리 윗선배 상민이 형은, 예순둘인데도 만월도에 보건소장으로 갔다던데? 섬은, 외과의가 손만 안 떨리면, 정년 지나도 갈 수 있나 보던데?

친구3　섬까지 들어가게?

정 철　환자 있음 들어가도 뭐.. 괜찮지.

친구3　그래 그러자.. 인희 씬, 좀 어때? 장 교수가 그러는데, 상태가 영,

정 철　(말 피하려, 시계 보고) 나, 진료 남았어. 알아봐서 또 연락 줘. (하고, 진찰실 쪽으로 들어가는)

친구3　(가는 정철 보다, 돌아서서 가는)

4. 병원 복도, 낮.

간호사, 인희의 병실로 들어가는,

5. 병실 안, 낮.

간호사, 침대에 앉아 있는 인희의 팔에서 항암 치료제 링거를 빼고 있는,

양 순 그거 왜 빼요? 치료 다 끝났어요? 이상하다, 안 끝난 거 같은데....

간호사 (인희에게) 오늘은 지난밤처럼 어지럽거나 떨리거나 그렇지 않으시죠?

인 희 (이상한) 네..

양 순 (간호사에게) 어젠 우리 형님 왜 그런 거예요?

간호사 (어색하게 웃으며 나가고)

양 순 (가는 간호사 뒤에 대고) 병원 사람들은 잘나, 그러나. 어째 묻는 말에 대답들을 안 한대..

양순, 식판을 인희의 무릎에 놔주며,

양 순 고모부가 오셔야 퇴원을 언제 할지, 상태가 어떤지 속 시원히 알 텐데. 주치의도, 나중에 말해준다 그러고.. 바람이 나셨나, 며칠째 연락도 없고, 통 안 오시네요.

인 희 (서운하고, 화나는, 밥 먹으며) 그새 지겹나 보지. 지 여편네가 아픈지 어떤지 궁금하지도 않지. 벌써 며칠을 안 와.

양 순 (답답한) 그러게 남자들은 대체 왜 그럴까? 대갈통에 뭐가 들어서? 그저 지들만 알지. 형님, 난 가끔 그런 생각이 들어. 아마 남자들이 여자처럼 다달이 생리를 했으면 하루걸러 한 번씩 전쟁이 났을 거예요. 그게 얼마나 아퍼요. 그걸 못 참아, 괜히 여기저기 총질만 해댈 거라구요. 으이그, 징그런 족속들. (하며, 인희의 입가에 묻은 걸 닦아주고)

인 희　(서운한 얼굴로, 밥을 꾸역꾸역 먹는)

6. 정철의 진료실 안, 낮.

정철, 환자에게 말하는,

정 철　약을 자꾸 거르시면, 상태 호전이 늦어요. 항생제도 필요할 땐 먹어야지, 무조건 항생제를 안 쓰면 안 돼요.

환 자　네. 선생님. (하고, 나가는)

정 철　(일어나, 가운 벗고, 옷을 갈아입는데)

윤 박사　(들어와, 정철 보며) ... 애들한테 말했어요?

정 철　(가방만 챙기는)

윤 박사　(얘기하잔 뜻으로, 정철의 가방 잡아 한쪽에 놓는)

정 철　(물을 마시고 윤 박사를 보면)

윤 박사　정 선배 맘 알아. 말하기 쉽지 않은 거. 기적도 있을 수 있을 거야. 나도 그렇게 믿고 싶고. 근데, 현재까지의 상황이 어떤지는 연수, 정수한테 그리고 언니한테도 말해야 된다고 생각해요.

정 철　(창가 보다, 윤 박사 보며, 화를 참으며, 막막한) 뭘.. 뭘 말해?

윤 박사　(어렵지만, 담백하게) 시간 없어. 하루가 아까워.

정 철　(가방 들어, 다시 서류들을 챙기며) 시간 많아. 죽는 데, 무슨 시간이 필요해. (코트를 챙기며, 안 보고) 저승에 옷가지를 싸 갈 거야, 짐을 져 나를 거야? 죽는 데 1분도 안 걸리구, 장례 치르는 데 3일이면 돼. 아직 시간 많아. (하고, 나가려는)

윤 박사　(정철을 막아서며, 안타깝게 보는)

7. 병원 공원 일각, 낮.

정철과 윤 박사, 커피를 들고 얘기하고 있는,

윤 박사 (정철을 보지 않고) 가끔 죽음을 앞둔 환자들을 보면서 난 그런 생각을 해요. 저들은 행복하다. 저들의 가족은 행복하다.

정 철 (보면)

윤 박사 저 사람들은.. 기회를 얻었다.

정 철 무슨 소리야?

윤 박사 (정철을 보며) 그들에겐 삶을 정리할 기회가 주어진 거니까.

정 철 (윤 박사 보는)

윤 박사 사형 선고가 주어진 환자와 가족들은 엄청난 고통의 대가로 건강한 사람들은 결코 누리지 못하는 삶의 정리 기간을 가지니까. 미안해했던 사람에겐 미안하단 말할 기회를 갖고, 마저 사랑하지 못한 사람에겐 사랑한다는 말을 할 수 있는 기회를.. 갖고. 연수와 정수한테 그 말을 할 기회를 줘야지. 그리고 언니한테도 정리할 시간은 필요하고..

정 철 (그 말에 공감하지만, 외면하는)

윤 박사 그 기회마저 선배가 빼앗을 순 없어요. 원망 살 거야.

정 철 (맘에 없는 말 하는) 상관없어, 맘껏, 맘껏 원망하라고 해! 그깟 것 하나 안 무서워. (하고, 가버리는)

윤 박사 (안타까운, 한숨 쉬고, 일어나 가는)

8. 택시 안, 낮.

정철, 차 창가를 보며 윤 박사가 한 말들을 골똘히 생각하고 있는, 막막한, 그러다, 옷에 달린 단추가 헐거운 걸 보고는, 만지다, 맘 아파, 떼내, 주머니에 넣고, 다시 창가 보는,

9. 백화점 지하 작업장, 낮.

여러 인부들, 일을 하고 있는,
인철, 넓은 판자에 그려진 그림들을 따라 전기톱으로 자르고 있는, 기계 소리 요란한,

그때, 연수, 와서 인철을 툭 치고, 인철, 기계 끄고, 연수 보는,

연수　시간 되면 나랑, 차 마셔주라.
인철　5분 후에. (하고, 전기톱으로 마저 판자를 자르는)
연수　(나가고)

10.　작업장 조용한 다른 쪽, 낮.

인철, 연수, 커피를 마시고 있는,

연수　(커피 마시고, 인철 보며) 선배를 잃고 싶지 않아.
인철　(커피 마시며, 연수의 말이 무슨 뜻인지, 알겠는, 안 보고, 담담한) 내가 어제 혼자 어머니, 찾아가본 게 맘에 걸렸구나... 차 대표한테 가.
연수　(보는, 미안한, 그러나 담백하게)
인철　(보며, 담담히, 담백하게) 나는 그냥 도리였어. 어머니 얼굴 모르는 것도 아니고, 인사 나눈 적 있으니까. 너도 우리 엄마 아플 때 병원 왔었잖아. 그냥.. 그렇게 단순한 인사. (하고, 차 마시고, 안 보고) 이제 올라가봐. 내가 너한테.. 심하게 말한 거, 다 잊어버려. 쓸데없는 시기고 질투였다. (하고, 일어나는데)
연수　(맘 아프지만, 담담히, 손을 잡는)
인철　(연수 보는)
연수　(인철 보며, 따뜻하게 친구한테 하듯 웃으며) 선밴, 멋진 사람이야.
인철　(따뜻하고, 담백하게) 내가 좀 그렇지? (깔끔하게) 어떤 일이 있어도, 다치지 말고. (하고, 가는)
연수　(가는 인철 보고, 내가 저 사람한테 무슨 짓을 한 건가 싶은, 돌아서서 가는데, 쓸쓸한)

11.　엘리베이터 안, 낮.

연수, 혼자 타고 있는, 인희 생각, 인철 생각에 골똘한,

그때, 엘리베이터 문 열리고, 연수 뭔가 싫어, 고개 드는,
영석, 웃고 있는,

12. 영석의 달리는 차 안, 밤.

영석, 운전하고, 연수, 창밖을 보는,

연 수 뭐하러 와. 서류는 이메일이나 팩스로 보내면 되는데..
영 석 (따뜻하게) 너, 병원 데려다줄려고, 그랬지. 운전하기도 피곤하잖아. 어머니 간호한다고 얼굴이 많이 까칠하다.
연 수 (어색하게 웃으며) 간호는 무슨. 퇴근하고 가면 얼굴이나 잠깐 보고 오는 게 고작인데. 근데 자긴 왜 그래? 얼굴 안 좋은데?
영 석 (편하게, 차분히 웃으며, 운전만 하며) 안 그런데, 니가 너무 보고 싶어, 병났나?
연 수 (서글프지만, 작게 차분히) 밤새, 부인하고 통화했구나?
영 석 (말 피하는) 어머니, 언제 퇴원하셔?
연 수 (창가 보며) 글쎄..
영 석 무슨 소리야?
연 수 (창가 보며) 아빠 성격이 원래 그래. 말씀을 잘 안 해. 담당 의사는 내가 시간이 안 맞아 만날 수가 없고.. 그래도, 수술은 잘됐다니까, 다행이지, 뭐.
영 석 항암 치료가 고통스럽다던데, 어머닌 잘 견뎌내시는 거 같아?
연 수 어젯밤엔 좀 그랬는데... 출근 전에 보니까, 그런대로...
영 석 (편하게) 어머니가 빨리 완쾌되시는 게 여러모로 좋을 것 같다. 니 얼굴 잊어먹겠어.
연 수 (그때, 전화 오고, 보면, 정철이다, 받으며, 이상한) 네, 아빠? (하고, 영석 보면)
영 석 ?

13. 백화점 정문 앞, 밤.

정철, 디스플레이 된 진열장을 보며 서 있는, 연수가 짠하고도, 기특한 마음이 드는,

***점프컷 》**

영석의 차 한쪽에 서고,

연 수 (영석에게) 전화할게.

영 석 (담백하게) 사랑한다.

연 수 (담백하게, 윙크하고, 가는, 백화점 앞에 있는, 정철에게 뛰어가며) 아빠!

정 철 (연수 쪽으로 고개 돌리고)

***점프컷 》**

영석, 운전해 가는,

***점프컷 》**

연 수 (조금 이상한) 병원에서 보면 되는데, 왜 여기까지 오셨어요?

정 철 (어색하게 웃고, 가며) 밥 먹자, 배고파.

14. 인도식이나 양식은 아닌, 레스토랑, 밤.

정철과 연수, 식사를 하는,

정 철 (먹는 연수를 보며, 맘 짠한)

연 수 (먹다가, 정철 보며) 안 드세요?

정 철 어.. 먹어야지.. (하고, 먹으며) 맛이 괜찮네.. 근데, 여기 피자도 파나? 시금치 모짜렐라피자 같은..

연 수 (이상한) ?

정 철 (안 보고) 엄마한테 사 가게. 전에 니 엄마가 니들하고 그거 한 번 먹어보더니.. 가끔 그게 먹고 싶단 소릴 해서.. 사 가면, 좋아할 거 같아서..

연 수　엄마가, 그걸 좋아해? 몰랐네. (하고, 메뉴 보고, 직원 부르며) 여기요, 시금치 모짜렐라피자, 포장 하나 해주세요. 저희 식사 끝나는 거 예상하셔서.

직 원　네. (하고, 가는)

정 철　혼나겠다, 또..

연 수　(보면)

정 철　몸 멀쩡할 때는... 사달래도 안 사주더니, 몸 망가지고 나서, 사 온다고.. (하고, 먹는)

연 수　(인희에게 미안한) 내가 샀다 그러지 뭐. (하고, 먹는)

***점프컷, 시간 경과 》**

정철, 연수 차를 마시고 있는,

연 수　(정철의 안색 살피며) 왜, 아무 말도 안 해, 할 말 있다며?

정 철　(차만 마시는)

연 수　그냥.. 병원 갈까요?

정 철　(찻잔 내려놓고, 막막하게, 연수 보며) 연수야.

연 수　(보며) ?

정 철　니, 엄마.. (맘 아픈 것 참고, 남 일처럼 단숨에) 니 엄마 아무래도 오래 못 살 것 같다.

연 수　(멍한, 무슨 소린가 싶은) ?!

정 철　(연수 보며, 맘 아파도, 차분히) 니 엄마가.. 안 될 거 같애.

연 수　(가만 정철 보다 진정하려, 창가 보고, 다시 정철 보며, 짐짓 차분히) 무슨 말이야..

정 철　(차마 못 보고, 덤덤히) 말한 그대로.. 안 될 거 같애.

연 수　(눈가 붉어지며, 큰 소리로) 무슨 말씀이냐구요, 그러니까, 그게?

사람들　(보면)

연 수　(작게 심호흡하고, 정철 보며, 짐짓, 담담하게) 수술했는데.. 잘됐다고 했잖아요?

정 철　(눈가가 붉어져, 창가 보며, 막막하게) 수술 못 했다.

연 수　(무슨 말인지 모르겠는) ...

정 철　개복은 했는데.. 수술할 수가 없었어.

연 수　(기도 안 찬다는 얼굴이다, 나오는 눈물을 아무렇게나 닦고, 차 마시려다, 내려놓고, 화도 나고, 맘도 아프지만, 애써 참고, 차분히) 그럼.. 얼마나.. 예상하는 건데요?

정 철　(막막히, 창가 보며) 한 달.. 두 달.. 나도 잘 모르겠다.

연 수　(그런 정철을 원망하는 마음이 가득한 눈으로 보는데, 기도 안 차는, 가방 들고 나가는, 그러다, 다시 와 정철 보며, 말하다, 격앙되는) 어떻게 그럴 수가 있어요? 아버지가 의사신데, 어떻게 엄마가, 그 지경까지 갈 수가 있어요?! (어이없는) 잘 모르겠다구요.. (버럭) 아버지, 의사시잖아요! (하고, 가는)

정 철　(죄인처럼, 막막하게 앉아 있는)

직 원　(그때, 피자를 가져다 놓고, 가는)

정 철　(피자를 보며, 먹먹한)

15.　윤 박사의 진료실 안, 밤.

윤 박사와 연수, 앉아 있는,

연 수　(눈가 붉어, 담백하게) 난, 아빠 안 믿어.

윤 박사　(안쓰레 보는)

연 수　(눈가 붉어도, 차분하고, 냉정한) 아버진 의료 사고를 내 멀쩡한 사람을 죽인 적도 있어. 그것 때문에 병원이 넘어가고, 할머니가 정신을 놓고, 불같은 아버지 성질 무서워 가뜩이나 기 못 펴고 살던 엄마랑 우리는 더 힘들어졌구. 아버진 의사로서도, 아들로서도, 남편으로서도, 아버지로서도 다 실패한 사람이야. 그런 사람 말을 곧이곧대로 믿고, 덩달아 포기할 순 없어.

윤 박사　(단호하게) 그렇게 말하지 마. 그건 어쩔 수 없는 의료 사고였어. 어시스트가 사후 처리 잘못한 게,

연 수　어쩔 수 없는 상황이 늘 아빠한테만 있다는 건, 이상하잖아.

윤 박사　그 환자는 급성 위궤양으로 아버질 찾았어. 큰 병원으로 옮기기엔 이미 늦은 상태였고, 수술은 성공적이었어.

연 수　성공적인 수술이 패혈증으로 번지는 게 말이 돼요? 그 사람은 간이 안 좋았고, 아빤 명의 소리 듣고 싶어 무리하게 수술하셨던 거, 다 알아. 그때 병원 사람 모두가, 그렇게 말했으니까.

윤 박사 (달래듯, 답답한) 연수야, 그건 레지던트들이 사후 처리를 미흡하게 한 자기들 입장을 변호하려고,

연 수 (말꼬리 자르며) 난 지금 엄마 얘길 묻고 있어요, 아줌마. 아빠의 의견이 아닌 아줌마 의견을 듣고 싶다고.

16. 거리, 공원, 밤.

연수, 윤 박사, 벤치에 앉아 있는,

윤 박사 마음의 준비, 해.

연 수 (눈가가 붉어져, 원망스레 보지만, 차분히) 무슨 이유로 그렇게 단언해?

윤 박사 (보는) ...

연 수 (윤 박사 보며, 원망이 있어도, 담담히) 아줌마가 나한테 수술 전에 뭐라고 했어? 수술하면 깨끗하다고 했지?

윤 박사 니가 깨끗해지냐고 물었고, 나는.. 그냥 (연수 보며, 담담한) 널 봤지, 대답한 적 없어.

연 수 (가슴이 쿵한, 눈물이 차오르는, 담담하려 하지만, 안 되는)

윤 박사 (가만 보며, 담담히) 처음 수술 들어갈 때도 기대는 없었어. 암세포가 이미 임파선을 타고 다른 데로 전이된 상태였어. 큰 것만이라도 떼려고 개복한 거야.

연 수 (맘 아파도, 담담히) 그런데?

윤 박사 (막막한, 담담히) 할 수 없었어. 장기에 암세포가 다 엉겨서...

연 수 (맘 아픈, 눈 감는)

윤 박사 (맘이 아픈, 그래도 담담히) 손도 못 댔어. 간을, 위를, 허파를 장을 모두 도려낼 순 없었어.

연 수 (보며, 맘 아픈) 그래두, 해봤어야지! 박사가 서너 명이나 붙었으면서 살려냈어야지. (맘 아픈, 격앙되지 않는) 아줌마, 나 믿어지지가 않아. 어떻게 우리가, 엄마가 그렇게 될 때까지 모를 수가 있어. 어떻게 가족이 다...

윤 박사 (맘 아프게 보며, 그러나 차분하게) 포기해. (어렵지만, 담백하게) 옆에서 포기하지 않으면 엄마가 더 힘들 거야.

연 수 (엄마가 더 힘들 거란 말에, 두 손으로 얼굴 가리고, 흐느껴, 엉엉 우는)

윤 박사　내 말 잘 들어. 우린, 장 박사님과 나는 아주 오래전에 포기했어. 니 아빤 지금 포기하신 거야.

연 수　(흐느껴 울기만 하는)

윤 박사　분명히 말하지만 가능성이 있는데 손을 놓는 게 아니야. 엄마의 고통을 줄이는 방법으로 포기를 택한 거야. 이제 우리가 엄마한테 해줄 수 있는 게 그것밖엔 없어서야. 포기하지 않으면, 정리할 시간도 없으니까.

연 수　(두 손으로 얼굴 가리고, 우는)

17.　윤 박사의 차 안, 밤.

연수, 조수석에 앉아 눈가가 그렁해, 먹먹하게, 앞만 보고 있는,

연 수　(막막한) 이제 난 어떡해야.. 하지?

윤 박사　글쎄, 나 같으면 어떻게 했을까?

연 수　.. (앞만 보고 있는)

윤 박사　난 부모님이 차 사고로 한순간에 돌아가셨어. 장례 치를 땐 모르겠더니, 묻고 집에 오니까, 그때부터 눈물이 막 나더라. 그게 꼬박 1년을 넘게 갔어. 밥을 먹다가도, 일을 하다가도, 자다가도 그렇게 아무 데서나 눈물이 났어. 받은 건 태산인데 해드린 건 하나 없는 내가 미워 눈물이 나더라구. 연수야, 넌 그러지 마. 니가 받은 만큼, 받은 거에 만 분의 일이라도 돌려드려. 할 수 있는 건 다 해. 밥도, 빨래도, 세수도 시켜드려. 입도 맞추고. 네가 어른이란 걸 알려드려. 니 걱정 때문에 가는 발걸음 무겁게 하지 마.

연 수　(창가 보며, 멍하니, 눈물이 흐르든 말든, 놔두고, 막막하고, 담담하게) 진짜.. 아무것도 모르겠다.. 사람은 다 한 번은 죽는데, 우리 엄마가 죽게 될 줄은.. 난 정말 몰랐었나 봐.. 자식들, 다 이기적이라는데.. 나도 그런가.. (막막한) 지금 이 순간도.. 난 엄마가 얼마나 아플까보다는 엄마가 없으면 나는 어쩌나.. 그 생각밖에 안 들어. 엄마가 없으면.. 이제, 나는 어떻게 살까.. 그 생각밖엔..

윤 박사　(연수를 애처롭게 보는)

연 수　(눈물이 흐르든 말든, 머리를 쓸어 올리며 제 생각에 빠져 멍한)

18. 서초동 거리, 밤.

정철, 변호사 사무실들이 즐비한 거리에서 **법무법인 앞에 서서 들어갈까 말까 망설이다가 휴대폰을 꺼내 전화를 거는,

19. 변호사 사무실 안, 밤.

정철, 소파에 앉아 있고, 직원, 커피를 정철 앞에 놓고 나가는, 정철의 남동생, 재킷을 입고 시계를 보고는 정철 앞에 마주 앉으며,

남동생 어쩌지? 나 딱 15분밖에 없네. 장인 장모 모시고 저녁 모임 가야 하거든. 이 양반들이 무슨 사위를 막내아들쯤으로 생각하신다니까, 내가 정계 진출할 것도 아닌데 그렇게 (하늘을 손가락으로 가리키며) 윗분들을 소개시켜준다 그러네.

정 철 (담담히) 뭐, 변호사가 인맥 넓고 그럼 좋지.

남동생 남들은 데릴사위로 살기 피곤하지 않냐고들 하는데, 형, 나는 체질에 딱 맞는 것 같아. 장모님은 딸 편이 아니라 완전 내 편, 와이프가 바가지라도 긁을라치면, 장모님이 얘, 그러지 마 하고 딱 방어막 쳐주신다니까.

정 철 (말이 떨어지지는 않고) ..

남동생 (답답한) 엄마는 잘 있지? 계속 헛소리하셔?

정 철 (막막한, 담담하게) 그렇지 뭐.

남동생 형수가 고생이네. 아, 근데, 형, 무슨 일이야? 우리 사무실엘 다 오고.

정 철 그게.. 니 형수가..

남동생 (걱정) 왜 형수가 돈 필요하대? 집 짓느라? 얼마나?

정 철 (말하기 힘든, 단념하고) ... 어머니 보러 집에 좀 들러. (하고, 나가는)

남동생 형, 왜 말을 하다 가?! (나가며) 어, 형?!

20. 거리, 밤.

정철, 길 건너, 큰 감자탕집을 바라보는,

21. 감자탕집 안, 밤.

종업원들이 홀을 정리하고 있는, 정철의 여동생, 카운터에 앉아서 영수증을 정리하고 있는데, 문에 걸린 종 울리고, 정철, 들어오는,

여동생 (종소리에 바로) 영업 끝났습니다.
정 철 (자리에 앉으며, 여동생 보고) 감자탕에 소주 한 병 주라.
여동생 (그제야 정철을 보곤 반기며) 어머, 오빠! 오빠! (하고, 반가워하며) 우리 오빠 왔네?!

＊점프컷, 시간 경과 》
종업원, 감자탕을 정철의 테이블에 갖다주고, 여동생은 소주를 따서 정철의 잔에 채워주는, 정철, 따라주자마자 단숨에 술을 마시는,

여동생 (답답한, 소주잔 탁 놓고) 내가 어떻게 엄말 모셔?! 왜, 언니가 싫대?
정 철 (막막하고, 답답한) 그런 게 아니고.. 몸이 좀 안 좋아서,
여동생 그러게 내가, 집에 모셔 오지 말랬잖어! 찬이 오빠가, 모셔 오잰구나?! 내가 그 싸가지 그럴 줄 알았어! 엄마가 요양원에 있는 게 뭐, 남 보기 그렇다나 어쨌다나, 빽하면 지랄 떨면서.. 정치는 지가 무슨.. 이혼 전문 변호사 주제에. 오빠, 그러지 말고, 언니 아프면, 엄마, 요양원 모셔. 난 못 모셔. 솔직히, 엄말 내가 왜 모시냐? 평생 아들내미들만 끼고돌고, 나는 딸년이라고, 대학 공부도 안 시켰는데...
정 철 (맘 아픈, 달래는) 그땐, 임마, 우리 집안 사정이,
여동생 안 좋았지, 그러니까, 내가 참았지! (속상하지만, 투박하게) 어쨌든 난 못 모셔요, 그냥 요양원 보내셔. 요즘 누가 치매 노인을 모셔. 그러다, 생사람 여럿 죽어. (하고, 소주 먹고) 근데, 언니는 몸이 어디가 안 좋아?
정 철 (말하기가 막막해, 술만 마시는)

22. 집으로 가는 길, 깊은 밤.

정철, 피자 박스를 들고 술에 만취해 비틀비틀 걸어가다가, 전신주를 보곤 바지춤을 끌러 소변을 보며, 자신에게 자조적으로 구시렁거리며, 욕하는,

정 철 .. 미친놈.. 여편네 없이.. 혼자.. 잘살아봐라.. 개새끼.. 니가 죽지.. 왜.. 그 여자가 죽냐... 개새끼..

그때, 멀리서, 순방 돌던, 경찰, 호루라기를 부는,
정철, 술 취해 침까지 질질 흘리며 소리 나는 쪽으로 고개 돌리다 피자 박스를 놓치고, 그 바람에 피자며, 피클이며, 과일 몇 개 산 것들이 바닥에 뒹구는, 정철, 그걸 소변보며, 그냥 보는,

23. 번화한 길가, 밤.

정수, 마구 뛰어가고 있는,

24. 지구대 안, 밤.

경찰, 바닥에 대자로 누워 있는 주취자를 '선생님, 일어나세요, 일어나세요!' 하며, 바로 세우려고 하는 모습 보이고,
정철, 한쪽 구석진 의자에 고개를 푹 숙이고 앉아 졸고 있는,
그때, 정수, 지구대 문을 벌컥 열고 들어오고, 정철, 술 취해 졸린 눈으로 정수 쪽을 보면, 정수, 속상한 얼굴로 정철 보는,

25. 길거리, 밤.

정수, 술 취한 정철을 부축하며 걷고 있는,

정수 아, 쫌 제대로 걸어봐요, 쫌! 챙피하게 정말!

정철 (술 취해, 막막한) 뭐?.. 챙피해?

정수 그래요, 챙피해. (주위를 둘러보고, 정철의 팔을 잡으며) 가요.

정철 아빠가 챙피해? (하고, 정수의 등짝을 후려치며) 챙피해?

정수 (몸을 빼며, 열 받아) 정말, 왜 그러세요. 갈수록?! (다시, 정철의 어깻죽지에 거칠게 팔을 끼며, 버럭) 가만 좀 있어요!

정철 이 새끼가 어디서 소릴 질러, 아버지한테! (하며, 정수 뒤통수를 냅다 치려다, 넘어지는)

정수 (열 받아, 넘어진 정철 보며, 답답하고, 속도 상한) 아, 진짜.. (하고, 머릴 긁는)

행인들 지나가며 힐끗거리며 정철 보고,
정철, 일어나 보려 하지만, 잘 안 되는,
정수, 짜증 난 얼굴로 한숨 쉬고, 다시 정철에게 다가가, 팔짱끼며,

정수 (정철이 싫다기보다, 이런 상황이 너무 답답하고, 속상한) 가요, 좀, 조용히! 예, 아빠? 다리에 힘 좀 줘봐!

26. 할머니의 방 안, 밤.

방문이 열린,
할머니, 옷장에서 옷가지들을 계속 꺼내고 있고,

27. 주방 + 할머니의 방 안, 밤.

연수, 멍하니, 다리 세우고, 의자에 쪼그려 앉아 있는, 생각 많은,
그때, 할머니, 방에서 가방 들고 나와, 연수에게로 와,

할머니　(담담한 얼굴로) 아줌마, 왜 그러고 있어? 아줌만 짐 안 싸?

연 수　(그 말이 들리는지 마는지 가만있는) ...

할머니　어여 짐 싸! 빨리 피난가야지! (하며, 다시 가방 들고, 방 안에 들어가, 온갖 옷을 꺼내 가방에 담으며) 전쟁 나면 무서워. 빨리 도망가자. (연수 쪽에 대고) 아줌마! 짐 싸!

연 수　(눈가 붉은 채, 막막한) ...

28.　정철의 병원 전경, 낮.

원 장　(E) 죄송합니다.

29.　원장실 안, 낮.

젊은 원장, 제자리에 앉아 있고,
정철, 막막한 모습으로 소파에 앉아 있는,

원 장　정 박사님이 그동안 고생하신 건 아는데, 워낙 박사님 환자가 적어서..

정 철　(막막하고, 덤덤한) ..

원 장　경영상 문제가 많습니다.

정 철　(막막한, 화가 나지만, 담담히, 그러나 너무 초라하지 않게) 계약.. 연장만 해주면, 내가 연봉을 칠십.. 아니, 오십 프로 정도로, 내려서,

원 장　(난감한 표정 지으며, 말꼬리 자르며) 죄송합니다. 대한병원 송 박사님이 담주부터 오시기로 했어요.. 방이 없네요. 일단, 이번 주까지만,

정 철　(막막한, 천천히, 물 마시고, 잔 내려놓고, 막막해도, 깔끔하게) 관둡시다.

원 장　?

정 철　오늘, 짐 챙길게. (원장 보며) 그간 병원장 님도 고생 많았어요. (하고, 나가는)

원 장　(답답한) ..

30. 원장실 밖 복도, 낮.

정철, 문을 닫고 나오며 눈가가 붉어져, 막막하게, 그러나 담담히 복도를 걸어가는,

31. 정철의 진료실, 낮.

정철, 작은 박스에 책상에 놓인 집기들을 하나둘 챙기고 있는, 막막한,
그때, 윤 박사, 문을 열고 들어서다 정철이 짐 싸는 모습을 보고, 가슴이 철렁하는,

윤 박사 (문을 닫고, 그 문에 기대, 차마 못 보는) ...
정 철 (짐을 챙기며, 편하게 웃으며) 무능한 인간은 뭘 해도 티가 나지?
윤 박사 (보면) ...
정 철 (담담히) 이 짐 니 방에 좀 놓자, 집에 들고 가기가 그래서... 그래줄 수 있지?
윤 박사 (눈가가 붉어져, 그러나 담담히, 고개를 끄덕이는) ..
정 철 내가.. 애들하고 마누라 볼 면목이 안 선다.
윤 박사 (애처롭게 보고)
정 철 (짐을 챙기며, 담담히) 윤아.. 집엔 말하지 마라.
윤 박사 .. 네.
정 철 (막막하게, 짐을 마저 챙기는)

32. 백화점 정문 앞, 낮.

연수, 문을 열고 나와 가는데,
인철, 급한 걸음으로 뛰어나와 연수의 팔을 잡아 돌려세우며,

인 철 (걱정스런) 별안간 웬 휴직계야?

연 수　(어색한 웃음 짓고) 그냥 쉬고 싶어서...
인 철　정말.. 별일 없는 거야?
연 수　어. 오늘 티 색깔 이쁘다? (하고, 가는데, 순간 웃음 가신)
인 철　(가는 연수 오래 보고)

33. 병실 복도, 낮.

연수, 인희 병실의 문을 열려다 차마 못 열고 돌아서서 가는,

34. 병원 밖, 낮.

연수, 전화를 하고 있는,

35. 영석의 집 안 + 안방, 낮.

영석, 아이들과 서로 레슬링을 하는지 요란하고,
부인, 주방에서 저녁 준비를 하고 있는, 그때, 한쪽에 놓인, 영석의 핸드폰이 울리는, 백화점 정연수라고 뜨는, 부인, 받으며,

부 인　여보세요?

***점프컷, 교차 씬 》**

연 수　?
영 석　(애들과 놀다, 뛰어와, 부인에게서 핸드폰 뺏으며) 거래처면 어쩌려구? (하고, 전화 받으며) 잠시만요. (하고, 안방으로 가며, 연수만 들을 수 있도록 작게) 오늘 처갓집에 일이 있어서, 와이프가 왔어. 잠시만.. (하고, 안방으로 들어가는)

연 수 (막막한, 그러다, 아무렇지 않은 듯, 담담히) 나, 좀 그런데, 지금 우리 엄마 병원에 올 수 있어?

영 석 미안해, 지금은 좀 그래...

연 수 (막막한, 잠시 생각하는, 눈가 그렁해지는)

영 석 연수야, 내가 모레 가면 안 될까.. 처남이 갑자기 낼모레 결혼식을 잡아서.. 결혼식 마치면, 와이프 바로, 애들 데리고 미국 들어갈 건데.. 그때, 내가,

연 수 (맘 아파도, 내색 않고, 말꼬리 자르며) 그래.. 그렇게 해. (하고, 끊고, 막막해, 병실 쪽을 올려다보는)

그때, 근덕의 택시, 병원 앞에 멈춰 서고,
연수, 그걸 모르고 되돌아가는,

36. 병원 데스크, 낮.

근덕, 평상복 차림으로 껌을 질겅질겅 씹으며,

근 덕 (투박하게) 병문안 왔는데, 여기 외과 병동이 어디? 환자 이름은 김인희. 나이, 오십팔.

37. 병실 안, 낮.

인희, 눈가 붉어, 창가로 고개 돌리고 있고,
근덕, 테이블에 앉아, 플라스틱 병에 담긴, 음료를 마시다,

근 덕 (성질나, 마시던 플라스틱 통을 집어 던지며, 성질내며) 왜 못 줘?! 울 엄마 아부지, 집 갖고, 너는 이런 호텔 같은 병실에 누워 있으면서, 내가 썅, 간만에 일억도 아니고, 천만 원만 달라는데, 그걸 왜 못 줘!

인 희 (눈가 붉어 보고, 속상해도, 단호하게) 너랑 니 마누라 나중에 늙어, 아프면 병원비는 내줄게! 근데 니 도박 돈은 못 줘! (하고, 창가 보는, 눈가 붉어도,

약해지지 않으려, 오기 부리는)

근 덕　(열 받아) 누나, 너 그러는 거 아냐! 돈푼깨나 만지고 산다고, 동생 알기를 썅, 씨바... 엿같이, 아나 본데, 벌 받아! 지금 아프지? 야, 너 그거 다 벌 받은 거야, 알기나 알어?!

인 희　(억울해 근덕 보며, 악에 받쳐) 내가 무슨 벌을 받어, 이놈아! 내가 뭘 잘못하구 살어, 벌을 받어, 이 미친놈아!

근 덕　나 어리다구 우리 집 재산 빼돌려, 남편 병원 지었지? 그러고는 내가 운수업 좀 한다구 했을 때, 둘 다 어쨌어? 단돈 오천만 원!

인 희　(억울해, 울며, 악쓰는) 아버지 재산 니가, 이 사업 저 사업 한다고 다 퍼 쓰고, 이제 와서 누구한테 쌩지랄이야, 너! 아버지 집 팔 때, 니가 잡힌, 담보가 4억이 넘었어! 그러고도 너 빽하면, 이 사업한다, 저 사업한다고, 한 해 걸러 천이다, 이천이다,

근 덕　(말꼬리 자르며) 그 집이 7억 이상 가는데, 4억이 대수냐?! 나 당신하구 연 끊은 사람이야. 두말하기 싫어. 내가 그래도 어려서 누나 너랑 정이 있어서, 법정은 안 갈라 그랬는데, 법정 가자, 소송 가, 아주! (하고, 열 받아, 테이블을 발로 걷어차 넘어뜨리고)

그때, 양순, 집에 다녀온 듯, 반찬통 들고 들어오며,

양 순　(근덕 보며, 어이없는) 야, 야, 야, 너 뭐하는 짓이야! 너 왜 여깄냐, 기사복은 안 입고, 뭐냐?

근 덕　너, 짐 싸! 니가 식모냐, 파출부냐?! 니가 여기 왜 있어?! 짐 싸, 어서!

인 희　(속상해, 옆에 있는, 지갑에서 카드 꺼내, 던지는, 맘 아프지만, 야멸차게) 엄마 기일이 비번이야, 그거 갖고, 가!

근 덕　(얼른 카드를 줍고 나가려는)

양 순　(그 카드를 뺏으려 하며, 근덕 패며) 야야야야, 너 뭐하는 거야! 이거 누나 거잖아, 니가 이걸 왜 가져가?! 또 이번에도 블랙이가 뛰냐?!

근 덕　그래! 오늘 또 뛴다, 블랙이가.. (하고, 안 뺏기고, 냅다, 들고 나가버리는)

양 순　야, 새끼야! (하고, 잡으러 나가는, E) 야, 너 거기 안 서! 야, 야!

인 희　(막막한, 창가만 보는, 울지 않는, 허한)

38. 장 박사의 진찰실 안, 낮.

정철, 장 박사와 얘기하고 있는,

장 박사 이틀 전에 쇼크가 왔어.
정 철 (담담한, 보며) 오늘은 괜찮았다며?
장 박사 치료를 중단했으니까. 항생제만 빼고, 나머지 약들도, 오늘부로 다 중단이야. 경미하지만, 여전히 자율신경계에 교란이 있어. 심장에 무리 가면, 바로 쇼크사로 갈 수도 있다고. 치료 전부 중단하자.
정 철 (안 보고, 테이블만 보며) 검사 결과 나왔니?
장 박사 백혈구 수가 많이 떨어졌어.
정 철 (보며, 담담히) 니네 연구팀에서 하는 신약,
장 박사 (말꼬리 자르며, 맘 아파도, 담백하게) 낼 오전 중으로, 퇴원 수속 마쳐놓을게. 데리고 가.
정 철 (한숨만 쉬고, 머리 쓸어 올리는데, 막막한)

39. 병실 안, 밤.

인희, 한숨 쉬고 앉아 있고,
양순, 속상해, 훌쩍이며 어질러진 물건들을 치우는,

양 순 누굴 닮아 저렇게 염치가 바닥일까. 어떡해요. 고모부가 형님이 병원비랑 생활비로 쓸 카드 주신 거 알면, 또 난리 날 텐데..
인 희 (막막한, 혼잣말하듯) 설마 동생 몇천 줬다고 날 죽이겠어, 살리겠어.

그때, 정철, 들어서고,
양순, 정철 보고 놀라 심하게, 딸꾹질하는,

***점프컷, 시간 경과 》**

인희, 침대에 앉아 있고,
정철, 의자에 앉아 있는,

인 희 (다그치듯, 싸울 기세로) 그래요, 줬어, 왜?! 나는 그깟 돈도 내 맘대로 못 써?! 평생 남들 다 하는, 명품 백 하나 안 사고, 옷 하나 변변히 안 사고.. (서운하고, 속상한) 어떻게 사람이 그러냐?! 사람이 배를 가르고 누워 있으면 하루 한 번은 몰라도 이틀에 한 번은 들여다봐야지! 딸년을 키우면 뭐하고, 아들놈을 키우면 뭐하고, 남편이라고 있으면 뭐할 거야?! 남들이 보면 뭐라 그러겠어? 가족들한테 쫓겨난 성질 드런 쌍스런 여편네로밖에 더 보겠어?! 내가 병원 사람들 보기 챙피해, 살 수가 없어! 입으로 걱정들은 잘하지! 엄마, 엄마, 여보, 여보 하면서..

정 철 (막막하게) 오늘 컨디션은 좀 어때?

인 희 (속상해, 버럭) 아프다, 왜! (안 보고) 묻기는.. 다들.. 대신 아파줄 것도 아니면서.. 처묻기는 잘하지, 꼴 보기 싫어, 진짜..

정 철 (답답한, 좀 큰 소리로) 그만해, 좀!

인 희 (서운해 보며) 어디서 소릴 질러?! 내가 당신 병원에 처넣고, 이렇게 무심했어 봐? 당신은 온갖 짜증이란 짜증은 다 내면서, 날 아주 쌩으로 말려 죽였을 거야?!

정 철 (한풀 꺾여, 외면하며) ... 듣기 싫어, 그만해.

인 희 (속상해, 창가 보는)

정 철 돈은 있어? 낼모레 퇴원인데.

인 희 (답답한, 안 보고, 짜증) 살림하는 사람이 그만한 돈 없을까 봐.

정 철 그럼 됐어.

인 희 (창가만 보며, 답답한) 물이나 줘.

정 철 (물 따라서 갖다주는)

인 희 (물 마시고, 잔 주며, 한풀 꺾인 듯, 눈치 보며) 적금 하나 깨야 돼.

정 철 알아서 해. (하고, 잔을 받아 도로 가져다 놓는)

인 희 (남편 보다, 눕는)

40. 병실 밖, 밤.

양순, 엿듣다가 '후유..' 하고 한숨 쉬는데,
그때, 간호사, 약을 주려고 병실로 오면,
양순, 간호사 보고, '이크!' 하고 놀라고,

41. 병실 안, 밤.

간호사 나가고,
인희, 약봉지를 뜯는,
정철, 의자에 앉아 있는,
양순, 정철의 눈치를 보며, 일어나 물 따라 인희에게 주고,

인 희 (약봉지를 뜯어, 약을 하나 꺼내 입에 넣으려다가 뭔가 이상한지 안에 든 알약들을 모두 손에 쏟아 보는)

정 철 (인희를 보는) ...

인 희 이상하네. 빨간 약이 두 알 안 보이네.

정 철 (막막한) ..

인 희 이거 내 약 아닌 거 같은데?

정 철 어디 봐. (하고, 일어나, 인희의 손을 잡아, 그 안에 든 약을 보며) 맞아. 당신 거야. (하고, 의자에 앉으려 하는데)

인 희 (침대에서 내려와 밖으로 나가려 하며) 내 약 아니야, 이거.

정 철 누워. 어딜 가!

인 희 (답답하게 보며) 빨간 약이 항암제잖아. 그게 안 들었는데, 어떻게 이게 내 약이야? 아침에두 그 약을 먹었는데.

양 순 맞아요. 그 약 있었어요.

인희, 그사이, 문으로 가고,

정 철 (인희를 잡으며, 달래듯) 장박이 알아서 다 준 거야. 먹어.

인 희 (답답한) 아니라니까. 간호사들이 정신없어서 약 잘못 줄 때가 얼마나 많은

데..

정 철　내가 시켰어.

인 희　(보는) ?

정 철　당신 그 약 먹고.. 경련 있었다며.. 그래서, 내가 주지 말라고 했어.

인 희　(어이없는) 미쳤나, 이 사람이. 그럼 그 링거도 당신이 빼라 그랬어?

정 철　.. 그래.

인 희　(어이없는, 짜증 나는) 내가 견뎌! 누가 당신보고 견디래?! 약 먹는 게 아무리 힘들어도, 아픈 사람이 약을 먹어야 낫지... 어이가 없네, 진짜. (정철을 밀치며) 저리 가요. 약 타 오게.

정 철　(답답하고, 막막한)

42.　병실 복도, 밤.

인희, 빠른 걸음으로 간호사들이 있는 데스크로 가서, 대뜸 말하는,

인 희　(미안한 웃음 지으며) 저, 간호사님, 나, 약 줘요.

간호사1, 2, 서로 무슨 얘긴지 몰라 서로 얼굴만 보고,

인 희　왜, 그 약 빨간 캡슐에 든 거, 항암제. 나 그 약 두 알 줘. (미안한 웃음 작게 띠며) 그게 우리 집 남자가 여기 교수님이랑 친군데, 내가 걱정된다고 약을 빼랬다네.. 근데, 나 괜찮거든요. 그러니까, 약 줘요.

간호사1　(차트를 보며) 약이 취소됐는데요.

인 희　알아요, 근데.. (하다, 수간호사 나오는 것 보고) 어, 수간호사 선생님.. 장 교수님한테 전화 좀 해주실래요? 나, 약 좀 처방해달라고?

그때, 정철, 와서는 인희 팔을 잡고,

정 철　(답답한) 그만 가!

인 희　(뒤돌며 속상해, 버럭) 놔요! 정말, 왜 그래? 나는, 한시가 급해 죽겠는데, 당

신은 시키지도 않은 짓을 괜히 하구.. (하고, 수간호사에게, 애써 차분히) 장 교수님한테 전화 좀 해줘요.

수간호사 (핸드폰 하며, 조제실 들어가는)

인 희 (정철 보며) 정말 늙어갈수록 왜 그렇게 내 속을 썩여. 약을 먹어야, 하루라도 빨리 나을 거 아냐? 어지간히 힘든 건, 내가 견딘다고?

수간호사, 조제실에서 나오며,

수간호사 여기.. (하며, 인희에게 약을 주는) 장 선생님께 전화드렸더니, 이거 드리라고..

인 희 (손에 약 받고, 좋아라 하며) 그쵸, 주시라고 하죠? 고마워요, 갈게요. (하고, 정철 밀치고, 가는)

정철, 수간호사를 보면,

수간호사 (정철 보며, 그 맘 안다는 듯, 담담히) 소화제예요. 장 선생님이 드리라고..

정철, 막막하게 그 말 듣고, 병실로 가는,

43. 병실 안, 밤.

정철, 한쪽 간이침대에서 자고,
양순, 소파에서 쪼그려 자고,
인희, 창가를 보다가 시계를 보고 살며시 일어나 냉장고 문을 열어 죽 그릇 들고, 조용히 문을 열고 나가는,
정철, 몸을 뒤척이며 자는,

44. 탕비실 안, 밤.

인희, 전자레인지에 죽 그릇을 넣어 데우고 있는,

인 희　(구시렁) 신경을 쓸 거나 안 쓸 거나 다 쓰고. 남편이라고.. 밉상 맞어, 진짜. 병원 오면서 그 흔한 깡통 죽 하나 안 사 오고..

전자레인지 멈추면,

인 희　(전자레인지에서 죽 그릇을 꺼내 한쪽 의자에 앉아, 죽 먹으며) 내가 기운만 차려봐라, 가만 두나. (하고, 입가 닦고, 작게 기운 없이) 먹고, 기운 차리자.. 인희야.. (하는데, 힘든) 아, 기운 없어..

45.　집 전경, 아침.

46.　마당, 아침.

연수, 빨래 바구니를 가져와, 빨래를 너는,
정철, 한쪽에서 신문 보다가, 놓고, 연수 쪽으로 와서 같이 빨래를 너는,

연 수　(정철 보고, 빨래만 널며, 담담히) 출근 안 하세요?
정 철　(빨래만 널며, 거짓말) 오전 진료가 없어..
연 수　쉬세요, 그럼. 내가 해.
정 철　(빨래 널다가 놓고, 신문 들고, 집 안으로 들어가는)
연 수　(빨래 너는)

47.　안방 문 앞, 아침.

할머니, 문 앞에 쪼그려 앉아, 안방 문 쪽을 서운하게 노려보며,

할머니　(작게, 구시렁) 나쁜 년, 또 도망가기만 해봐라. 가만 안 둔다.. (하고, 노려보

며, 서운한) 쌍년.. (그러다, 옆을 보면, 정철, 서 있는, 두려운, 외면하려, 소파로 가서 앉아, 풀죽어, 제 양발을 서로 툭툭 부딪히며 있는)

정 철 (그런 할머니를 담담히 보다, 소파로 가서, 한쪽에 놓인 깎아 놓은 사과를 하나 들어, 손에 쥐여주며, 따뜻하게) 드셔요.

할머니 (받아, 먹으며, 창가 보는)

정 철 (할머니를 막막하게 보다, 방으로 가는)

48. 안방, 아침.

인희, 죽은 듯 쪼그려 불편하게 잠을 자고 있는,
한쪽에 둔 핸드폰 울리는, 시누이라고 뜨는, 인희, 그 소리 못 듣고, 잠만 자는, 전화 끊기고, 정철, 들어와 옷장 여는데, 또 전화가 오는, 시동생이라고 뜨는, 그때, 정철, 인희, 뒤척이는 걸 보고, 전화를 꺼버리면, 인희, 기운 없이 자고, 정철, 그 모습 멀뚱히 보다, 옷장에서 옷을 꺼내 입고, 가방 들고, 나가는,

49. 정수의 방, 아침.

연수, 방문 열면, 침대가 지저분하게 흐트러져 있고, 정수는 없는, 그때, 정수, 세수한 얼굴로 들어오며,

정 수 왜? (하고, 거울 보며, 외출 준비하는지, 로션 바르는)

연 수 (정수가 안된, 짐짓 담담히) 나랑 차 한잔하자?

정 수 (옷을 꺼내 입으며, 아무렇지 않게, 툭툭) 안 되는데, 나 재영이랑 오늘 서해 여행 갈 건데?

연 수 취소하고, 누나가 얻은 오피스텔 가서, 차 말고, 술 마시자. 나와. (하고, 나가는)

정 수 (문 쪽 보며, 왜 저러지 싶은, 무겁지 않은)

50. 가평, 버스 정류장 앞, 낮.

버스, 서고, 정철과 두어 사람 내리는, 다른 사람들, 제 갈 길 가면, 정철, 그 사람들 보다, 혼자, 새집으로 가는,

51. 전원주택 앞, 낮.

정철, 대문 열고 들어와 거의 다 된 집을 보고 있는, 서글프지만 집이 이쁘단 생각도 드는,
그때, 김 소장, 오며,

김 소장 아이고, 선생님, 어떻게 오늘은 출근을 안 하셨나 봅니다?
정 철 (민망해) 아, 네.
김 소장 사모님이 원하시는 대로 잘 나왔습니다. 워낙 찬찬하게 챙기시는 분이라 저희가 신경을 안 쓸 수가 없더군요.
정 철 (작게 웃으며) 안에 들어가봐도 될까요?

52. 전원주택 안, 낮.

가구는 없지만 잘 정돈된,
정철, 거실을 둘러보고, 화장실을 열어보고, 안방을 열어보고, 창가로 가서 밖을 내다보는, 덤덤한,

인 희 (E) 새집 지으면 안방 창 쪽으로 커다란 베란다를 만들 거야. 거기에 꽃도 심고, 작은 테이블도 하나 놓을 거야. 당신이랑 가끔 차도 마시고 꽃도 볼 겸. 아침저녁으로 해도 보고, 달도 보고...

53. 전원주택 앞뜰, 낮.

정철, 윗옷을 벗고 땀이 송글송글 맺힌 채, 집 앞에 있는 돌들을 골라내고 있는, 한쪽에 골라낸 자갈들이 수북한, 정철, 열심히 일을 하는,

54. 전원주택 욕실 안, 낮.

정철, 청소할 때 쓰는 솔로 욕실 이곳저곳을 박박 문질러 닦고, 샤워기로 닦은 오물들을 씻어내는, 얼룩진 거울도 샤워기 물로 쓸어내리는데, 자신의 얼굴이 보이는, 거울 닦다, 가만히 자신의 얼굴을 들여다보는, 그러다 울컥하는, 고개 숙이고, 눈물을 참으며, 가만있는,

55. 연수의 오피스텔 안(정리만 된, 가구는 없는), 낮.

정수, 연수, 캔맥주 마시고 있었던, 옆에 편의점에서 사 온, 맥주 캔들이 담긴 비닐봉지가 보이는,

정 수 (캔 놓고, 연수 보며, 눈가 붉어, 막막한, 그러나 소리치지 않고) 뭐라 그랬어?
연 수 (눈가 그렁해, 정수를 안쓰럽게 보고 있는) ...
정 수 (안 믿기는, 눈가는 붉어도, 담담히) 엄마가 왜 죽어?
연 수 ..
정 수 (먹먹하고, 멍한, 창가 보고, 맥주 마시고, 화와 맘 아픈 것 참으며) 누나 넌 언제부터 알았어?
연 수 (막막한, 맥주 마시고, 내려놓고, 안쓰레 보며) 며칠 전..
정 수 (버럭, 속상해, 소리치는) 근데, 왜 난 이제 알아?!
연 수 ...
정 수 (화 참고, 눈물 닦고, 보며, 애써 차분히) 엄만, 알어, 몰라?
연 수 (눈물을 참고, 고개 돌려 외면하며, 담담히) 엄마도.. 몰라.
정 수 (일어나, 가방 들고, 나가는, 눈물도 나고, 화도 나는)
연 수 (맘 아픈, 따라 나가며) 정수야, 정수야!

56. 오피스텔 복도, 낮.

정수, 나와 뛰어가는데,
연수, 뛰어와 팔 잡으며,

연 수 (울며, 달래는) 이러면 안 돼. 엄마 생각해서 이러지 마, 정수야.

정 수 (팔 뿌리치며) 놔! (하고, 가방을 복도 바닥에 팽개치고, 주먹으로 두 눈을 막고, 고통스런, 어쩔 줄을 모르겠는)

연 수 (맘 아픈, 달래는) 누나가, 이러라고 너한테 말한 거 아냐.

정 수 (보며, 눈물이 흐르든 말든, 맘 아파, 낮은 목소리로) 넌 내 맘 몰라, 누난 재수도 안 하고.. 좋은 대학 나오고.. 직장도 가서.. 엄마 용돈도 줘보고.. 누나 넌 다 했지? 근데, 난 아무것도 못 했어..

연 수 (맘 아픈, 눈물 흐르는) 정수야.. 우리 더 이상 엄마 힘들게 하지 말자..

정 수 .. (너무 맘이 아파, 낮은 목소리로) 엄마, 너나 보내. (하고, 가방 들고, 계단으로 뛰어 내려가는)

연 수 (뛰어가며) 정수야, 정수야!

57. 안방, 밤.

인희, 아픈, 벽에 기대앉아, 옷 입는 정철을 보며,

인 희 부자가 무슨 깊은 얘기가 있어서 밖에서 만난대?

정 철 (담담히) .. 자.

인 희 .. (막막한, 그러나 담백하게, 아파도 남 일처럼 말하는데, 아이 같기도 한) .. 어떻게.. 나 자꾸 아프네, 여보. 다리며, 팔이며, 전신에 괜한 멍이 자꾸 들구... (퍼런 멍이 든 다리를 내보이며) 이것 봐. 부딪힌 데도 없는데..

정 철 (보고, 안타까운 맘을 숨기며, 덤덤히) 진통제 먹어.

인 희 (괜히 방바닥을 긁으며) 먹어두.. 아퍼.

정 철　들어와서 주사 맞자. 먹는 것보단 맞는 게 빨라. 나갔다 올게. (나가고)

인희, 목을 쭉 빼고 열린 문틈 사이로 가는 정철 보는,

58. 포장마차 안, 밤.

정철, 취하지 않은, 정수, 조금 취한, 정철, 정수의 잔에 담담히 술 따라주고, 정수, 술 마시고, 눈물 나면, 닦고, 짐짓 차분히, 정철 안 보고, 테이블만 보며,

정 수　아빠.. 엄마.. 제 대학 발표 날 때까지는.. 살 수 있나..?

정 철　(정수 보는데, 안쓰러, 눈가 붉은, 아무 말도 해줄 수가 없는) ...

정 수　(흐르는 눈물을 닦고, 차분하게 강조하듯, 떼쓰거나, 아이 같지 않게 말하는) 아빠 의사잖아. 나.. 아빠 닮아서.. 욕심 없는 거 알죠? 더는 안 바래. 발표 날까지만, 어떻게.. (정철 보며 맘 아파, 차분히) 어떻게.. 안 될까?

정 철　(술 따라 마시는, 테이블만 보는) ...

정 수　(정철 보며, 맘 아파, 말소리도 잘 안 나오는) 나.. 딱 한 번만이라도 엄말... 어떻게 잘해드리고 싶은데... 이대로 돌아가시면.. 아빠, 나는 정말.. 나는 정말 못 살 거 같애.

정 철　(맘 아픈, 정수 외면하고)

정 수　(고갤 푹 숙이고, 맘 아픈) 아빠, 나 이번엔 자신 있어.

정 철　..

정 수　(고개 돌려, 정철을 보지 않고) 대학 들어갈 자신.. 있어. 지난번처럼 거짓말 아니야. 이번엔 확실해. 지난번 그 대학 커트라인 봤는데, 그것보다 내 점수가 20점이나 더 나왔어. 이번엔 경쟁률도 낮고.. 아빠, 나 안 믿는 거 아는데,

정 철　(맘 아픈, 따뜻하게, 가라앉은) 믿어..

정 수　나.. 이번엔 진짜예요. 아빠, 나 대학 가면 알바도 열심히 할 거고...

정 철　..

정 수　술도 안 마시고, 공부도 열심히 할 거고.. 장학금도 받고,

정 철　(보는, 안쓰런, 작게 웃고, 정수 머리 넘겨주는데, 맘 아픈, 참는) ...

정 수　(울음 나는) 아빠, 한 번만 기회 주세요.

정 철　(외면하고, 맘 아픈)

정 수　(고개 숙이고, 테이블을 두 손으로 잡고, 바닥을 보고, 맘 아파, 소리치는) 딱 한 번만! 엄마한테 내가 잘할 수 있는 기회 딱 한 번만... 딱 한 번만이라도.. 좀 주라, 제발.... 예, 아빠!

정 철　(눈물을 참고 정수 보는데, 맘 아픈) ..

59.　거실, 낮.

연수, 다리미질을 하고 있는, 다릴 빨래가 수북한, 인희, 소파에 쪼그리고 앉아 연수가 다리미질하는 걸 대견하게 보고 있는,
할머니, 소파에 대자로 누워 자고 있고,
정수, 주방 쪽 의자에 앉아 차를 마시며, 인희를 보고 있는,
그때, 양순, 고추장을 퍼가지고 현관에서 들어오며,

양 순　어머머머, 웃기네, 웃겨. 안주인이 아프면 장맛부터 변한다더니, 이 한겨울에 글쎄 고추장이며, 된장이며, 독한 장까지 옴팡 하얗게 곰팡이가 피고 말라붙은 구더기가 버글버글한 게.. 뭔 일이야, 이게, 형님.

인 희　(놀라, 일어나 양순에게로 가, 장 그릇을 보며) 무슨 말이야, 그게?

양 순　(고추장 그릇을 보이며) 이거 보세요. 내가 골라내구, 골라내구 해서 퍼 온 건데, (고추장 찍어 먹어보며) 맛이 완전히 갔어.

인 희　(장 그릇을 받아 찍어 먹어보고, 얼굴을 찡그리며, 답답한, 구시렁대듯) 세상에, 이게 웬일이야? 30년 장 담그며 한 번도 이런 적이 없었는데.... 병원 가기 전에두 멀쩡했는데.. 뭔 일이니, 이게?

연 수　(둘의 대화 들으며, 심란해도 안 그런 척 일만 하며) 요즘 너무 날이 더워.. 별일 아냐.

정 수　(듣기 싫어, 제 방으로 가는) ..

인희, 힘들어도 밖으로 나가고,
양순, 고추장 그릇을 탁자 위에 놓고 신발 신고 따라 나가며,

양 순　서리처럼 곰팡이가 하얗게 주저앉았어요. 정말이에요.

연수, 못 들은 척 일하고,

60. 장독대, 낮.

***인서트 - 된장독 안 》**
밀가루를 뒤집어쓴 것처럼 하얀,

***점프컷 》**
인희, 속상한, 애써 담담히 다시 고추장독을 열면,

***점프컷, 인서트 - 고추장독 안 》**
한쪽에 퍼낸 자국이 보이고, 역시 허얗게 곰팡이가 피어 있는,
인희, 가슴이 철렁한, 그 얼굴 위로,

양 순　(생각 없이) 울 어머니 가실 때도 이랬는데.. 혹시 형님, 몸이 더 나빠지시는 거 아니에요?

인 희　(장독 닫고, 집으로 가는데, 속은 상해도, 담담한)

양 순　(따라가며) 안주인이 아프면 펄펄 끓던 장도 순식간에 식는다는데... 형님 더 아플라나?

61. 안방, 낮.

연수, 들어오는, 간밤의 이부자리가 그대로 펼쳐져 있는, 연수, 개어놓은 빨래를 바닥에 놓고, 이부자리를 정리하고, 이불장을 열어, 작은 요와 이불을 꺼내 다시 까는, 그때, 양순과 인희, 거실로 들어오는 소리 나는,

양 순　(E) 정말 희한한 일이죠?

인 희　(E) 연수야, 그 방은 놔둬, 엄마가 해.

연 수　내가 해.

하고, 갠 이불들을 차곡차곡 이불장에 넣는,
그리고 옷장 문을 여는데 가슴이 철렁한, 잘 다려진 와이셔츠가 켜켜이 쌓여 있고, 서랍을 열어보면, 잘 정돈된 양말과 속옷들이 보이는,
연수, 영석의 안방 장롱 안이 떠오르는,

＊점프컷, 회상 》
영석의 장롱,
깨끗하게 정리되어 있는 장롱 안, 양복이 줄을 서서 걸려 있고, 아래를 보면 와이셔츠가 다려져 차곡차곡 개어져 있는,
연수, 서랍을 하나 빼보면, 정갈하게 정리된 영석의 속옷과 양말들이 보이고,
다시 다른 서랍 하나를 빼보면, 수건들이 잘 정리되어 있는,

＊점프컷, 현실 》
연수, 장롱 문을 닫으려다가 다시 장롱 문에 걸려 있는 넥타이 걸이에 눈이 가는, 영석의 장롱에서 본 것처럼 역시 매듭이 매어져 걸려 있는 넥타이들이 눈에 들어오는, 연수, 막막하게 넥타이들을 보는,

62.　동네 큰길가, 저녁.

영석의 차가 세워져 있는,
연수, 추운지 외투를 잔뜩 여미고 나오고 있는,
차 안에 있는 영석, 경적을 울리고, 연수, 경적 소리 난 곳으로 고개 돌리는,

63.　한강 고수부지, 밤.

영석의 차, 세워져 있는,

64. 영석의 차 안, 밤.

연수, 창밖을 보고 있는,

영 석 (담배를 끄고, 보는)

연 수 (여전히 영석을 보지 않고, 막막하고, 담담하게) 가. 늦었어.

영 석 (보면) ..

연 수 (눈가가 붉어, 애써 웃으며, 담담하게) 전화하지 마.

영 석 (맘 아프고, 미안한, 담담하게) 어머니가 그렇게 안 좋으신지 몰랐다. 알았다면 그날 무슨 일이 있어도 나갔을 거야.

연 수 (담담히) 자긴.. 그랬을 거야.

영 석 ...

연 수 (창가 보며) 그래도, 난 헤어졌을 거고.

65. 영석의 차 밖, 밤.

연수, 영석, 차에 기대서 있는,

연 수 (영석을 안 보고, 강가만 보며) 엄마 옷장을 보는데.. 어떻게 그렇게 자기 와이프가 정리한 옷장과 똑같던지... 티셔츠, 와이셔츠, 넥타이 매놓은 거... (영석 보며, 담담히) 난 세상에서 내가 자기를 젤 사랑하는 줄 알았어. 근데, 아니더라. (강가 보며, 담담히, 서글픈) 우리 엄마는 우리 아빠밖에 없는 사람이거든.. 자기 와이프도.. 그렇지 않을까...

영 석 (눈가 붉어, 강가만 보며) ... 연수야,

연 수 자기 와이프한테 미안해서만은 아냐. (영석 보며) 어쩌면 난 자기랑 헤어질 이유가 필요했는지도 몰라. (강가 보며) 늘 자기랑 만나면서.. 사랑하는데도 왜 난 불안하고, 가끔은 같이 있는데도 행복하지 않을까.. 그게 늘 이상하고 궁금했어. 오늘 그 이유를 알았어... 당당하지 않으니까. 자기 와이프처럼 내

엄마처럼.. 누구 앞에서나 당당해지고 싶었는지도.. 삶도 사랑도...

영석 (맘 아픈, 막막한) ..

연수 (눈가 붉어, 담담히) 근데 지금 난 아냐.. 난 지금 이기적인 내가 싫고.. 누굴 상처 주는 내가 싫고.. 뭐 하나.. 당당하질 않아.. (가만 맘 추스르고, 영석 안쓰레 보며, 차분히) 나 잘 살게.

영석 (안 보고, 눈가 붉은, 막막한) .. 널 조금만 더.. 일찍 만났으면 좋았을 텐데..

연수 (애써 가볍게) .. 연락하지 말자. (하고, 가는데, 담담하고, 편한)

66. 집 안 화장실(문 열려진), 밤.

인희, 화장실 변기를 올리고 땀 흘리며, 온몸을 바들바들 떨며 웩웩하고 헛구역질을 해대는, 그러다 턱 숨이 막히고, 이내 웩 하고 다시 토해내면 노란 구토물이 한 주먹 나오고, 인희, 놀라고,

인희 (무의식적으로, 안방 쪽에 대고, 기운 없이) 여보.. (하다, 다시 토하는데 피가 나오는)

인희, 가슴 쪽을 보면 입에서 흐른 한 줄기 핏물이 흐르는, 인희, 의식하지도 못하고 눈물을 흘리며, 안방에 대고 소리치는,

인희 여보!

67. 안방, 밤.

정철, 자다가 부스스한 눈으로 일어나 사방을 두리번거리는, 그때, 화장실 쪽에서 '여보!' 하는 소리 들리고, 정철, 놀라 일어나 뛰쳐나가는,

68. 거실 + 화장실, 밤.

정철, 거실을 지나 화장실로 와 등 돌린 인희를 돌려세우면,
인희, 다시 웩 하고 정철의 가슴에 피를 토하는,
정철, 그런 인희를 보고, 놀라 인희의 어깨를 잡는,

정 철 (맘 아픈) 여보...

인희, 몸을 사시나무 떨듯 떨며, 막막하지만, 말은 차분히,

인 희 (정철 허허롭게 보며) 여보, 나 왜 이래? 수술했는데.. 나 왜 이래? 여보..
정 철 (나오는 눈물을 주체하지 못하고, 고통스럽게 인희를 끌어안는) ...
인 희 (큰 소리로, 믿어지지 않아 소리치는) 여보! 나 왜 이래!
정 철 (아무 말도 할 수 없어, 인희를 더욱 세게 끌어안는) ...
인 희 (멍한, 이런 상황이 이해가 안 되는, 기운 없는) 여보, 나 죽나 봐, 그치, 여보! 나 안 낫나 봐, 그치?!
정 철 ...
인 희 (헉헉 숨을 토해내며) 여보, 나 왜 이러니, (소리치는) 여보, 나 아퍼!

69. 정수의 방 + 방 앞 + 계단 + 거실 + 화장실 앞, 밤.

연수와 정수, '여보, 나 아퍼! 여보, 나 아퍼!' 하는 인희의 소리를 듣고 놀라 소리 나는 곳으로 뛰어 내려가는, 연수와 정수, 화장실 밖에서 입가에 피가 범벅된 인희를 안고 있는 정철을 보고,
연수, 그 자리에 그대로 주저앉으며 넋 나간 얼굴로 '엄마..' 하며, 눈물을 토하고,
정수, 정철에게 안겨 있는 인희의 얼굴을 감싸 안으며,

정 수 (눈물이 그렁해, 큰 소리) 엄마!
인 희 (넋이 나간 목소리로) 정수야.
정 수 (참지 못하고, 눈물을 흘리며, 악을 쓰는) 엄마? 엄마!

인 희　(넋이 다 나가 울며, 맥 빠진) 정수야, 연수야, 엄마, 엄마 너무 아퍼..

그런 인희의 얼굴에서 엔딩.

제4부

1. 거실, 낮.

인희, 멀멀히 쪼그려 앉아, 마당을 보고 희미하게 편안하게 웃고 있는,

＊점프컷, 회상 - 몽타주 》

1, 가족들 마당에서 바비큐 파티를 하고 있는, 정철, 손에 목장갑을 끼고 목살을 불판 위에 올리고 소시지 양파들도 가득 올려놓고 굽고 있는, 인희, 편하게 기분 좋게 상추에 고기를 싸서 할머니(치매 걸린 이후) 입에 넣어주고, 정수, 크게 쌈 싸서 인희의 입에 넣어주고, 인희, 입이 터질 듯 웃으며, 먹는, 연수, 와인을 들고 나오면, 인희와 정수 좋아라 하고, 와인 잔을 채우고 가족들 건배하는, 할머니도 '짠!' 하며, 즐거운 한때를 즐기는 식구들,

2, 마당에서, 정철, 큰 통에 절인 배추를 꺼내 헹구는, 연수가 돕고, 인희는 마당 한쪽에 앉아 연수가 놔주는 절인 배추에 열심히 배추 속을 넣고, 할머니, 턱받침을 하고 인희 옆에 앉아서 구경하고 있는, 양순, 모포 가지고 나와서 할머니 어깨에 둘러주고, 돼지고기 삶은 걸 가져다 놓으면, 연수, 배추 속 채우던 배춧잎을 하나 떼어서 배추 속과 돼지고기를 함께 얹어 양순 먹이고, 인희, 쌈 싸서 정철을 먹이는, 정철, 입가에 김칫국물 흐르면, 인희, '아이고, 추저워' 하고, 웃으며, 입가 닦아주고,

3, 설날, 연수, 인희, 할머니, 양순 편먹고, 정철, 정수, 근덕, 인철까지 모두 모여, 마당에서 윷놀이를 한판 펼치고 있는, 편을 먹어 윷을 던지고, 인철이가 윷을 던지자 모가 나오고, 그 팀은 환호를 하고,

＊점프컷 》

연수, 윷 던지며, '모나, 윷, 모나 윷!' 하는데, 윷 나오면, '윷이다!' 하며 여자들끼리 서로 하이파이브를 즐겁게 하는, 인희, '나다, 나!' 하며, 다시 윷 잡아 던지고, '윷이다!' 하며, 신나, 할머니 얼굴 잡고, 볼에 입 맞추고, 마당을 뛰는, 밝고 환한 그런 모습 느린 화면,

＊점프컷, 현실 》

인희, 창가에서, 마냥 넋 나간 사람처럼 앉아 있는, 건강했던 제 모습이 그리운, 희미하게 웃음 번지다, 다시 멀멀하게 빛을 보는 눈이 좀 부신, 눈가가 좀 붉은,

2. 카페 밖, 낮.

윤 박사, 걸어와 카페로 들어가는,

3. 카페 안, 낮.

정철, 윤 박사와 커피 마시고 있는,

윤 박사 확인해보세요. 송금했으니까.
정 철 (편하게) 내년 봄에 집 비우고 잔금 들어오면 줄게.
윤 박사 네. (하고, 상자를 정철 앞으로 밀어주며) 약.
정 철 (받아서 가방에 넣고, 옆자리에 놓고)
윤 박사 통증이 심하죠?

정 철　(차를 마시며) 그러네.

윤 박사　...

정 철　(일어나며) 가자.

윤 박사　식사하고 가지.

정 철　(웃음) 아니. 나, 가구 시장에 좀 가보려구.

윤 박사　왜요?

정 철　그럴 일이 있어. 그리구 가평도 가야 되구.

윤 박사　?

정 철　(편하게) 우리 이사 갈 집. 나 요즘 거기 다녀. 거기 가면 쓸모없는 나두 할 일이 많아.

윤 박사　(보는)

정철, 나가는,

4. 정류장, 낮.

정철, 버스를 기다리고, 윤 박사 배웅하고 있는,

윤 박사　그래서, 면 소재지 보건소 자릴 간다고? 월 몇백에?

정 철　(편하게 웃으며) 내 나이엔 돈보다 일이야. 괜찮아.

정철, 버스가 오면 타면서,

정 철　약 고맙다.

윤 박사, 고개 끄덕이고,
정철, 버스 타면, 차 떠나고,

5. 안방, 낮.

인희, 통장이며 서류들을 잔뜩 꺼내놓고 이것저것 보고 있는,
그때, 양순, 들어오며,

양순　부르셨어요?
인희　응. 앉아.
양순　(쭈뼛쭈뼛 앉고)
인희　(반을 접은 서류 봉투를 하나 주며) 이거 가지고 집에 가.
양순　(안 받으며, 울상) 왜 나보고 집에 가래요?
인희　근덕이 놔두고 여기서 살 거야?
양순　하루걸러 한 번씩 집에 가보잖아요, 그리고, 요즘은 집에 잘 들어오지도 않아.
인희　가. 밀린 일이 태산일 텐데..
양순　(봉투를 인희 쪽으로 밀며) 간호비면 싫어요.
인희　나 돈 없어. 돈 아니야. 뭔지는 집에 가서 보구. 가지고 가.
양순　(훌쩍이며) 제가 있으면 밥이라두 하는데..
인희　나 연수가 해주는 밥 먹을래.
양순　.. 형님 옆에 있고 싶은데...
인희　(맘에 없는 말, 담담히) 귀찮아. 내 옆에 사람 많아.
양순　(옷섶을 배배 꼬며 훌쩍이고)
인희　(눈가가 붉어졌지만, 짐짓 가볍게) 꼭 우리 근덕이 옆에 있어. 그놈이 뭐라 그래도 어디 가지 말구. 꼭 옆에 있어. 지 놈이 지금은 젊어서 힘이 넘쳐 꽥꽥대두 늙어봐. 올케한테 미안한 거 알고 잘할걸. 울 엄마 일찍 돌아가시고 어린 내가 업어 키운 애야, 걔가. 엄마한테 정을 못 받고 자라서 그렇지, 본성은 나쁜 애가 아니야.
양순　(훌쩍이며, 속상해, 버럭) 알아요.
인희　울지 마, 왜 울어, 초상났어? (봉투를 양순 손에 쥐여주며) 그리고 이거 근덕이하고 올케만 아는 거야. 아무한테도 말하지 마.
양순　?
인희　더 늦기 전에 가. 나 피곤해, 눕고 싶어.
양순　형님..
인희　(펴놓은 자리에 누우며) 나, 잘래. (하고, 눕는)

양 순 (가기 싫은) 형님..

6. 그릇 가게 안, 낮.

정철, 그릇들을 보는, 이것저것 보는데 뭐가 좋은지 모르겠는,
그러다, 꽃이 연하게 그려진 찻잔이 보이고, 찻잔 들어 보는,

7. 도로, 밤.

총알택시들 서 있는, 근덕, 드링크제를 사 와, 다들 나눠주며,

근 덕 (신난) 오늘은 각당 두 병씩 쏜다!
기 사 뭐야, 일도 안 하고, 차 세워두고 돌아다니더니, 대박 났냐?!
근 덕 묻지 말고, 먹어, 먹어! 어서, 먹어! (하고, 박스째 주며) 나 간다. (하고, 차 몰고 가는)

8. 치킨집 앞, 밤.

근덕, 닭을 사들고, 택시에 타 운전해 가며, 노랠 부르는,

9. 근덕의 집으로 가는 길, 밤.

택시를 몰고 와 한쪽에 세워놓고, 닭 상자를 들고, 기분 좋게 노래를 흥얼거리며, 집으로 가는,

10. 근덕의 안방, 밤.

양순, 서류 하나를 펴들고 벽을 보며 훌쩍대고 있는,
근덕, 들어와 옷을 벗어 던지고,

근 덕 (짜증) 너 왜 울어? 서방 죽었냐? 왜 처울어? 닭 먹어. 니 닭보다 허베허베 맛있는 거야. (하다가, 웃으며 바지 주머니에서 돈뭉치를 꺼내주며, 장난치는) 야, 너 이만한 돈 봤냐? 못 봤지?

양순, 근덕을 보는 둥 마는 둥 아랑곳 않고 계속 훌쩍이는,

근 덕 (자리에 앉아, 양순을 돌려세우며) 돈이라니까.. 돈 싫어?

양순, 울다가 갑자기 눈 부릅뜨고 분노에 찬 얼굴로 근덕의 팔뚝을 냅다 물어뜯는,
근덕, 놀라 '악!' 소리치며 냅다 양순의 등짝을 치고,
양순, 그래도 떨어지지 않고 물어뜯는,

근 덕 (놀라) 이게 미쳤나, 놔, 아퍼, 임마! (하며, '악!' 소리치면서 다시 양순 등을 냅다 치는)

그제야 양순, 물었던 팔을 놓고 무섭게 눈을 흘기는,

근 덕 (물린 팔을 다른 한쪽 손으로 감싸 쥐며) 너 돌았냐? 왜 그래, 엉?
양 순 (버럭, 버럭 소리치며) 그래, 나 미쳤다, 미쳤어. 이 새끼야! (서류를 근덕에게 던지며, 악을 쓰며) 그게 뭔지 알아?!

근덕, 서류를 받아 펴보면 생명보험 증서다, 근덕, 멍한 얼굴로 양순 보면,

양 순 니 누나, 죽는대..
근 덕 (멍하고) ?
양 순 (악을 쓰는) 그거, 니 누나가 자기 죽으면 너한테 줄려고 식구들 몰래 들어논

거래. 알어, 이 새끼야?!... 행여, 행여, 니가 그 맘을 알겠다? 행여 너 같은 인간이.. 누나 맘을 알겠어?! 너 같은 인간이 뭘 알어?! (근덕의 머리채를 잡고, 흔들며) 니 누나 죽음 그 돈 받어, 그것두 갖다 도박해라! 그것두 갖다 도박해! (하다, 주저앉아 울며) 이, 이 개만도 못한 새끼! 너 이제 어떻게 살래! 평생 니 누나 등골 빼먹구 살다, 이제 어떻게 살래... 이제 어떻게 살래, 이 새끼야..!

근덕 (멍하고) ...

11. 거실, 아침.

인희, 추운 듯 몸을 웅크리고 안방에서 문을 열고 나와 거실의 커튼을 치고, 햇살을 이쁘게 보고, 주방으로 가는,

12. 주방 + 계단 + 거실, 아침.

인희, 쌀을 씻고 있는, 된장국을 끓이려는지 쌀뜨물을 받는,

***점프컷 》**

인희, 호박을 썰고 있는, 옆에 감자며 대파가 이미 썰어져 있고,
그때, 연수, 계단을 내려오다 주방에서 나는 도마 소리 듣고 서둘러 주방으로 와서는,

연수 (인희 손목을 잡으며) 놔둬. 내가 할 테니까 쉬어.

인희 다쳐. 엄마가 할게.

연수 내가 해.

인희 (서운한, 짜증) 놔둬. 내가 벌써 송장 됐어? 왜 다들 사람 움직이는 걸 못 봐?

연수 엄마, 힘드니까..

인희 (일하며) 이 정도는 할 수 있어.

연수 (마지못해 물 따라 마시는)

인 희　일 안 나가?

연 수　오늘은 잠깐 나가봐야 돼.

인 희　(일을 계속하며, 속상해, 투덜투덜) 일 나가. 다들 일 그만두고 나 죽기 기다렸다, 나 죽으면 뭐 손 빨고 살 거야? 그리고 된장 끓일 때는 쌀뜨물 쓰고. 처음 끓일 때부터 호박 넣으라고 몇 번을 말하디? 다 끓고 넣으면 먹을 때 서걱서걱.. 할머니 그런 거 싫어하신다고.. 몇 번을 말해! 된장도 하나 제대로 못 끓이구.. 어떻게 살 거야, 대체. (하며, 그냥 안방으로 가버리는)

연 수　(할 말 없는, 맘이 짠한, 찌개에 남은 재료 넣는) ...

13.　안방, 아침.

정철, 이불을 개고 있는,
인희, 그때 문 열고 들어서며,

인 희　(자리에 앉으며 구시렁) 그렇게 잘하면서 왜 진작 안 하고.

정철, 멋쩍게 이불을 장에다 넣고, 한쪽에 있는, 담배를 들고 나가려 하면,

인 희　(걱정되고, 화나는) 빈속에 그누무 담배는?

정철, 담배를 놓고, 나가려는데,
인희, 정철의 바짓가랑이를 퉁명스레 잡았다 놓으며,

인 희　앉아봐.

정철, 앉는,
인희, 그사이 앉은걸음으로 문갑 쪽으로 가서 상자 하나를 꺼내 정철 쪽으로 밀어놓는, 모든 행동이 볼멘 듯 퉁명스러운,

정 철　(보면) ?

인 희　(정철을 보지 않고, 퉁명스레) 통장이랑, 집문서, 땅문서, 보험 뭐 그런 거예요.

정 철　...

인 희　어제 꺼내보니까 아껴 쓰면 당신 죽을 때까지.. 쓰겠더라. 당신은 좋겠다, 부자라. (짜증) 거기 노란 통장은 연수 시집보낼 거고, 흰 통장은 정수 거니까 손댈 생각 말구.

정 철　(밀어서, 인희 주며) 당신이 가지고 있어.

인 희　싫어. (몸을 틀어 정철을 마주 보며) 내가 뭐 당신이 이뻐 주는 줄 알아? 나 죽고 나서 통장 어딨나 싶어 울지도 않고 자식새끼들 앞세워 찾아 나설까 봐 그래 주는 거야. 그 꼴 보기 싫어서.

정 철　안 그럴 테니까 넣어둬.

인 희　(외면하며) 그럴지 안 그럴지 어떻게 알어..

정 철　(답답해, 일어나려 하면)

인 희　(속상한) 언제 시간 있을 때 나 가평 좀 데리고 가.

정 철　...

인 희　오늘 휴가계도 낸다며? (혼잣말처럼) 이제 집이 거의 다 됐을 텐데.

정 철　(말없이 밖으로 나가고)

인 희　(서운하고, 화나) 죽은 사람 소원도 들어준다는데, 그게 뭐 큰 소원이라구 대꾸도 않냐.. (속상해) 으이, 속 터져.

14.　할머니 방, 낮.

할머니, 추운지 이불을 뒤집어쓰고 인희가 퍼주는 밥을 받아먹다가 갑자기 방바닥에 뱉어버리는,

할머니　에이, 퉤!

인 희　(화나는) 왜 그런대, 또?

할머니　썩었어.

인 희　썩긴 뭐가 썩어, 아침에 끓인 게.

할머니　(노여운) 이년이 (뱉은 걸 손으로 찍어서 들이밀며) 이게 안 썩었어? 누런데, 이게 안 썩어?

인 희 (속상해, 버럭) 말 같지도 않은 말 어지간히 해요, 정말?! (밥그릇을 들어 보이며) 이게 뭐가 썩어, 된장에 비빈 밥이 다 누렇지, 어디가 썩어?

할머니 에이, 이년이! (하며, 그릇을 엎고)

인 희 (그릇에 든 밥을 뒤집어쓰고, 속상해) 늙은이가 미쳤나 보네, 정말!

할머니 내가 왜 미쳐! (하며, 방 안에 있던 의료용 소변받이를 인희에게 던져버리는)

인 희 어머, 이거 어떡해! 대체 왜 그래요?!

15. 주방 안, 낮.

정철, 연수, 정수, 밥을 먹고 있다가 인희의 '대체 왜 그래!' 하는 소리에 할머니 방으로 달려가는,

16. 할머니 방 안, 낮.

정철, 문을 벌컥 열면 그 안이 가관이다,
소변기 던져져 있고, 인희, 오줌과 밥알로 범벅이 되어 퍼질러져 앉아 있고,
할머니, 씩씩대고 서 있는,
정수, 화나고,
연수, 기가 막힌,

할머니 (정철 아랑곳 않고) 저 썩은 거 너나 먹어라, 이년. 우리 아들 병원 차려준다드니, 병원두 안 차려주고 빈 몸으로 시집오고, 이 나쁜 년, (하고, 인희 머릴 잡고) 죽어, 이년, 죽어!

인 희 (악을 쓰며) 놔, 아퍼!

연수, 정수, 할머니를 뜯어말리며,

연 수 (할머니에게) 왜 그러세요?!

정 수 (인희의 머리를 잡은 할머니 손을 잡고 말리며) 이 손 놔요, 놔요!

할머니　나쁜 년, 내 집 망친 이년. 내 아들 망친, 이년!
인 희　(속상해 울며) 못 살어, 못 산다, 내가!

정철, 기도 안 찬 얼굴이다,

17. 연수의 차 안, 낮.

연수, 운전을 하고,
정철, 옆 좌석에 타고 있는, 정철, 창밖을 보는 얼굴이 어두운,

18. 버스 정류장 앞, 낮.

연수의 차, 멈춰 서면,

19. 연수의 차 안 + 길가, 낮.

연 수　내가 아빠 병원까지 가도, 되는데?
정 철　(문 열려다, 연수 보며) 너, 오늘 오후에 시간 있니?
연 수　사무실 나가 업무 하나만 처리하면,
정 철　그래? 그럼 나 좀 보자.
연 수　병원으로 전화드릴게요.
정 철　(뜨끔한) 아니야. 나두 오늘 진료 안 보고 일찍 휴가계만 내고 나올 거야. 내가 백화점 근처 가서 전화할게. (하고, 내리는)

정철, 차에서 내리고 그대로 서 있으면,

연 수　가세요.
정 철　먼저 가.

연수의 차 가고,
정철, 연수의 차 멀어지면, 왔던 길로 다시 가는,

20. 대형 서점 안, 낮.

낮이라 한산한,
정철, 책을 뒤적거리다 문득 고개를 들어, 취업 및 창업 코너 서적들을 살피고 있는 사오십 대 남자들의 뒷모습을 보는, 그들 옆에 서 있으니 더욱 초라해지는 것 같은, 마치 자신을 보는 것 같은 기분이 드는, 문학 코너 쪽으로 옮겨 가는, 문학 서적을 뒤적이며 시간을 보내는,

21. 연수의 사무실 앞 복도, 낮.

연수, 사무실로 들어가려다 한쪽에서 자재를 들고 나오는 인철과 마주치는,

22. 백화점 조용한 일각, 낮.

인철, 연수, 커피를 마시고 있는,

인 철 어머니가 괜찮은 줄 알았는데, 안 좋으시구나.. 뭐라 할 말이 없다.
연 수 (보고, 짐짓 편하게) 못 해드린 거, 후회하고 싶지 않아서 받은 만큼 돌려드리고 싶은데,
인 철 안 될걸.
연 수 (서글픈 웃음 지으며) 그러게, 턱도 없네. 밥도 잘 못 하고, 다림질도 잘 못하고.. 청소를 해도 꼭 한두 군데는 놓치고.
인 철 울 엄마가 그러드라. 자식이 부모한테 받은 건 안 돌려줘도 된대.
연 수 ?

인철 물이 위로 흐르지 않는 것처럼, 불가능하대. 사람들이 결혼하는 건 자기가 부모한테 받은 걸 주체할 수 없어서 털어놓을 델 찾는 거라드라. 그래서 자식을 낳는 거래.

연수 (서글픈, 안 보고) .. 그런가. 못 돌려주는 게 당연한 건가..

인철 너도 몸조심해. 갈게.

연수 (고개 숙이며) 어. (하고 차 마시고)

인철 (안쓰럽게 보고, 차 마시는)

연수 언제 울 엄마 한번 보러 와.

인철 (보면) ?

연수 (편하게, 작게 웃으며) 엄마가 찾아서.. 나중에.. 갈게. (하고, 가는)

인철 (가는 연수 보며, 편하게) 등 펴고!

연수 (가다, 돌아보고, 웃고, 등 펴고 가는)

인철 (따뜻하게 보다, 사무실 쪽으로 가는)

23. 차도, 낮.

연수의 차, 달리고 있는,

24. 연수의 차 안, 낮.

연수, 정철(창가만 보며), 타고 있는,

연수 집에 일찍 가봐야 하는 거 아닌가..

정철 할머니 주무신다니 괜찮을 거야.

연수 집에 전화했어요?

정철 어.

연수 아빠, 어디 가는지 얘기 안 하셨는데...

정철 가평 집 가자.

연수 ?

정 철　(연수를 못 보고) 니 엄마 거기 한번 데리고 가달라는데, 집이 어수선해서 내가.. 정리한다고 해도 영 시원찮아서.. (보며) 도와주라.

연 수　(정철을 짠한 마음으로 보고, 운전하며) 네.

25.　전원주택 거실, 낮.

아직 포장을 뜯지 않은 가구들이 아무렇게나 놓여 있고, 벽걸이 액자들이며 장식물들 역시 아무렇게나 놓여 있는,
연수, 멍하니 서서 그 가구들 보고 있는, 마음이 짠해지는,
그때 정철, 소매를 걷어붙이고 화장실에서 걸레 가지고 나오며,

정 철　(어색한 웃음 짓고) 색깔이 좀 그렇지? 내가 시간 날 때마다 딴에는 골라 샀는데.. 내 맘에도 썩 드는 건 아니야..

연 수　(말꼬리를 자르며, 짐짓 밝게 웃으며) 아니.

정 철　?

연 수　좋아. (걸레를 뺏어들며) 걸레질은 내가 할게요. 아빠, 차 마셔요.

정 철　(여전히 어색한, 가구를 가리키며) 이거 저쪽으로 치우고 밑에도 한 번 닦아야 할 텐데.. 그냥 하면 니 엄마, 먼지 냄새 난다구 싫어할 텐데.

연 수　(마음이 짠하지만 짐짓 밝게) 그러지, 뭐. 그럼 가구 일단 저쪽으로 옮길까?

26.　몽타주.

1, 정철, 땀을 뻘뻘 흘리며 연수와 가구를 옮기는,
연수, 힘 못 쓰는 정철이 우습고, 정철은 민망하고, 그러면서도 가구 옮기고,

2, 연수, 바닥을 걸레질하면서 벽에 액자 거는 정철에게 '이쪽으로, 저쪽으로' 하면서 코치하고,
정철, '여기? 여기?' 하면서 액자를 거는,

3, 연수와 정철, 의자에 올라가 안방 커튼을 다는,

4, 연수, 정철, 침대 커버를 씌우고,
정철, 그 침대에 앉아보는데, 마음이 아픈,
연수, 그 모습 보다 방을 나가는,
정철, 그렇게 잠시 있는데, 연수가 밖에서 부르는 소리 나는,

연수 (E) 아빠, 커피.

27. 전원주택 거실, 저녁 무렵.

깨끗하게 정돈된 아늑한 실내, 거실 창밖으로 저녁 풍경 보이고,
연수, 정철, 커피를 마시는,

연수 ... 전에 죄송했어요.
정철 (커피 마시며) 뭘?
연수 (커피잔만 보며) 소리친 거. 아빠한테 화가 난 게 아니었어요. 나한테, 나 자신한테 화가 났었어.
정철 (차를 마시는) ..
연수 죄송해요.
정철 (먹먹한) 아니야. 니 엄마가 불쌍해서 그렇지, 난 괜찮아. 너도 너무 속상해하지 마. (힘들지만, 담담히) 난 요즘 그런 생각을 해. 니 엄마 지금 죽는 게 어쩌면, 다행이다.
연수 (정철 안쓰레 보면)
정철 남보다 두 배는 더 고생한 사람, 좀 더 일찍 좋은 데로 가는가 보다, 난 그렇게 믿기로 했다.
연수 (맘이 아픈, 눈물 참고) 효도하고 싶었어요... 시간이 있겠지, 했고.
정철 우리 모두 잘해주고 싶었지. 그 맘 알 거다. 니 엄마도. (연수가 든 잔을 보며) 그 잔 이쁘지?
연수 (애써, 밝게 잔 보며) 어.

정철 (어색한 웃음) 니 엄마 줄려고 내가 아주 특별히 산 거야. 거금 주고. 그건, 너 시집가두 그건 못 줘.

연수 (맘 아프게 잔을 보다, 창가 보는, 애써 밝게) 노을 너무 이쁘다.. 엄마 닮았다. (하고, 차 마시는)

28. 거실, 밤.

인희, 소파에 앉아 마당을 멍하니 내다보다가 시계를 보면 시계 여덟 시를 가리키고 있는, 열려진 할머니 방을 고개를 쭉 빼고 보면,
할머니, 자고 있는,
인희, 일어나는,

29. 대문 앞, 밤.

인희, 대문을 열고 나와 큰길가를 목을 쭉 빼고 보는, 누군가 걸어오고 있는, 애들인가 싶어 다시 보면 그냥 지나가는 행인이다, 인희, 추운지 발을 동동 구르다 큰길 쪽으로 걸어가 보는,

30. 집으로 가는 길, 밤.

정수, 화분에 담긴, 꽃을 들고, 재영과 나란히 걸어오는,

재영 꽃 이쁘지?

정수 (편하게, 웃음 띤) 내가 사야 하는데.

재영 (웃으며) 내가 사드리고 싶었어.

정수 난 요즘 니가 참 부럽다.

재영 왜? 대학 다녀서? 너도 곧 대학생 되잖아, 힘내.

정수 그게 아니고,

재영 (멈춰 서서, 보는) ?

정수 (보며, 부러운 웃음 짓고) 니네 엄만 건강하시잖아. 그게 부러워. 요즘은 건강한 사람, 엄마가 있는 사람, 그런 사람이 젤 부러워.

재영 (정수가 안쓰런) ...

정수 이제 그만 가. 요즘은 만날 때마다 니가 나 배웅하게 된다. 싫겠다.

재영 아니, 내가 해주는 것도 나쁘지 않아.

정수 어서 가.

재영 조금만 더 걷자. (하고, 팔짱 끼는)

그때, 인희, 내려오다 정수를 보고,

인희 정수야!

정수와 재영, 인희 쪽으로 고개 돌리고,

정수 (밝게) 엄마!

인희 (다가와 재영에게 반색하며) 우리 정수 여자친구구나?

재영 (멋쩍게 웃음 지으며) 네, 처음 뵙겠습니다.

인희 이쁘게 생겼네.

정수 (재영에게) 가.

재영 (인희에게 인사하고) 다음에 또 뵐게요.

인희 왜, 들어갔다 가지?

재영 아니에요. 늦었는걸요. 가볼게요. (정수에게) 갈게. (하고, 뛰어가는)

정수 야, 뛰지 마, 넘어져!

재영 안 넘어져! (하며, 뛰어가고)

정수 뛰지 마!

인희 (가는 재영 보고, 이쁜) 잘 뛴다, 야.

정수 (인희 돌려세우며) 이제, 가 가 가..

31. 집으로 가는 길, 밤.

인희　(화분을 들고) 저처럼 이쁜 꽃두 샀네.

정수　꽃이 봄까지 핀대.

인희　아..

정수　추운데 왜 나와 있어, 감기 걸리면 어쩌려구?

인희　(정수가 웃긴) 근데, 웃기다, 야. 너두 남자라구 여자를 다 사귀고. (멈춰 서서 정수를 보며) 키스는 해봤어?

정수　(어이없단 듯) 그럼 키스도 안 해보냐? (하고, 뒷걸음치며, 농담) 첫 키스한 진 이미 오래지.

인희　(친구처럼, 편하게) 좋았냐?

정수　죽였지.

인희　(웃으며) 못 하는 말이 없어.

정수　(인희의 어깨에 손 올리고) 엄마도 뽀뽀해줄까?

인희　(밀치며) 징그러.

정수　(볼에 입맞추려 하며) 뭐가 징그러.

인희　(좋으면서도, 밀치며) 징그러, 하지 마.

그때, 경적 소리 나서 두 사람 뒤돌아보면,

32.　대문 앞, 밤.

연수, 차 문 잠그고 있고,
인희, 정수, 정철, 기분 좋게 문 열고 들어가는,

인희　오늘은 온 가족이 시간을 맞췄네.

연수　빨리 들어가요. 엄마, 감기 들겠어.

33.　마당 + 거실, 현관, 밤.

정철 외, 마당을 가로질러 현관문으로 가고 있는, '날이 춥네', '왜 나왔어' 등등 말하면서 현관문 열고, 안으로 들어가는,

34. 현관 안, 밤.

인희, 맨 앞에서 문 열며,

인 희 아, 춥다. (하며, 중문을 열고, 들어가며) 노친네, 안 깼나 모르겠네.

할머니 (야구 방망이 들고 서 있다, 몽둥이로 인희의 머리를 냅다 치고) 이 나쁜 년, 또 날 버릴라고! 왜 버려, 날!

들어오던 식구들 놀라고,
인희, '아!' 하면서 손으로 이마를 가리고 방바닥에 주저앉고, 이내 이마에서 손을 떼 손바닥을 보면 피가 조금 묻어 있는,
연수, 쓰러진 인희를 안으며,

연 수 엄마, 엄마, 괜찮아?

인희, 정신이 가물가물하고,
그사이 정수, 할머니 손에서 방망이를 모질게 빼앗아 거실 쪽으로 던지며,

정 수 이제 그만 좀 하세요! 차라리 돌아가세요, 네?!

할머니, 입술을 씰룩거리며,

할머니 (분해) 이 새끼, 이 나쁜 새끼. 너 누구야?! (하며, 정수를 패고)

그때까지 화나 그 광경을 보고 서 있던 정철, 결심을 한 듯 신발장 서랍을 뒤져 망치를 꺼내고, 못을 꺼내 입에 물고 화난 얼굴로 거실로 들어와 할머니를 한 팔로 달싹 들어 할머니 방으로 데리고 들어가는,

정수, 연수, 놀라고,
인희, 정신없는 와중에도 정철을 보고,
할머니, 정철 팔에서 허둥대며, 놀라,

할머니　놔. 이누무 새끼야, 놔, 어서 놔! 에미야! 에미야!

정철, 눈가가 붉어져 있지만 아랑곳 않고 할머니 방문을 열고,
인희, 저 양반이 뭐하나 싶어 보는,

35. 할머니 방 안, 밤.

정철, 할머니를 내려놓고 나가려 하면,

할머니　(정철을 끌어안으며, 울고 불며) 아저씨, 아저씨, 왜 그래? 날 두고 어디 가?! 아부지!

정철, 모질게 할머니를 떼어놓고 나가는,

36. 거실 안, 밤.

정철, 할머니 방에서 나와 문을 닫고 문을 못 열게 못질을 하는,
할머니, 안에서 '에미야, 에미야!' 하며 문을 긁으며 울고,
정수, 놀라서 정철을 말리며,

정 수　아빠, 왜 그러세요?! 이러지 마!

정철, 모질게 정수를 뿌리치고 계속 못질하고,
인희, 놀라(그러나 힘이 하나도 없다), 정철 쪽으로 기어가며,

인 희　왜 그래요? 왜 그래? 연수야, 말려. 니 아빠 말려!

연수, 뛰어가 못질하는 정철을 말리고,
정수, 다시 일어나 정철을 잡고,

연 수　진정해. 아빠, 진정하세요!
정 수　내가 잘못했어. 그러지 마, 아빠!
정 철　(눈물을 참고, 못을 박으며 애들을 뿌리치려 하며) 놔!
인 희　(정철의 바짓가랑이 잡고 늘어지며) 여보, 그러지 마! 여보..
정 철　(망치를 내리며, 눈물을 뚝뚝 흘리는)

37.　마당, 밤.

정철, 담배 들고, 멍하니 서 있는,

연 수　(현관문 열고, 정철 보며, 맘 아픈, 짐짓 담담히) 아빠.
정 철　들어가.
연 수　추워요.
정 철　... 들어가. 찬바람 들어간다.
연 수　조금만 있다, 들어오세요. (하고, 들어가고)
정 철　(멍한)

38.　정수의 방 안, 밤.

정수, 불을 끄고, 바닥에 멍하니, 앉아 있는,
연수, 방문을 열어보고 아무 말 못 하고 도로 문 닫고,
정수, 꼼짝 않고 앉아 있는,

39. 집 전경, 깊은 밤.

인 희 (E) 욱! 욱! (하는, 헛구역질 소리 들리는)

40. 안방 안, 깊은 밤.

정철, 자고 있는,
인희, 한쪽에 앉아 울렁증이 나는 걸 입을 앙다물고 참다가 조금 가라앉는지 밖으로 나가는,

41. 거실 + 주방 안, 밤.

인희, 주방으로 가 냉장고 문을 열고 물을 따라 마시다, 다시 울렁증이 나 그 자리에 주저앉는, 인희, 울렁증을 이를 앙다물고 참는, 그러다, 할머니 방에 눈길이 가고,

42. 할머니의 방, 밤.

할머니, 한쪽 모서리에 쪼그리고 누워 자고 있는,
인희, 문 열고 들어서고, 인희, 할머니를 측은하게 보고 이불을 깔고 할머니를 눕히는, 인희, 여전히 울렁증이 조금씩 일어나 힘들어 헉헉대며 벽에 기대 앉아 할머니를 보는,

***점프컷, 회상 - 각 부의 장면 》**
1, 차 안에서 손에 눈을 맞던 할머니와 인희의 모습,
2, 공 고르다 입술 실룩대던 할머니 모습,
3, 연시를 터뜨리며 '개똥이다' 하던 할머니 모습,

＊점프컷, 현실 》

인희, 울렁증을 달래려 가슴을 치는,

43. 연수의 방, 밤.

연수, 책상에 앉아 사진첩을 보고 있는,

인희와 정철, 정수, 건강할 때의 할머니 사진들이다,

연수, 그중에서 인희 사진을 꺼내 물끄러미 오래 보고,

44. 할머니의 방, 밤.

인희, 울렁증이 심해지는지 옆에 있는 휴지를 입에 대는, 그러다 문득 생각이 나는,

＊점프컷, 회상 》

1, 병원 갈 때 인희의 다리 잡고 늘어지며 '어디 가냐, 날 두고 어디 가냐' 하던 할머니,

2, 인희를 방망이로 내려치던 할머니,

＊점프컷, 현실 》

인희, 뒤척이며 이불 걷어차는 할머니를 보고, 이불을 덮어주다 순간 생각이 스쳐가는,

＊점프컷, 회상 》

1, 정수, 할머니에게 '차라리 돌아가세요!' 하던 모습,

2, 정철, 할머니 방에 못 박던 모습,

3, 연수, '아빠, 진정하세요!' 하던 모습,

＊점프컷, 현실 》

인희, 자는 할머니 얼굴을 눈물이 그렁해 보다가는 손에 잡혀 있는 이불자락을 할머니 목까지 덮어주는, 그러다 다시 멈칫하고 할머니를 한 번 더 보고는 눈물을 주룩 흘리는, 그러다 이내 작심하고, 이불을 할머니의 머리까지 덮어씌우고 할머니가 숨을 못 쉬게 위에서 누르는, 인희, 이를 앙다물고 온 힘을 다해 할머니를 누르는, 단단히 죽일 결심을 하는,

45. 연수의 방, 밤.

연수, 사진첩에 사진을 꽂고 커피잔을 들어 마시는, 그러나 커피가 없는, 연수, 일어나는,

46. 할머니의 방, 밤.

인희, 땀 흘리며, 눈가 붉어 할머니를 덮은 이불을 모질게 누르고 있는,
할머니, 신음 소리를 내며 버둥거리지만 인희의 힘을 이기지 못하는,
인희, 이를 앙다물고 계속 누르는,

47. 계단, 밤.

연수, 커피잔을 들고 내려와 주방으로 가려다가 느낌이 이상해 할머니 방 쪽으로 시선이 가는, 할머니의 방에서 신음 소리가 희미하게 나고, 이상해, 할머니의 방문 여는,

48. 할머니의 방, 밤.

인희, 땀 흘리며, 눈가 붉어, 할머니를 온 힘을 다해 누르고 있는,
그때, 연수, 문을 열고 들어와 놀라 커피잔을 떨어뜨리고 인희의 팔을 잡고

말리며,

연 수 엄마, 엄마, 왜 이래! 놔! 이러면 안 돼!

인 희 (아랑곳 않고, 계속 누르고)

연 수 아빠! 정수야! (부르면서, 인희의 팔을 잡아당기며, 울면서) 엄마, 제발 이거 놔! 아빠!

인 희 (아랑곳 않고, 눈물을 흘리며 계속 누르고)

그때, 정철, 정수, 뛰어와 인희 하는 양을 보고 놀라고,
두 사람, 인희에게 달려들어 팔을 하나씩 잡아 인희를 할머니에게서 떼어내며,

정 철 무슨 짓이야!

정 수 엄마!

인희, 할머니에게서 떨어지고,
연수, 이불을 들추고,
할머니, 파랗게 질려 헉헉대고,
연수, 그런 할머니를 안고, '할머니..'
정철과 정수에게 양쪽 팔이 다 잡혀 있는 인희, 다시 할머니에게 달려들려 하며,

인 희 (모질게, 눈물 나도 아랑곳없이) 죽어!

정 철 미쳤어? 여보, 왜 그래, 정신 차려!

인 희 (할머니에게) 죽어!

정 수 (인희를 안고 꺽꺽 울고)

정 철 정신 차려, 여보!

인 희 (맘에 담아뒀던 모든 걸 터뜨리며, 악을 쓰고 울면서) 어머니, 어머니! 나랑 같이 죽자! 나랑 같이 죽자! 나 죽으면 어머니 어떻게 살래?! 나랑 같이 죽자! 애비 애들 고생 그만 시키고 어머니.. 나랑 같이 죽자! (넋 놓고 울고) 나랑 같이 죽자! 나랑 같이 죽자.. 어머니..

할머니, 얼이 빠진 듯, 고통스러워하는 인희의 절규를 멍하니 보고 있는 눈가에 얼핏 이슬이 맺히는,

49. 거실, 밤.

정철, 정수, 소파에 앉아 있고,
연수, 화장실 문밖에 서 있는,

연 수 (화장실 안에 있는 인희를 설득하는) 엄마, 엄마, 나랑 같이 해, 엄마, 어?

50. 화장실 안, 밤.

할머니, 변기 위에 물을 뒤집어쓴 속옷 차림으로 앉아 있고,
인희, 할머니 발을 비누칠해 씻기고 있는, 인희, 밖에서 연수가 하는 말엔 아랑곳없는,

인 희 (아무 일 없었단 듯, 편하게, 툭툭) 오늘뿐이에요. 나 없으면 이제 똥 아무 데나 싸고 그러면 안 돼. (샤워기로 발을 헹궈주며 달래듯) 안 그러실 거지? 오늘은 내가 너무 놀라게 해서 그런 거지? 이제 그러면 정말 안 돼요?
할머니 (가만있고)
인 희 (계속 헹궈주고)

51. 화장실 문밖, 밤.

연수, 걱정되는 마음으로,

연 수 엄마?

인희, 대답 없고,
연수, 심란하게 정철을 보고,
정철, 막막하게 가만있는,
정수, 고개 푹 숙이고 생각 많은,

52. 화장실 안, 밤.

인희, 할머니(변기 위에 앉아 있고)에게 새 속옷 갈아입혀주고 있는, 윗옷까지 마저 다 갈아입혀주고,

인 희 (할머니 눈을 보며, 맘 아픈 걸 참고, 짐짓 밝게) 좋아?
할머니 ....
인 희 (쪼그려 앉으며) 개운하지?
할머니 (인희의 눈을 보고 있는, 정신이 돌아왔는지 인희 맘을 알 것 같은)
인 희 (맘 아파도 참고, 대견해하며) 이렇게 입으니까 꼭 새색시 같네. (할머니 손을 잡고, 차마 못 보고) 어머니, 나 먼저 가 있을게, 빨리 와. (다시 할머니 눈을 보며) 싸우다 정든다고 나 어머니랑 정 많이 들었다. 친정엄마 일찍 가시고.. 내 옆에 아무도 없을 때, 애들도 애비도 공부한다고 객지 나가, 외로울 때, 그때도.. 어머닌 늘 내 옆에 있었는데.. 말로는 나 밉다고 해도 가끔 나한테 당신이 좋아하시는 거 아꼈다가 잠자는 내 머리맡에 놔주기도 하셨는데.. 어머니, 이제 그때 기억 하나두 안 나지?
연 수 (E) 엄마?
할머니 (갑자기 버럭 밖에 대고) 저리 가, 이년아!
인 희 (놀라, 할머니를 보고 정신이 드는가 싶어 눈물이 나는) ...
할머니 (인희 눈가 붉어, 보면)
인 희 .. 어머니, 아까.. 미안했어요. 그래도.. 내 맘 알죠?
할머니 (먹먹히 보는) ...
인 희 (손을 잡고, 울며) 나 이런 말 하면 안 되는 거 아는데.. 어머니.. 정신 드실 때 혀라도 깨물어, 나 따라와. 더는 아범이랑 애들 고생시키지 말고.. 내가 먼저 가서.. 기다릴게. (손을 잡아 '아.. 아..' 맘 아픈 소리 내고, 얼굴에 대고 울며) ..

어머니..

53. 근덕의 동네, 낮.

카메라, 위에서 아래로 이동해 근덕의 집 대문 앞까지 보여주는,
양순, 반찬 보따리 싸들고 문을 박차고 나오고 있는,
뒤에서 근덕, 운전 기사복 차림으로 얼굴은 부스스한 채, 서둘러 신발을 신고 뒤따라 나오고 있는,

근 덕　(뒤따라 나오며) 같이 가.
양 순　(뒤돌아보지 않고 걸으며 통명스레) 오든가 말든가.

양순, 가고,
근덕, 뒤따르는,

근 덕　(성질) 같이 가자니까!

54. 골목, 낮.

근덕의 택시, 세워져 있는,
근덕, 뛰어와 택시 문을 열고 타고,
양순, 눈을 흘기며 타는,

55. 택시 안.

양순, 조수석에 앉아 앞만 보고 성질난 듯, 안전벨트 안 하는 근덕에게,

양 순　안전벨트 매.

근덕 (시동 걸려 하며) 괜찮아.

양순 매! 콱 죽을라고?! 나 내린다?

근덕 (꼬나보면)

양순 꼬나보면, 뭐?

근덕 (마지못해, 안전벨트 매는)

양순 (안전벨트 매며) 꼭 욕을 처먹어야 말을 듣지. 너, 이제부터 내 말 안 듣기만 해, 당장 이혼이야! 가!

근덕 (가는)

56. 정수의 방, 낮.

인희, 정수 침대에서 정수를 안고 자고 있는, 아주 편안한 모습이다.

57. 할머니의 방, 낮.

정철, 할머니에게 죽을 먹이고 있는,

정철 아...

할머니, 정신은 딴 데 가 있는 것처럼 보이지만, 잘 받아먹는,

정철 (따뜻하게) 우리 어머니 아주 잘하시네. 다시, 아..

58. 주방, 낮.

연수, 식탁을 차리고 있는,
그때, 인희, 다가와,

인 희　여행 준비는 안 하고 내가 잠을 너무 오래 잤네.

하며, 가스레인지로 와 끓는 된장 냄비 열어보고,

인 희　(밝게) 쌀뜨물로 끓였네?
연 수　(애써 밝게) 그럼.
인 희　시집가도 되겠네. (하며, 식탁에 놓인 반찬을 손으로 집어먹으며) 맛있다.
연 수　(밥을 푸며) 간이 맞아?
인 희　잘 맞어.
연 수　(웃고) 다행이다.
인 희　(마음이 짠해져) 연수야.
연 수　(국 푸며, 안 보고) 어.
인 희　(차분히) 연수야.
연 수　(보며) 왜?
인 희　(짠한 마음을 참으며, 안 보고, 옆의 물 마시며) 그냥.. 괜히 자꾸 우리 딸 이름이 부르고 싶다, (보며) 연수야.
연 수　(눈가 그렁해져, 국 푸며, 괜히 농처럼) 대답 안 해.
인 희　난 연수.. 니가.. 정말 좋다... (하고, 돌아서서 안방으로 들어가는)

연수, 흐르는 눈물을 쓱 닦고 계속 밥 준비하는,

59. 집 대문 앞, 낮.

근덕의 차, 서 있는,
양순, 차문을 열고 내리다 말고 말하는,

양 순　그래서 정말, 안 보고 간다고?
근 덕　(맘에 없는 말, 투박하게) 돈 벌어야지.
양 순　그 꼴난 돈, 언제부터 그렇게 벌었어, 니가?
근 덕　이게.. 보자 보자 하니까 말마다..

양순　눈 깔이라. (하며, 차에서 내려 보따리를 드는데)

근덕　(옆에 뒀던 봉투를 멋쩍게 건네주며, 여전히 뚱하게) 갖다, 줘.

양순　뭐야?

근덕　놀러 간다며? 갈 때 먹으라고 줘.

양순　(받아 들며) 뭐야?

근덕　(버럭) 호두과자야. 우리 누나, 그거 좋아해. (하고, 외면하는)

양순　(밉지 않게 눈을 흘기고)

근덕　(시동을 걸며, 눈가가 붉어져선) 어제 산 거야. 렌지에 덥혀서 먹으라고 해. 잘난 거 먹다 체한다. (하며, 문을 닫고 차를 출발시키고)

양순　(봉투를 보고, 착잡한)

60.　달리는 근덕의 차 안, 낮.

근덕, 눈가 붉어, 막막한, 울지 않으려, 침 삼키고, 뻥짝 틀고 가는,

61.　안방, 낮.

인희, 외출복 차림으로 힘들게 앉아 있고,
정철, 넥타이를 매며,

인희　어디 가는데?

정철　좋은 데.

인희　그냥 애들하고 집에서 쉬고 싶은데..

정철　힘들어?

인희　(고개를 끄덕이며, 기운 없는) .. 조금.

정철　조용한 데 가서 쉬고 싶다며? 차 가지고 가니까 그닥 안 힘들 거야. 옷도 다 입었는데 가보자.

인희　(작게 웃음) 그래. 신랑이 어딜 데리고 갈지, 한번 가보지, 뭐. (하며, 일어나며) 노친네 뭐하나 잠깐 들여다보고 나갈게, 먼저 나가요. 애들 기다리겠네.

정 철 (힘들게 일어나는 인희를 보고) ..

62. 할머니 방, 낮.

인희, 할머니와 손을 잡고 쪼그리고 앉아 있는,

인 희 (애처로운 맘 숨기고 짐짓 편하게 또박또박) 어머니, 나 아범이 좋은 데 데려 간대. 힘들어 안 가고 싶기도 한데, 가볼라구. 그냥 이 집이 조금 무섭네. 정 뗄라 그러는지.. 소란 피지 말구 있어?

할머니 (가만 보다, 고개를 끄덕이고) ...

인 희 (할머니 손을 세게 한 번 꼭 쥐고, 담백하게, 맘 잡고) 나, 가.

할머니 어여.. 가.

인 희 (고개를 끄덕이며, 흐르는 눈물을 닦고 짐짓 밝게) 네, 갈게요.

63. 대문 앞, 낮.

연수의 차, 세워져 있고, 그 안에 정수, 연수, 타고 있는,
양순, 정철, 인희, 나오는,

양 순 조심해서 다녀오세요. (보따리와 제 등 뒤에 숨겨놨던 봉투를 주며) 반찬 몇 가지하고, 이건 호두과자. 근덕이가 샀어요.

인 희 (고맙게 받으며) 할머니 잘 모셔.

양 순 네. (애써 웃으며) 요즘 근덕이, 일 잘하고, 돈도 잘 가져와요.

인 희 (끄덕이며, 둘 다 고마운) ...

정철, 뒷좌석의 문을 여는데,
인희, 뒷좌석에 앉으며,

인 희 (앞좌석에 있는 정수에게) 정수야, 니가 뒤에 타고, (정철에게) 당신은 앞에

타요.

정수, 내려 뒤로 가고,
정철, 앞으로 타고 모두 앉으면, 차, 출발하고,
양순, 뒤에 남아 맘 아프게 손 흔드는,

64. 한적한 차도, 낮.

달리는 연수의 차,

65. 연수의 차 안, 낮.

인희, 정수의 손을 꼭 잡고 있는,
정수, 창밖으로 시선을 외면하고 있는,
인희, 정수의 손을 잡고 백미러로 운전하는 연수를 마냥 보고 있는,
정철, 역시 백미러로 인희를 보는,

66. 가평 가는 길, 번화한 + 달리는 연수의 차 안, 낮.

인 희 (밖을 내다보며) 어디 가?.. 가평 가?
정 철 어..
인 희 더 좋은 데 가지.
정 철 연수야, 저쪽 가서 차 좀 잠깐 세워라.
연 수 어디요?
정 철 저기 보건소.
인 희 ?

67. 보건소 앞 + 차 안, 낮.

연수의 차 서면,

정철 (인희에게) 저기 저 보건소 잘 봐둬.
인희 (보건소를 보며) 왜?
정철 가평 오면 저기로 출근할 거야. 3년 계약했어.
인희 (보건소 보고)
정철 (연수에게) 그만 가자.

연수의 차, 출발하고, 차 뒤창으로 보면,
인희, 목을 빼고 보건소를 보고 있는,

인희 (보건소를 보며) 집 가까워 좋다.. (하고, 정철 보며) 여보, 나 바다 보고 싶다.

68. 바닷가 부근 주차장, 낮.

연수, 한쪽에 차를 주차하는, 정수, 인희를 부축하며 차에서 내리고, 정철, 트렁크에서 휠체어를 내리려는데,

인희 그거 싫어. 아직 그거 탈 정도는 아냐. (부축하고 있는 정수를 보며, 손잡고) 걷자, 정수야.
정수 그래.
정철 (걷는 인희를 짠하게 보는데)
연수 (숄을 들고 가 인희에게 걸쳐주며 함께 걷는)
정철 (그들의 모습을 서서 우두커니 바라보는데)

69. 바닷가 모래사장, 낮.

저만치 방파제 쪽에서 걷고 있는 연수와 정수가 보이고, 모래사장에 앉아 있는 정철과 인희 보이는, 모래사장을 지나가는 작은 게를 보는,

인희 (게 귀엽게 보다, 바다 보며) 어머니도 같이 왔음 좋았겠다. 맨날 집구석에만 계시는데.

정철 ...

인희 당신한테 숙제만 남겨주고 가네.

정철 ...

인희 어머니, 요양원 모셔, 집에 모셔놓고 미워하는 것보다, 요양원 보내고 미안해하는 게 나.. 연수, 오피스텔 얻은 거 도로 내놨다는데, 그냥 내보내요. 분가시킬 때 됐어.

정철 (바다 보며) 내가 다 알아서 해. 걱정 마.

인희 (바다만 보며) 걱정 안 해. 그냥 하는 말이지..

정철 됐어, 그럼. (하고, 조개 하나 주워 보면)

인희 나 줘. (하고, 손 내미는)

정철 (손에 놔주면)

인희 (조개 보고, 편하고, 작게 웃으며) 이쁘다.

정철 (그런 인희 보고, 조개를 더 주우러 가는)

인희 (그런 정철 보고, 웃으며) 여보.. 내가 많이 좋아하고, 이뻐하고, 사랑한 거 알지?

정철 (조개 주우며) 어. (하고, 조개만 줍는)

인희 (정철, 이쁘게 보다, 멀리 애들을 보는)

***점프컷 》**

정수, 주머니에 손 꽂고 가고,
연수, 뒤에서 가며,

연수 (담담하게) 너, 울어?

정수 (연수 마주 보고, 눈가 붉어도, 작게 웃으며, 뒷걸음치며) 아니.

연수 (정수 보며, 따뜻하게, 짐짓 밝게) 우리 울지 말자.

정수 (짐짓 밝게) 어.

연수　우리 잘 살자.

정수　(짐짓 밝게) 어.

연수　(애써 밝게) 우는 시간도 아까우니까, 정수야, 우리, 엄마랑 많이 웃자.

정수　(맘 아파도, 더 크게) 어! (하고, 돌아서서, 돌 들어, 연수에게 던져주고, 자신도 돌멩이 하나 들어, 바다에 물수제비를 뜨는)

연수　(그런 정수 보고) 잘하네.. 나도.. 그럼.. (하고, 물수제비뜨는)

정수　(짐짓 밝게) 잘한다. (하고, 또 물수제비뜨는)

70. 바닷가, 낮.

잔잔한 파도가 모래사장을 걷고 있는 인희와 정철의 발아래까지 밀려들어오고, 이때, 정수, 카메라를 들고 와 인희와 정철의 모습을 카메라에 담는,

연수　엄마, 웃어. 웃어야 이쁘지!

정수　아빠, 좀 로맨틱하게 포즈 좀 취해봐!

정철, 정수의 말에 인희의 어깨를 잡고 포즈를 잡아보는, 인희, 어색해하면서도 다정한 포즈를 취하는 정철을 보며 웃고, 연수와 정수도 번갈아가며 인희와 사진을 찍는, 바닷가를 배경으로 인희의 모습을 담으며 행복해하는 정수와 연수, 그런 자식들을 보는 정철, 편하게 웃는,

71. 달리는 연수의 차 안, 낮.

연수, 운전하는, 인희, 피곤한지, 눈을 감고 차창에 기대어 있는, 정수, 바닷가에서 찍은 사진들을 보며, 입가에 미소 번지는,

정수　엄마 웃으니까 정말 사진발 잘 받네.

정철　원래 니 엄마가 미인이야.

연수　(웃고)

72. 전원주택 앞, 낮.

연수의 차, 서고,

73. 차 안, 낮.

연수, 정철의 안전띠를 풀어주고, 몸을 뒤로 해, 인희를 보며,

연수 엄마, 다 왔어요.
인희 (깜빡 자다가 일어나 둘레를 보며) 왔네.
정철 내가 연수랑 대충 정리했어. 들어가자. (하며, 짐을 들고 내리고)
인희 (마음이 짠해져, 창밖으로 집을 한 번 보고)
정수 (집 보며, 눈가가 붉어지는)
인희 (정수의 손을 잡고) 정수야, 엄마 봐야지? 너는 이제 집에 가고, 엄만 저기 가는데..
정수 (힘들게 고개 돌리다, 차마 인희를 못 보고 고개 숙이고)
인희 (맘 아픈 걸 참고, 정수의 남방 단추를 모두 채워주고) 엄마, 낼이라도 다 쉬었다 싶으면 바로 갈게. 너, 울어?
정수 (고개를 젓는)
인희 (짐짓 밝게) 정수야, 나 누구야?
정수 (고개를 들고 눈을 부릅떠 눈물을 참고, 아이처럼) 엄마.
인희 한 번만 더 불러봐.
정수 (목이 메어) 엄마.
인희 (눈가가 그렁해, 아픈 맘 참고, 애써 담담하게) 정수야, 너.. 다 잊어버려도, 엄마 얼굴도 웃음도 다 잊어버려도.. 니가 이 엄마 배 속에서 나온 건 잊으면 안 돼.
정수 (힘들게 끄덕이고)
인희 (손가락에 낀 반지를 빼서, 정수 손에 쥐여주고) 이거, 나중에 니 와이프 줘.
정수 ?!

인희 잊어먹을까 봐, 그래. (머리 넘겨주며) 엄마.. 너한테 뭘 많이 주고 싶은데.. 아무리 뒤져봐도 이거밖에 줄 게 없다.

정수 (눈물 참으려 애쓰고)

인희 (우는 것 안 보이려, 창가로 얼굴을 돌려 외면하고, 단호하게) 내려. 누나랑 할 얘기 있어.

정수, 내리는,

인희 (시트에 몸을 기대, 나오는 눈물을 참고, 고개를 모로 돌리며, 연수에게) 연수야, 엄마가 아무래도 곧 정신을 놓칠 것 같애. 자꾸 가물가물해.

연수 (핸들을 잡은 채, 앞만 보며 맘 아프게 고개를 끄덕이고)

인희 엄마가, 연수 사랑하는 거, 알지? (눈물 주룩 흘리고)

연수 네. (고개 숙이고, 눈물을 흘리며) 나도.. 엄마 사랑해.

인희 (애써 담담히) 그래, 사랑해. 아주 많이 사랑해.

연수 ....

인희 (힘든, 참고, 애써 담담히) 너는.. 나지?.. 나는 너고... 알지, 그거?

연수 (눈물이 나는, 애써 담백하게) .. 어.

인희 이제 동생 데리고 가. 엄마, 아빠랑 좀 쉬어야겠다. (하면서도, 아쉬워) 아이고, 우리 딸. (하며, 등 뒤에서 연수를 안고, 볼에 입 맞추고, 우는)

연수 (눈물 흐르고)

74. 전원주택 앞, 낮.

인희, 연수의 차를 배웅하고 있는, 정철은 집 안에 들어가고 없는,
연수 차, 출발하고,
그때 정철, 집 문을 열고 나오고,
인희, 손 흔들고,
연수, 정수, 달리는 차 안에서 백미러로 그런 인희 보는,

75. 전원주택 주방, 밤.

인희, 평상복 차림으로 더욱 아픈 모습으로 식탁에 앉아, 정철이 상을 차리는 모습을 보고 있는,

***점프컷 》**
정철, 인희에게 죽을 떠 먹여주고,
인희, 애써 웃으며 받아먹는,

76. 거실, 밤.

정철과 인희, 차를 마시고 있는,

정 철　훌훌 불면서 먹어, 뜨거워.
인 희　무슨 찬지 향이 좋네. 무슨 차야?
정 철　(차를 마시며) 몰라. 그냥 향이 좋은 차야.
인 희　(웃으며, 바깥 전경을 보며) 꼭 신혼여행 온 거 같다. 당신이 공부한다고 우리 신방도 못 차리고 산 거 알죠?
정 철　응.
인 희　(집 둘러보며, 서글프게 작게 웃으며) 당신은 이런 좋은 집에서 앞으로 2, 30년은 더 살겠지. (하고, 정철 보며, 농담조) 집이 좋아도, 신나고 재미나진 않겠다, 나 없으면....
정 철　씻을래?
인 희　힘들어.
정 철　힘드니까 씻어. 씻겨줄게. (하고, 일어나는데)
인 희　정말?

77. 욕실 밖, 밤.

인 희　(E) 눈 매워.

정 철　(E) 그러니까 눈을 꼭 감아야지.

물소리 나는,

78.　욕실 안, 밤.

인희, 욕탕에 들어가 있고,
정철, 인희 얼굴을 씻겨주고 있는,

인 희　눈을 감아두 매워.

정 철　그러니까, 꼭 감아.

***점프컷 》**
정철, 샤워 타월로 인희의 팔을 닦아주고 있는,

***점프컷 》**
정철, 옷 입고 변기에 앉아 있는 인희 얼굴의 물기를 수건으로 닦아주고 있는,

정 철　(웃으며, 다 닦아주고 나서) 이쁘다, 우리 마누라.

인 희　(웃고)

79.　침실 안, 밤.

인희, 정철, 침대에 걸터앉아 있는,

정 철　테레비라도 하나 갖다놓을걸, 심심하네.

인 희　여보, 나 무덤 만들어줘.

정 철　(보면)

인 희　(안 보고, 창가 보며, 서글프게 덤덤히) 우리 엄마 화장하니까 별루더라. 남한 강에 뿌렸는데 하두 오래되니까 여기다 뿌렸는지, 저기다 뿌렸는지 도통 기억에 없구. 여기 가서 울다 저기 가서 울다, 꼭 미친 사람처럼. 당신하구 애들은 그러지 말라구. 그러다.. 무덤이 귀찮아짐, 그때 화장해.

정 철　(먹먹한) ....

인 희　(일상적으로, 덤덤히) 당신은.. 나 없이도 괜찮지?

정 철　(보면)

인 희　잔소리도 안 하고 좋지, 뭐.

정 철　(고개 돌리며) 싫어.

인 희　(정철 보며, 친구처럼 담담히) 나.. 보고 싶을 거는 같냐?

정 철　(안 보고, 고개를 끄덕이는)

인 희　언제? 어느 때?

정 철　... 다.

인 희　다 언제?

정 철　(안 보고, 담담히) 아침에 출근하려고 넥타이 맬 때.

인 희　(안타까운 맘에 애써 담담히 보며) .. 또?

정 철　(고개를 돌려, 눈가 붉어, 애써 담담히) 맛없는 된장국 먹을 때.

인 희　또?

정 철　맛있는 된장국 먹을 때.

인 희　또?

정 철　(먹먹하게) 술 먹을 때, 술 깰 때, 잠자리 볼 때, 잘 때, 잠 깰 때, 잔소리 듣고 싶을 때, 어머니 망령 부릴 때, 연수 시집갈 때, 정수 대학 갈 때, 그놈 졸업할 때, 설날 부침 할 때, 추석날 송편 빚을 때, 아플 때, 외로울 때..

인 희　(눈물이 그렁해, 창가 보며) 당신, 빨리 와. 나 심심하지 않게. (눈물이 주룩 흐르고)

정 철　(인희를 안고, 눈물 흘리고)

인 희　(울며, 애써 웃으며) 여보, 나 이쁘면 뽀뽀나 한번 해줘라.

정 철　(인희 얼굴을 손으로 안고, 입을 맞춰주고)

두 사람, 다시 안고 울고,

정철　고마웠다. (하고, 안고, 우는)

80.　몽타주.

1, 정철, 정원에서 돌 고르는, 인희, 그 모습을 의자에 앉아 보는, 행복한,

2, 인희, 거실 소파에서 정철 무릎에 누워 있는, 정철, 재미난 연애소설을 읽어주고, 인희, 재미있는지 아파도, 환하게 웃는,

3, 인희, 침대에 누워 있고, 정철, 속옷 차림으로 이불 속으로 들어와 불을 끄는,

81.　전원주택 전경, 새벽에서 아침 되는.

82.　침실 안, 아침.

어둠에서 서서히 밝아지며 침실 가득 밝은 햇살이 들어오고,
인희, 정철 쪽으로, 자신의 한 팔을 베고 모로 누워 있고, 정철, 인희와 같은 모습으로 제 팔을 베고, 인희를 마주 보고, 누워 있는,
정철, 물기 가득한 눈으로 인희를 보고 있는,

정철　(인희의 죽음을 느끼는, 인희를 보며, 낮게) 여보.
인희　...
정철　여보..
인희　..
정철　인희야.

그러나 인희, 대답 없고,

정철, 눈물 뚝 떨어지는,
인희, 너무도 편안하게 깊이 잠들어 있고,
정철, 그대로 인희를 보며, 작게 '으으으' 하는 소리 내며, 흐느끼는,
그런 두 사람 모습 풀 샷으로 보이며,
엔딩.

세상에서 가장 아름다운 이별

1996

제1부

S#1. 아담한 2층 양옥집 전경, 아침.

그 앞을 분주히 지나가는 출근길 사람들 보이고.

할머니 (E, 잔뜩 화난) 밥 안 줘, 이년! 날 아주 굶겨 죽여라, 이년, 이 빌어먹을 년!

S#2. 화장실.

엄마, 변기에 앉아 있다. 아랫배가 아픈지 소변보는 모습이 무척이나 힘들어 보인다.

엄 마 (아픈 걸 간신히 참고, 소리친다) 곧 나간다니까. (아랫배가 아픈지 얼굴을 찡그리고, 킁 하고 신음 소리를 내고, 휴지를 풀어 밑을 닦으며, 혼잣말) 오줌도 맘 편히 못 눈다, 내가.

일어서며, 물 내리고.

S#3. 주방 + 거실.

할머니, 거실 소파에 목에 턱받이를 하고 앉았고, 엄마, 화장실에서 바쁘게 나와 주방으로 가는데.

할머니 밥 안 줘? 밥 줘!

정철(밥을 다 먹고), 주방에서 안방으로 간다. 엄마, 가는 정철을 힐끗 보며, 주방으로 가며.

엄 마 (버럭) 줘요, 좀 기다려. 성화도 부려쌓네.

정수, 냉장고에서 우유를 꺼내 통째로 마시고 있고,
엄마, 식탁에 정철이 남긴 밥을 언짢게 보고 서둘러 가스레인지에 올려진 죽 냄비 뚜껑을 열고,
할머니, 거실 소파에 앉아 턱받이에 수저까지 들고 화난 얼굴로 엄마를 시종일관 보지만, 엄마는 모르고, 주걱으로 죽을 휘젓는다.

정 수 (우유를 탁자에 내려놓고, 2층으로 가고)
엄 마 (고개만 돌려, 가는 정수 보고)

그때, 할머니, 버럭 소리친다.

할머니 (서운해, 큰소리) 또 죽 줄 거지? 나쁜 년.
엄 마 (웃음, 죽을 퍼 날라 오며) 노친네. 또 억지 부리네. 기껏 밥 싫다구 죽 끓이라며....
할머니 이년이....

할머니, 여전히 화가 안 풀리는지 씩씩대지만, 엄마, 이 상황을 아는지 모르는지 의자에 앉아, 그냥 하던 대로 할머니 숟가락을 받아서는 죽을 퍼, 후후 불어 식힌 다음, '아이구, 맛나네' 하며 할머니에게 먹여준다. 그래도 할머니는

화가 안 풀려 눈을 흘기며 받아먹고,
그때, 연수, 출근 준비를 하고 나오며.

연 수　저, 가요. (하고는 현관으로 가 신발을 신고)
엄 마　(죽을 퍼 주며) 그래. (하다가, 정철이 왜 안 나오나 싶어, 아무 생각 없이 할머니 죽 그릇을 탁자 위에 그대로 놓고 안방으로 들어간다)

할머니, 황당하고, 이년이 또 어딜 가나 싶어 성이 난 얼굴로 입술을 부르르 떨며, 안방으로 가는 엄마의 등을 눈으로 쫓고.

S#4. 안방.

정철, 출근 준비를 다 하고 거울을 보고 있다. 그때, 엄마, 문을 열고 들어서서 옷장에서 손수건을 꺼내 정철에게 주며 눈치를 살핀다.

엄 마　오늘 수술 있어요?

정철, 손수건을 받아 챙기고, 말없이 머리를 한 번 더 만지고 나가려 하면, 엄마, 정철의 넥타이를 한 번 더 만져주며.

엄 마　없어요?
정 철　?
엄 마　나 오늘 곗날인데, 일 보구 당신하구 같이 들어오면 어떨까 싶은데....
정 철　(무뚝뚝) 뭐하러?
엄 마　오줌소태가 영 안 낫네. 가서 윤 박사도 좀 보고....
정 철　(말꼬리 자르며) 다른 병원 가.
엄 마　(눈치 보며) 윤 박사가 편한데....

그때, 연수, 밖에서 소리친다.
정철, 말 않고 문 열고 나가고, 엄마, 눈치 보며 따라 나서며.

연 수 (E) 아버지, 늦어요!
정 철 그런 건 약 먹어두 나. 뭐한다구 병원까지 와.
엄 마 안 나으니까, 그렇지.

S#5. 거실.

엄마, 정철, 안방에서 나오는데, 할머니, 그새를 못 참고 화가 더욱 나 몸을 바들바들 떨고 있다. 눈으로 계속 엄마를 쫓고, 엄마, 정철, 할머니를 의식하지 못하고 현관으로 간다. 정철, 신발장에서 구두를 꺼내면, 엄마, 구둣주걱을 내주고, 정철, 그걸 받아 구두를 신고.

엄 마 (눈치, 웃음) 가요, 나?

정철, 대꾸 않고 구두를 신고 그냥 마당으로 나가면, 엄마, 거실 유리창으로 와서는 마당을 나가는 정철 보는데, 그때, 할머니, 더는 못 참고 일어나 엄마 뒤쪽으로 와 갑자기 머리채를 잡아끌며.

할머니 밥 안 줘? 이년! 시애미를 똥통에 똥덩어리만도 못하게 여기는 이년, 이 못된 년.
엄 마 (머리 잡은 할머니 손목을 잡고는, 나무라듯 말하지만 그리 화나는 표정은 아니다) 아이구, 머리야. 노친네 기운도 좋지. 좀 놔요. 머리 다 뜯기네.
할머니 (계속 머리채를 잡고) 지들만 먹고, 밥 안 줘? 이년!

유리창 밖의 정철, 또 저런다 싶어 한숨 한 번 쉬고는 대문 열고 가고.

엄 마 (정철을 못 보고, 밉지 않은 큰 소리) 아이고 아퍼라, 노친네야!

S#6. 거실.

할머니, 투명 상자(그 안에는 색색의 공들이 가득하다)를 안고 소파에 앉아 그 안의 것들을 유심히 본다. 그 모양이 꼭 아이 같다. 엄마, 주방에서 설거지를 하고, 할머니, 상자 안에서 빨간 공을 들어 엄마에게 보여준다.

엄 마 (설거지를 하다, 보고) 아고, 잘했네. (다시 일하며) 흰 공.

할머니, 칭찬에 기분이 좋다. 그런데 이번에는 흰 공이 뭔지 모르겠다는 표정이다. 엄마 눈치를 보지만 엄마는 일을 하느라 정신없고, 할머니, 도움받기를 포기하고 노란 공을 들었다 내려놓고, 다시 흰 공을 들었다 내려놓고, 그러다 다시 흰 공을 들고 고개를 갸웃, 엄마는 일하느라 여념 없고, 그때.

할머니 (E) 흰 공.

엄마, 그 소리에 일하다 할머니 쪽을 본다. 그런데 할머니, 노란 공을 들고 있다.

엄 마 그건 노란 공.
할머니 (우긴다) 흰 공.
엄 마 노란 공.
할머니 미친년, 저번엔 이게 흰 공이라더니....
엄 마 내가 언제? 안 그랬어요.
할머니 (공을 던지고) 안 해.
엄 마 왜 또?
할머니 (눈치 보며) ... 업구, 나중에 해.
엄 마 (밉지 않게) 나두 안 해. 싫어.
할머니 (강짜) 업어!
엄 마 (싫지 않은, 하지만 단호하게) 안 해. 나두 이제 늙어 허리 아퍼.

S#7. 장독대.

엄마, 할머니를 업고 몸을 흔들며 노래를 불러준다. 할머니는 잠이 오는지 등 뒤에서 가물가물하다. 엄마, 열린 장독에 손가락을 넣어 장을 한 번 찍어 먹어보고는 다시 닫고, 장독 단지를 걸레질하며 노래 부른다.

엄 마　발길을 돌리라고, 바람 부는 대로 걸어도 돌아서지 않은 것은 미련인가, 아쉬움인가. 가슴에 이 가슴에 숨겨진 그 사연이....

그때, 대문 열리는 소리 나고, 엄마, 왔구나 싶다. 할머니가 깰까 봐 고개 돌려 한 번 조심스레 보고, 조용히 대문 쪽으로 걷는데, 그때, 등 뒤에 있던 할머니, 눈 반짝 뜨며 전혀 안 잔 듯한 목소리로.

할머니　누가 왔어?

엄마, 그 소리에 '이크' 하며 소리 내고.

S#8. 집 대문 앞.

카메라, 위에서 보면, 엄마, 외출복 차림으로 서둘러 현관을 나와 마당을 지나 대문을 연다.

할머니　(E, 악을 쓰며) 어디 가냐, 어디? 나 두구 어디 가냐, 이년, 이년!
간병인　(E) 저 있잖아요.
할머니　(E) 어디 가, 어디 가!

엄마, 대문을 나와 얼른 문 닫고, '휴' 하고 한숨 쉬고는 문 안쪽을 한 번 빼꼼히 보다가 웃으며 서둘러 갈 길 가고.

S#9. 정류장 + 백화점 정문 앞.

엄마, 버스에서 내려 바쁘게 백화점 안으로 들어가려다 진열대에 눈이 간다. 연수가 했구나 싶어 대견하게 보고 웃고는 다시 서둘러 백화점 안으로 들어간다.

S#10. 백화점 레스토랑.

엄마의 친구1, 2, 3 모여 주스를 마시며 수다를 떨고 있다. 엄마, 미안한 웃음을 지으며 서둘러 와서는 자리에 앉으며.

엄 마　늦었지?
친구1　(담배를 물며) 또 궁상떨며, 버스 탔지?
엄 마　(민망해 웃으며) 웬 담배야, 다 늙어서.
친구1　(불을 붙이며) 이제 나두 나 하고 싶은 대루 하고 살 거야.
친구2　(웃음) 말리지 마라. 지 하고 싶은 대로 살라구, 남편 힘 떨어질 때까지 기다렸단다. 요즘 지 남편 힘 떨어졌다구 쟤 아주 막가잖니.
엄 마　(웃고) ....

시간 경과.

웨이터, 주스를 가져오고, 엄마, 친구1에게 받은 돈을 백에 넣는다.

친구2　일산 집은 다 져가?
엄 마　가을에 들어갈걸. 자재비가 모자라 여태 미뤘잖아. 이제 돈 생겼으니까 갖다 줘야지.
친구2　그럼 미리 타지.
친구1　(친구2에게 통박) 얘가 그걸 몰라 그래? 이자 무서워 그러지.
친구3　정 박사... 내년이 정년인가?
엄 마　(주스 마시며, 고개 끄덕이고) ....
친구1　정년은 무슨, 젊은 것들한테 밀리는 거지.
엄 마　(쓰게 웃고)

친구2 (친구1에게) 말 좀 가려서 해라, 넌.

친구1 (대뜸) 야, 정수야. 너 그러는 거 아니다. 나 병원 있을 때 왜 안 왔니, 너?

엄 마 미안하다. 노친네 모시다 보니.... 많이 아팠니?

친구2 (고개 모로 돌리고) 아이구, 남사스러.

엄 마 (친구2 보면) ....

친구3 아프긴. 쟤 자궁 들어냈단다.

엄 마 ?

친구2 멀쩡한 자궁을....

친구1 (담배를 끄며, 엄마에게) 그게, 그게 아니구. 왜 독수리 있잖니?

엄 마 응? 그 앞이빨에 금니 해 박은 애?

친구1 그래. 평창동 살던, 윗머리 빠진 애. 내 중학교 동창.

엄 마 (주스를 마시며) 근데?

친구1 걔가 자궁암으로 옆머리, 뒷머리 다 빠졌잖아. 살두 해골만 남구 소로록 다 내리구.

엄 마 쯧쯧... 어쩌니.

친구1 그 애 한 번 보니까 잠이 와야지, 그래. 혹시나 싶어 아예 들어냈다.

친구2 너, 그거 건강 염려증이야. 병 때문두 아니구, 여자가 그거 없으면 여자냐?

친구1 (지지 않고) 넌, 여자냐? 아직두 잠자리에서 구실해?

엄마, 웃고.

S#11. 백화점 사무실 안.

연수, 부장 자리에서 결재 서류를 들고 화난 얼굴로 자기 자리로 돌아와, 결재 서류를 소리 나게 탁 놓고는 겉옷을 들고 거칠게 문 쪽으로 나간다. 그런 연수 뒤로 영석, 부장과 웃으며 자리에서 일어나 악수하는 게 보이고.

S#12. 비상계단.

연수, 화가 난 얼굴로 비상구 문을 벌컥 열고 계단을 뛰듯이 내려가고 있다. 뒤이어 영석, 따라오며.

영 석　연수야!

연수, 아랑곳 않고 내려가면, 영석, 뛰어와 연수의 어깨를 잡아 벽으로 몰아 세우며.

영 석　이러지 마.
연 수　누가 뭐라 그래도 그쪽 자재 안 써요. 가세요. (하고는 그의 팔에서 빠져나와 가는데)
영 석　(따라와, 다시 막아서며) 일 때문이 아니야.
연 수　(보면)
영 석　그땐 그럴 수밖에 없었어.
연 수　(비아냥, 강조하듯 천천히) 또 아내가 의심을 하던가요, 그래요? 그래서 나한텐 전화 한 통 없이 그 여잘 3개월 동안... 달랬어요? 그랬어요?
영 석　....
연 수　(가려는데)
영 석　(연수의 어깨를 잡고) 이러지 말고, 얘기하자, 우리.
연 수　무슨 얘기요? 내가 얼마나 힘들었는지, 내가 얼마나 비참했는지, 그 얘기요?
영 석　욕심부리지 않기로 했잖니.
연 수　(어이없는 웃음을 한 번 짓고는 정색을 하며) 그래요. 욕심부리지 않기로 했어요. 그러니, 가요. (가려는데)
영 석　(그런 연수를 끌어안으며) 이러지 마.
연 수　(몸을 빼내려 하며, 울지 않으려 이를 앙다물고)

S#13. 연수의 사무실 복도.

인철, 인부로 보이는 사람들과 얘기를 나누며 사무실 쪽으로 가고 있다.

인철　오늘은 먼저 급한 대로 정문 쪽 진열장부터 손보자구요. 특근 수당은 제가 알아서 챙기겠습니다. (하는데)

사원1, 사무실에서 서류 봉투 들고 급하게 나오며, 그의 뒤로 직원들, 점심 먹으러 우르르 따라 나오고.

인철　(사원1을 보고) 야, 넌 작업복 안 갈아입고 뭐해?
사원1　그렇지 않아도 이 대리님한테 가던 길이에요.

직원들, 점심거리로 잡담하며 인철과 사원1, 인부들을 밀치며 가고.

인철　(보면) ?
사원1　방금 대성 차 부장 왔어요.
인철　!
사원1　저 지금 대성 들어가요. 대성 자재 쓴대요. 인화 자잰 반품시키래요.
인철　(기가 차, 한숨만 나오고)
사원1　저 갈게요. 자재 갖구, 퇴근 무렵이나 올 거예요. 자세한 건 정 선배한테 들으세요. (가고)
인철　(속상한 얼굴로 되돌아가려다 비상구가 눈에 들어오고)

S#14. 비상구 계단.

영석, 연수, 나란히 층계에 앉아 있다. 영석, 담배를 피우고 있고, 그때, 인철, 비상구 문을 열고, 문 열리는 소리에 놀라 연수와 영석, 인철 쪽으로 고개 돌리면, 인철, 마음이 아픈 걸 참고, 무표정하게 연수를 보고는 문을 닫는다. 연수, 문 쪽에서 시선을 못 떼고.

S#15. 백화점 에스컬레이터.

엄마, 친구들과 잡담하며 내려오고 있다.

친구1 그냥 갈 거야?
엄 마 여기까지 왔으니까, 연수나 보구.
친구2 오랜만에 모여두 할 얘기두 없구. 늙으면 얘깃거리도 주나, 원.
친구1 늙으면 너나 늙지, 나두 늙냐?
친구3 (어이없어) 으이구.
엄 마 (웃음) ....

S#16. 백화점 작업장(사람 없는).

인철, 화난 얼굴로 거칠게 풀어놨던 자재들을 다시 포장하고 있다. 그때, 연수, 인철 쪽으로 다가오며.

연 수 (조금은 미안한) 위에서 내린 결정이에요. 단가가 2할이나 적게 들어왔어요.
인 철 (일하며) 알아.
연 수 이 선배.
인 철 (일을 하며) 가봐.
연 수 (뒤돌면) ....
인 철 (작업하던 포장을 놓고는, 연수 등 뒤에 대고 대뜸) 다시 만나기로 한 거니? 한 번 깨진 쪽박, 다시 잇기로 한 거야?
연 수 (그대로 서서) ....
인 철 (다시 일을 하며) 그렇게 당하구두 모르겠니?
연 수 (돌아서서) 내 일이에요.
인 철 (화난) 고작 한순간에 꺾일 걸, 그렇게 울고불고 그랬니?
연 수 (할 말 없고) 식사하세요. (뒤돌아 가고)
인 철 !

S#17. 백화점 정문 앞.

엄마, 친구들과 인사 나누고 있다.

친구2 (친구1에게) 니 차 안전한 거야?
친구1 걱정 마.
친구3 빨리 가자. 우리 영감 목 빠진다.
친구1 돈도 못 벌고 들어앉은 영감 챙기기는. 연락 좀 자주 해.
엄 마 (웃으며) 조심해 가.

친구들, '간다' 하며 가고, 엄마, 손 흔들고.

S#18. 백화점 1층 에스컬레이터.

영석과 연수, 한 계단을 사이에 두고 조금은 남처럼 내려오고 있다.

영 석 뭐 먹을래?
연 수 (앞만 보며, 굳은 얼굴로) 국물 있는 게 낫겠어요.
영 석 웃어.
연 수 (그 말에 희미하게 웃고)
영 석 이제 너 같다.

그때, 엄마, 현관에서 친구들을 배웅하고 들어서다 연수를 발견하곤 좋아라 하며 큰 소리로 연수를 부른다.

엄 마 연수야.

연수, 그 소리에 놀라 앞을 보면, 엄마, 웃으며 걸어오고, 연수, 놀라고, 영석을 의식하고, 에스컬레이터 1층에 서면, 영석, 오는 엄마를 모른 체 지나쳐 가고, 연수, 가는 영석을 의식하며.

연수 엄마....

엄마 (두 사람 사이 전혀 모르고, 웃으며) 내가 딱 맞춰 왔나 부네.

연수 ?

엄마 오늘 여기서 계가 있었거든. 너랑 니 그 선배랑 차 한잔 사줄까 싶어 왔는데....

영석, 현관 쪽에서 기다리고.

연수 (그를 의식하며) 어떡하지, 엄마. 나 바쁜데.... 선배두 지금 바빠요.

엄마 (서운하다) 일 있어?

연수 네.

엄마 그럼 할 수 없지, 뭐.

연수 미안해요.

엄마 그래, 가.

연수 집에서 봬요. 쇼핑하구 가세요. (가고)

엄마, 뒤에 남아 서운하다. 연수, 백화점 밖으로 나가고, 영석, 엄마 쪽을 힐끗 보고는 따라 나간다. 엄마, 영석의 존재를 모르고 연수 뒤를 보며 서운하다.

S#19. 지하 식품부 매장.

엄마, 젓갈 매장 시식대에서 시식을 한다. (애드립)

엄마 괜찮네.

점원 좀 드릴까요? (하면)

엄마 (젓갈들을 둘러보며) 창란 있어요?

점원 네.

엄마 그럼, 창란하구... 명란, 황새기 그렇게 한번 줘봐요.

점원 네.

하며, 젓갈을 포장한다. 엄마, 그동안 엄마 주위 매장을 휘휘 둘러보다 옆에서 허름한 옷차림의 여자, 젓갈 시식하는 걸 보고, 근덕댁이 떠올라 맘이 짠해 고개를 돌리다, 전화박스를 발견하고 전화를 걸까 하는 마음 들고.

S#20. 근덕의 집 안방(허름한 산동네 집).

근덕(택시 운전사 복장), 잔뜩 성질이 나 신발을 신은 채 농이며 서랍이며를 뒤지고 있다. 그러나 돈은 어디에도 없고, 근덕, 마당으로 뛰쳐나가고.

S#21. 근덕의 집 마당.

근덕, 씩씩거리며 뛰쳐나와 수돗가에서 포장마차 재료(꽁치며, 대합이며)들을 씻는 근덕댁에게.

근 덕 너, 안 줘?
근덕댁 (무섭지만 내색 않고, 일을 하며) 없어.
근 덕 (열 받아, 버벅거리며) 어제, 어제 번 거 어쨌어, 이 웬수야?
근덕댁 (제 일만 하며) ....
근 덕 (더욱 열 받아, 던질 물건을 찾아, 두리번거리며) 이게 인제 아주 배짱이네. 그래 좋다. 니가 날 서방이 아니라 물 빠진 남방으로 보나 본데, 너 오늘 죽었어. (하다가 연탄재를 발견하곤 그걸 들어 포장마차 재료들이 들어 있는 다라이에 냅다 던지며) 내놔, 이년아!
근덕댁 (연탄재가 튄 물을 뒤집어쓰고는 일어나, 악을 쓰며) 없다니까! 전번에 누나한테 가 뜯은 돈 벌써 다 썼어?
근 덕 (열 받아, 버벅거리며) 그게 얼마나 돼서, 얼마나 돼서?
근덕댁 (버럭) 이백이나 뜯었다며?
근 덕 (재료들을 마구 짓밟으며, 거의 미쳐서는) 잔말 말구 내놔. 이번엔 진짜란 말야.
근덕댁 (재료들을 못 밟게 안으며) 뭐가, 진짜야, 뭐가? 일땡 갖고도 지는 놀음, 뭐가 진짜냐구?

그때, 무선 전화기의 벨 울리지만 두 사람 아랑곳없고.

S#22. 백화점 공중전화 박스.

엄마, 전화기를 잡고 불안한 얼굴로 서 있다. 신호음 계속 가고.

S#23. 근덕의 집 마당.

근 덕　(넘어져 있는 근덕댁 어깨를 잡고 흔들며) 미치겠네, 정말. 돈 내놔, 어서! 내놔, 엉?

근덕댁　없어.

근 덕　이러다 나 너 죽인다, 빨리 내놔! 풀하우스 떴는데, 스톱 걸어놓구 왔단 말이야, 이 등신아! 너 풀하우스가 뭔지 알어?

근덕댁　(몸을 빼려 하며) 몰라! (하는데)

근덕댁의 배에서 두툼한 전대가 툭 하고 떨어진다. 근덕, 그걸 얼른 집어 들면, 근덕댁, 전대를 잡으려 하며.

근덕댁　안 돼. 그거 장사 밑천이야!

근 덕　(빼앗기지 않고) 열 배루 갖다준다잖아, 내가! (하며, 근덕댁을 밀어, 넘어뜨리고 문밖으로 나가는데)

근덕댁　(벌떡 일어나 던질 것을 찾다가 벨 울리는 전화기를 냅다 집어 던지며) 안 돼... 이 도둑놈아!

전화기, 등 돌린 근덕의 발밑에 떨어지고.

근 덕　(가고)

던져진 전화기에서 흘러나오는 엄마 목소리.

엄 마 (E, 불안한) 근덕아! 올케? 올케?

근덕댁 (발을 구르며, 울며) 내 돈 내놔!

S#24. 백화점 공중전화 앞.

엄마, 수화기를 들고 있다.

엄 마 올케? 올케? (부르다가, 지쳐 혼잣말) 뭔 일이니, 또.

'쿵' 하고 한숨 쉬고, 걱정스런 얼굴로 전화기 내려놓고.

S#25. 근덕의 집 수돗가.

근덕댁, 마당에 퍼질러져 울며, 짓밟힌 재료들을 보고 다시 엉엉 울다가.

근덕댁 (대문 쪽에 대고 큰소리) 안 따오기만 해봐라! 고추장에 비벼버릴 테니까! (엉엉 울고)

마당에 내팽개친 전화기, '뚜뚜' 하는 소리 울리고.

S#26. 정철의 병원(준종합병원 수준) 전경.

S#27. 병원 현관.

엄마, 정문을 열고 들어서서 경비에게 심란한 얼굴로 눈인사하고, 정철 진료실 쪽으로 간다.

S#28. 진료실 창구.

엄마, 창구 쪽에 얼굴을 디밀고 간호사와 말하고 있다.

간호사 다섯 시 넘어야 될 텐데요, 사모님.
엄 마 수술 들어갔나 보네.
간호사 네.

엄마, 허리를 펴며 고개를 돌리면 산부인과 윤정희 박사라는 푯말이 눈에 들어오고, 그곳으로 간다.

S#29. 윤 박사 진찰실 안.

윤 박사, 진료실에서 커튼을 열고 나온다. 엄마, 한쪽 의자에 앉아 있다.

윤 박사 (자리에 앉으며) 오줌소태가 언제부터 그래요?
엄 마 (대수롭지 않게) 꽤 됐지, 아마.

그때, 환자, 옷을 추스르며 나오고.

윤 박사 아주머니, 뒷물 자주 하세요. 질 세정제만 쓰지 마시고, 끓인 소금물에 좌욕 좀 많이 하세요. 그게 젤 좋아요.
환자 예. 다음에 뵐게요. (나가고)
윤 박사 (나가는 거 확인하고, 인터폰에) 김 간호사, 나 이번만 하구, 밥 먹는다.
간호사 (E) 네.
엄 마 여적 점심 전인가 보네.
윤 박사 일당백이 이 병원 슬로건 아니우. (자리에 앉고) 난 그래두 낫지. 외과는 더할

걸. 선배 힘들다구 안 해요?

엄 마　그 양반이 언제 말하나 뭐.

윤 박사　어려선 의사질 하면 팔자 펴는 줄 알았는데, 그것도 돈 있고 능력 있는 놈 얘기고.... 보너스 없지, 퇴직금 없지. 월수 백짜리 월급쟁이보다 날 게 없다니까. 어머닌?

엄 마　간병인 왔지. 전화하니까 자신다네. 한 번 자면 낮잠도 밤잠처럼 여덟 시간씩은 자시니까.

윤 박사　(일어서며) 그리구 밤엔 안 주무시구?

엄 마　(웃음, 뜬금없이) 시집 안 가?

S#30. 진찰실.

엄마, 가운으로 갈아입고, 진료대 위에 다리를 벌리고 누워 있다. 윤 박사, 팹스미어 재료를 가지고 들어와 의자에 앉고.

윤 박사　이제 와서요? 그냥 살래요. 검진 언제 받았죠?

엄 마　2년 됐나. 내가 워낙 건강하잖어, 올 일이 없지.

윤 박사　(웃음) 엉덩이 딱 붙이시고, 엉덩이 흔들지 마요.

엄마, 엉덩이를 딱 붙이고, 천장에서 내려다보면, 엄마 얼굴이 굳어 있다. 굳은 엄마 얼굴 위로.

윤 박사　기분이 좀 그렇죠?

엄 마　(웃음) 그러네.

윤 박사　(진료를 하며, 대수롭지 않게) 어디 보자. 냉이 심한 거 같으네.

엄 마　(얼굴을 찡그리며) 그러게. 마른 냉이 그리 생기네.

윤 박사　(O. L, 기구를 빼내, 현미경 유리판에 붙이고, 굳은 목소리 숨기며) ... 냄샌 안 나구?

엄 마　누가 그걸 코에 대구 맡나.

윤 박사　(O. L) 우린 맡잖어.

엄 마　(O. L, 웃고)

시간 경과.

엄마, 초음파 검사(배 위쪽)를 받고 있다. 윤 박사, 조금 전과 달리 얼굴이 약간 어둡다. 그러나 목소리는 변함없다. 기구 조작하며 화면을 보면서.

윤 박사　(심각하게 화면을 관찰하며, 물음은 건성) ... 연수는 시집 안 간대요?

초음파 화면 보이고.

엄 마　그러게, 갈 생각을 안 하네. 인철이라구 대학두 같이 나오고, 회사도 같이 간 선배가 있는데... 난 좋은데, 진 싫은지....
윤 박사　(화면을 유심히 관찰하며, 건성) 빨리 가야지. 정수는?
엄 마　시험 봤다구 만고 땡이지, 뭐. 애들을 늦게 보니까, 이 나이 되도록 걱정이 안 주네.
윤 박사　(얼굴색이 어둡게 변한다) 소변볼 때 오른쪽 아랫배가 눌리는 기분 없어요?
엄 마　쪼금.
윤 박사　(검진을 끝내고 일어서며) 내가 다른 과에 연락해놓을게. 다 들렀다 가세요.
엄 마　왜? 뭐가 이상해?
윤 박사　(어색한 웃음) 떡 본 김에 제사 지내고... 환자 본 김에 돈 뜯을라구요.

간호사 들어와 검진액을 닦아내면, 엄마, 일어나 신발을 신고, 윤 박사, 그 옆에서 손을 씻는다.

엄 마　산부인과 검진받으면 밑이 허전한 게 난 영 그렇더라. 괜찮지?
윤 박사　(마음에 걸리는 게 있다, 웃음) ... 검사받으세요. 병원 가족은 50프로 디씨니까.
엄 마　(웃으며, 옷을 추스르고) ....

S#31. 특수촬영실.

엄마, 조금은 긴장한 얼굴로 들어서서 검사원의 지시에 따라 누우라면 눕고, 옆으로 돌라면 돌고, 진료대에 누워 검사를 받고 있다. 긴장된 모습.

S#32. 정철 진찰실 안.

정철, 중년 남자를 앉혀놓고 말하고 있다.

정 철 (퉁명스럽게) 이젠 여기까지 매일 오실 필요 없고, 집에서 소독제로 닦아내세요.

남 자 네.

정 철 저번처럼 무리하게 안에까지 솜 넣어서 닦지 마시고, 겉만 닦아내요, 알겠죠?

S#33. 정철 진찰실 앞 대기실.

엄마, 멀뚱하게 앉아 창밖만 바라본다. 그때, 안에 있던 남자 환자 나오고, 엄마, 그가 연 문틈 사이로 정철을 보려고 하고.

S#34. 달리는 전철 안.

만원이다. 정철, 서서 손잡이를 잡고는 피곤한 듯 눈을 감고 서 있다. 엄마, 그런 정철이 안쓰럽고.

S#35. 집으로 가는 길, 저녁.

정철과 엄마, 얘길 나누며 오고 있다.

엄 마 (눈치를 보며) 당신 운전 배우지. 아침엔 연수가 바래다준다고 해도, 밤엔 차 타기가 그럴 텐데.

정 철 요즘 교통이 어떤데, 신경 쓸 거 없어.

엄 마 (여전히 눈치 보며) 당신, 병원, 내후년에 그만두면 안 돼?

정 철 왜?

엄 마 정수 대학이나 보내구 그만두면 여러모로 날 것 같은데.... 집 짓는다구 돈을 너무 써서.

정 철 ....

엄 마 (눈치 보며) 요즘도 젊은 원장이 따따부따 그래요?

정 철 정수 자식은 요즘 어딜 그렇게 싸돌아다녀?

엄 마 (외면하며) 나두 모르지. (고개를 쭉 빼고 앞을 내다보며) 연시가 있나?

멀리 과일가게 보이고.

엄 마 (그리로 가고)

정 철 (가는 엄마 뒤를 보며, 탐탁지 않고) ....

S#36. 록카페.

젊은 남녀들, 술을 마시거나 춤을 추고, 한쪽 테이블에서 정수, 거품 가득한 술을 쭉 들이켜고.

재 영 (말리며) 작작 마셔. 술에 걸신들린 사람처럼 왜 그래?

정 수 (뿌리치며) 놔. (하며, 계속 마시고)

여자친구1 재영아, 놔둬. 걔 재수하는 동안 쌓인 거 푸는 거야. 넌 대학생이라 걔 그런 기분 몰라. 재수, 야, 그거 증말 재수 없는 거야.

재 영 벌써, 며칠짼데. 어제는 중학교 동창 만나 소주를 두 병이나 마셨다구.

정수, 여전히 술을 마시고.

남자친구1 괜찮어, 안 죽어. 사내자식이 그 정도 갖고, 괜찮아.

정수, 여전히 술 마시고, 재영, 속상하고.

시간 경과.

정수, 친구들과 미친 듯 춤추고, 재영, 테이블에서 걱정스럽게 정수를 보다가 가방 들고 일어나 정수에게로 가서는 팔을 이끌며.

재 영 정수야, 그만 가자. 늦었어.
정 수 (아랑곳 않고) 너두 춤춰. (하고, 손을 이끌고)
재 영 (난처하고)

정수, 재영의 손을 잡고 춤추고.

S#37. 윤 박사 진찰실.

윤 박사, 차트 판에 끼워진 사진들을 심각하게 보다가 창가로 가서 한숨을 쉬다가 책상을 본다. 전화기가 보이고, 윤 박사, 각오가 선 듯 책상으로 와 의자에 앉아 수화기를 들어, 전화를 건다. 통화 가고.

엄 마 (E) 여보세요.
윤 박사 (난처하다) 언니?

S#38. 거실.

소파에 할머니 있고, 엄마, 빨래를 개며 전화를 받고 있다.

엄 마　이 양반, 씻는데, 급한 일이야? (하며, 화장실로 가서는 화장실 문을 여는데)

S#39. 화장실.

정철, 얼굴을 다 씻었는지 세면대에서 고개를 들면, 엄마, 진열대에서 수건을 꺼내 정철에게 주며 전화하고 있다.

엄 마　사고 났나 보네.... 다 저녁에 이게 무슨 일이래? 잠깐만, (하며, 정철에게 전화 건네주며) 윤 박사예요.

정철, 전화 받고, 그때 할머니, 부른다.

할머니　(E, 버럭) 너 어딨어? 어딨냐!?
엄 마　(할머니에게 가며, 웃음) 아이고, 노친네. 엉덩일 못 드네, 그냥. 연애할라고 날 이리도 불러쌓나.

정철, 문 닫고, 수건질을 하며 전화 받는다.

정 철　나다.
윤 박사　(E, 어둡다) 지금 병원 좀 나오세요. 드릴 말씀 있어요. (끊고)
정 철　(수화기를 들고, 뭔 일인가 싶다) ?

S#40. 윤 박사 진찰실.

윤 박사, 전화 끊고 차트 판으로 시선 가고.

S#41. 대문 앞.

엄마, 문 열고 나오며 정철을 배웅하고 있다.

엄 마 이 밤에 뭔 일이래?

정 철 먼저 자. (가고)

엄 마 (뒤에 대고) 모범 타고 가요. 힘들어서 어떡해.

S#42. 병원 현관 앞, 어두운.

환자 몇몇 보이고, 윤 박사, 종이컵을 들고 생각에 잠겨 커피를 마시다 문득 문밖을 보면.

S#43. 병원 앞.

택시 서고, 정철, 택시 문을 열고.

S#44. 병원 현관 앞.

윤 박사, 문을 열고 나온다. 정철, 택시에서 내려 택시 문을 닫으면 택시 떠나고, 병원 쪽으로 가려는데, 누군가 앞에 서 있다. 보면, 윤 박사다.

윤 박사 왔어요?

S#45. 주차장 사이에 있는 작은 공원.

정철, 벤치에 앉아 담배를 피우고 있다. 윤 박사, 자판기 커피를 들고 와, 정철에게 건네준다. 정철, 보고.

시간 경과.

정철, 커피를 마시고 있다.

정 철　무슨 얘긴데, 이렇게 뜸을 들여? 다 늙은 처녀가 이제 와 바람날 일두 없구, 사고도 아니고....

윤 박사　언니, 검사 결과가 나왔어요.

정 철　(대수롭지 않게) 근데?

윤 박사　... 악성 종양이었어요.

정 철　(커피를 마시다가 이게 무슨 소린가 싶다) ?

윤 박사　(정철을 외면하며, 단숨에 말해버린다) 오줌소태가 있다구 했는데, 종양 때문이었어요. 종양이 자궁 위쪽에서 커져 방광을 누르고 있는 것 같아요. 촉진에서도 이미 잡힐 정도로 컸어요. 팹스미어, 초음파에서도 조직이 보였구요.

정 철　(떨리는 목소리로) 무슨 소리야, 지금?

윤 박사　(고개를 들어 정철을 보며) 다른 장기에서두 조직이 보였어요.

정 철　(일어서서, 윤 박사를 보고) ... 사진 어딨니?

윤 박사　(보면)

정 철　(부들부들 떨며) 니 방에 있니?

윤 박사　....

정 철　(손을 내보이며) 키 내놔.

윤 박사　?

정 철　(버럭) 니 방 키 내놔!

S#46. 윤 박사 진찰실.

차트 판에 빼곡한 사진들, 정철, 사진들을 하나하나 꼼꼼히 보고 있다. 가슴이 철렁한다. 윤 박사 그 옆에서.

윤 박사　저기 저 위쪽에서 시작했어요. 그래서 자각 증상이 더 늦은 거 같아요.

정철, 눈가가 붉어져 기도 안 찬 얼굴로 차트 판을 외면하고, 책상 쪽으로 몸을 돌려 두 팔로 책상을 짚고는 '하!' 하고 숨을 토하고는 말을 못 한다.

S#47. 술집 카페.

정철, 윤 박사와 바에 앉아 있다. 정철은 이미 몹시 취해 있다. 정철, 양주를 벌컥벌컥 다 마시고, 윤 박사, 속상한 얼굴로 보고, 정철, 다시 술을 다 마시고, 술을 따르려는데 술이 없다.

정 철 (마담에게) 술 더 줘라.
마 담 (걱정) 많이 드셨는데... 그만하세요.
정 철 (말꼬리 자르며, 버럭) 술 달라는데 무슨 말이 그렇게 많아!

윤 박사, 마담에게 눈짓으로 가라고 하고, 마담 가면.

윤 박사 지금 이럴 때가 아니에요.
정 철 (보면) ... 그럼?
윤 박사 (보면) ....
정 철 (화가 나, 입가를 손등으로 닦고, 여전히 혀가 꼬여서) 그럼, 어떡할 때냐?
윤 박사 ....
정 철 어떡할 때냐구? 니가 말해봐, 어떡할 땐지?
윤 박사 언니한테 가세요.
정 철 (그 말에 눈이 붉게 변하며, 자조적으로 버럭 소리친다) 가서!?
윤 박사 ?
정 철 가서, 가서 어떡해! 그 암 덩어리 여편네 부여잡고 울까? 울어?
윤 박사 ....
정 철 (눈물이 그렁해, 말 한마디 한마디에 뼈아프게) 아프다고 했어. 근데 내가 동네 약국 가서 약이나 져 먹으라 그랬어. 의사라는 남편 놈이 그랬다구. 근데 이제 와서, 이제 와서, 너 암이다, 그렇게 말해?

윤 박사 ....

정 철 내가 어떤 놈인 줄 알어? 의료 사고로 사람 죽여 내 병원 말아 처먹은 놈이야, 나. 이 나이에 남의 병원에서 초라한 월급쟁이 의사질 하는 게 부끄러워, 여편네 아프다는데 병원두 오지 말라구 한 놈이야, 내가. (강조) 그런 개새끼가, 가서 무슨 말을 해.

윤 박사 (맘이 아프다) ....

정 철 (일어나서, 발악) 죽는다, 너. 잘 죽어라, 그래?

윤 박사 선배.

정철, 지갑에서 돈을 빼 탁자 위에 놓고, 나가며.

정 철 난 못 해. (나가며) 난 못 하겠다.

S#48. 할머니 방(문은 열려진).

엄마, 연시 바구니를 들고 들어와 할머니 앞에 놓고 앉아, 턱받이를 해주며.

엄 마 (노랫가락처럼) 연시 먹읍시다.

할머니 (기분 좋아, 턱받이 하기 좋게 고개를 쳐들면)

엄 마 울 어머니, 착하기도 하시지. 연시 까줄게. (하며, 연시 껍질 까고)

할머니 (웃고)

엄 마 (아이한테 하듯) 아이고, 이뻐라.

S#49. 술집 앞.

정철, 문을 벌컥 열고 나와, 바지 주머니에 손을 푹 찌르고, 몹시 취해 비틀비틀 걸어가고 있다. 정신이 없는지, 자꾸 머릴 쓸어 넘기고, 입가를 괜히 닦고 불안해 보인다. 윤 박사, 술집에서 나와 가는 정철 안타깝게 보고.

S#50. 차도 + 차 안.

연수의 차, 보이고, 연수, 스피커폰으로 전화를 받고 있다.

연 수 (웃으며) 그만, 그만해요. 벌써 이해하고 있었어요. 자기 기죽어 자꾸 변명하는 거 듣기 싫어요. 그 말 말구 하고 싶은 말 없어요?

영 석 (E) 보고 싶었다. (사이) 보고 싶어.

연 수 (행복하다) ....

S#51. 차도.

인철, 운전을 하며 휴대폰으로 연수에게 전화를 걸고 있다. 그러나 '뚜뚜' 하는 신호만 들리고, 인철, 굳은 얼굴로 힘없이 전화를 끊는다.

S#52. 거리.

정철, 택시를 잡으려는지 목을 길게 빼고 차도 쪽을 보다가, 택시, 그 앞을 그냥 스쳐 지나가면, 가는 택시를 보다가 비틀비틀 걸어, 가로수 있는 데 등을 기대어, 그냥 그 자리에 주저앉으며 담배를 피운다. 손이 떨려 불도 제대로 못 켜고.

S#53. 록카페.

정수, 친구들과 어울려 미친 듯이 춤추고.

S#54. 연수의 차 안.

연 수 (웃으며) 이제 지하로 들어가야 해요. 통화 끊길 거예요. 집에 가서 전화할게요. 부인 (사이) 호주 갔댔죠?

S#55. 길거리. (S#52 연장)

정철, 담배를 길게 한 모금 빨고, 주춤주춤 일어나 차도 쪽을 보려 고개 들면, 눈물, 콧물이 저도 모르게 범벅이다.

S#56. 할머니 방.

할머니 (연시를 먹다가, 연시를 보고, 갑자기 분해 눈물까지 그렁해) 이 우라질 년. 시애미한테 개똥을 줘? (하며, 걸레질하는 엄마 등에 연시를 던지고) 너나 먹어라, 이년, 너 먹어! 이 나쁜 년.

엄마, 걸레질을 하다가 놀란 얼굴로 뒤돌며, 제 등을 보려 하며.

엄 마 뭐야, 이게. (터진 감 보고) 못 살어, 내가.
할머니 이 개가 물어갈 년. 내가 아무것두 모른다고....
엄 마 아이고, 증말. 내가 어쨌다구 저런대. (바닥에 떨어진 연시를 보며) 이게 다 뭐래. 아이고 아까워라.
할머니 (일어나며) 냄새 나는 개똥을.... 에라, 이 당나라 당년 같은 년!
엄 마 (터진 연시를 주워 먹으며) 증말, 왜 이런대.... 이거 아까워서 어째.
할머니 드런 년. 그게 맛있냐?
엄 마 (할머니를 보고, 버럭) 그럼, 맛나지.

S#57. 집으로 가는 길.

정수, 술에 잔뜩 떡이 돼, 벽에 기대서서 정신을 못 차리고 있다. 재영, 그런 정수의 어깨를 잡고.

재 영　정수야, 가자, 응? 야, 정정수?

정수, 힘들게 고개를 들며 취한 목소리로.

정 수　너, 나 좋아해?
재 영　....
정 수　너, 나 의대 못 들어가두 좋아할 거냐구?
재 영　이번엔 자신 있다며.
정 수　또 떨어지면 싫어할 거야?
재 영　그런 말이 어딨어? 이러지 말고, 가자.
정 수　가기 싫어. (하며, 도로 주저앉고)
재 영　정수야. (하며, 일으켜 세우려는데)
정 수　(갑자기 재영을 끌어안으며, 입 맞추고)
재 영　(몸을 빼내려 하며) 이러지 마, 정수야.

그때, 차를 몰고 오던 연수, 정수를 발견하고는 경적을 울리고, 재영, 놀란 얼굴, 정수, 취한 얼굴로 고개 돌리고.

S#58. 대문 앞 + 마당.

정철, 비틀비틀 대문 열고, 마당으로 들어선다.

할머니　(E) 에라, 이 미친년아, 개똥을 먹어, 에라 이 미친년!
엄 마　(E) 남들 다 자는구만! 그만해요, 어딜 가?

정철, 현관으로 가고.

S#59. 거실 안.

할머니, 방에서 연시 바구니를 들고 거실로 나오고, 엄마, 연시로 범벅이 되었지만 걸레 든 손으로 할머니 연시 바구니를 뺏으려 하지만 힘을 못 당하겠다.

엄 마　이거 줘요. 무슨 노친네가 이리 힘이 좋아.
할머니　(바구니를 안 뺏기고, 연시 던지며) 개똥이다, 개똥!
엄 마　이거 내놔요, 이리. 집 다 망가지네.
할머니　(펄쩍펄쩍 뛰며) 개똥이다, 개똥! (하며, 연시를 던지고)

그 연시, 들어오는 정철 윗옷에서 터진다. 정철, 그런 옷을 보고.

S#60. 거실.

정 철　(다짜고짜 할머니가 들고 있는 연시 바구니를 바닥에 내팽개치고)
할머니　(멍하다) ?
정 철　(버럭) 왜 이 여잘 못 잡아먹어 평생을 그래요, 평생을! 이 노친네야, 도대체 뭐가 못마땅해 그러냐구, 말해봐! 뭐가 못마땅해!
엄 마　(놀라, 정철의 팔을 잡고 말리며) 왜 그래요?
정 철　말해봐요, 이 여자가 어머니한테 뭘 잘못했는지, 말해보라구!
엄 마　정신없는 노친네한테 이게 무슨 행패래! 술 먹었음 곱게 자지.

그때, 연수, 정수를 부축하고 들어서고.

정 철　(버럭) 느이들은 뭐한다구 맨날 오밤중이야, 이 자식들아! 엉?
정 수　(짜증스레 외면하고) 에이. (하며, 제 방으로 가려는데)
정 철　이 자식이, 애비가 말하는데 등을 돌려? (하며, 옷섶을 잡고)
정 수　(짜증) 놔요!

하면, 정철, '이 자식이' 하고 정수의 뺨을 치고, 연수, 엄마, 놀라 정철 말리고.

연 수 (정철에게) 아버지! (정수에게) 정수야, 어서 들어가.

정 수 (보면)

엄 마 (놀라, 울상) 미쳤어, 실성했냐구! 왜 이래 오늘따라....

정 철 (정수에게) 너 벌써 대학 들어갔어? 이제 시험 끝난 새끼가, 진종일 쏘다니구 술까지 처먹어?

엄 마 (말리며, 울상) 놔둬요. 공부하느라 걔두 고생했구만. 당신이나 들어가요, 빨리.

정 철 (엄마를 뿌리치며, 버럭) 놔! 누굴 가르치려고 들어, 엉? 지 몸 하나 간수 못하고, 언제 죽을지도 모르는 게 누굴 가르치려고 들어, 이 병신아.

엄 마 (황당하다) ?

그런 엄마의 얼굴에서 스톱모션, 엔딩 타이틀 오르고.

제2부

S#1. 할머니 방, 아침.

정철, 출근길 차림으로 방문 앞에 서 있다.
할머니, 이불을 반만 덮고 쪼그려 잠을 자고 있다.
정철, 그런 노모가 맘이 아파 이불이나 덮어주려 다가가고.

S#2. 2층 화장실.

엄마, 수건을 들고 문지방에 앉아, 세수하는 정수 눈치를 살피고 있다. 간밤 정철에게 맞은 정수가 걱정된 때문이다.

엄 마 (달래듯) 정말 말 안 할 거야? (친구처럼) 치사하게. 차라리 화를 내야, 야.
정 수 (세수를 다 하고 수건질을 하며, 무뚝뚝하게) 됐어요.
엄 마 (일어나며, 웃음) 정말? 아버지가 속상한 게 있나 부다, 그렇게 생각해. 아팠어?
정 수 (대꾸 않고, 수건을 제자리에 걸고, 엄마를 밀치고 나가며) 나와요, 가게.
엄 마 (정수 나간 쪽을 심란하게 보고)

S#3. 거실 + 할머니 방.

엄마, 2층에서 내려오다가 할머니 방에서 나오는 정철에게.

엄 마 (모든 대사 통명스럽게) 그럴 걸 뭐하러 소란을 펴요? 노친네, 간밤에 어찌나 놀랐는지, 아침잠 없는 양반이 내처 눈을 못 뜨네. 왜 나이 들면서 안 하던 짓을 해? 술을 안 먹나, 애들을 안 패나. 정신없는 노친네한테 같이 정신없는 사람처럼 성을 안 내나.... 오늘은 연수도 먼저 가고... 택시 타요.

정철, 엄마의 잔소리를 무시하고 거실을 가로질러 현관으로 가서 신발을 신으며.

정 철 (엄마 얼굴을 보지 않고) 오늘 오후에 장 박사 병원으로 좀 와.

엄 마 뭐한다구요?

정 철 (외면하며) 검사 한두 가지 더 할 게 있어.

엄 마 어제 다 했잖어. 종합병원까지 가서 할 검사가 뭐 있어? 오줌소태 가지구. 대충 약이나 주면 되지. 암튼 의사들이란 그저 환자만 보면 피 뽑구 싶어 난리지.

정 철 (버럭) 뭘 그렇게 잘 알어?

엄 마 성질을 낼 게 아니라, 오늘 나 일산 간다니까. 돈을 갖다줘야, 일을 하고, 그래야 춥기 전에 들어가지. 이누무 집, 웃풍이 쎄, 노친네 겨울만 되면 콜록이누만. (눈치) 근덕이네도 한번 가볼라 하는데.

정 철 (나가려다) 잔말 말구 와!

엄 마 안 가도 될걸....

정 철 당신이 의사야?

정철, 화난 얼굴로 마당으로 나가고.

엄 마 (정철 뒤에서, 혼잣말, 얄미운 듯) 알았어요, 가요. 괜시리 성을 내네. (혼잣말) 늙어서 꽥꽥대면 무섭기나 하간? 잘 가라, 이 영감태기야!

S#4. 근덕네 집 가는 길.

엄마, 보자기에 잔뜩 찬거리를 들고 낑낑대며 가고 있다.

S#5. 근덕의 집.

엄마, 문을 열고 들어선다. 어제 난리 핀 걸 치우지 않아 수돗가가 엉망이다. 엄마, 가슴이 철렁해서는.

엄 마 (조심스레, 안쪽에 대고) 올케.

그때, 부엌에서 머리를 감았는지 거품이 가득한 머릴 한 채 근덕댁 뛰어나오며.

근덕댁 누구세요?

시간 경과.

수돗가 어느 정도 치워져 있고, 근덕댁, 마저 서둘러 정리하고 있고, 엄마, 마루에 앉아.

엄 마 (걱정) 어젠 장사두 못 나갔겠네.

근덕댁 (안심시키며) 괜찮아요, 오늘은 나갈 거예요. 얼마 안 들구 나갔으니까 곧 돌아올 거예요. (속상해) 그누무 도박. 형님한테 이런 꼴 안 보일라구 그랬는데... (마루에 와 앉으며) 죄송해요.

엄 마 올케가 죄송할 게 뭐 있어, 그 자식이 미친놈이지. (지갑에서 봉투 꺼내주며) 얼마 안 돼. 내가 찬값 모은 거야.

근덕댁 (마다하며) 괜찮은데....

엄 마 (안쓰럽다) 받아둬. 피붙이라고 이거밖에 못 하네.

근덕댁 (고개 숙이며) 많이 도와주셨어요. 전 염치없어 고개도 못 들어요. (대뜸, 고개 들고) 점심 하실래요?

시간 경과.

엄마, 근덕댁 대견하게(?) 본다. 근덕댁, 혼자 상을 차려 밥을 우적우적 먹으며.

근덕댁 지난번엔요, 조 아래 여관에 로타리 다방 레지하고 찰싹 달라붙어 있는 걸, 제가 뛰어 들어가, 히히, 그년 젖통을 덥석 물어버렸어요. 그냥 그 인간 거시길 물어, 요절을 낼려다가, 히히, 쓸데가 있겠지, 싶어, 그건 관두구요.

엄 마 (씁쓸하게 웃으며) 그놈이 가만있어?

근덕댁 웬걸요, 내 머리채 잡고 미친 개 뛰듯 길길이 뛰드라구요. 그래두 다신 거긴 안 가는 거 같아요.

엄 마 ....

근덕댁 도박한 진 그러구 나서니까 얼마 안 됐어요. 한 1년 됐나?

그때, 근덕, 초췌한 얼굴로 대문을 발로 차고 들어오며.

근 덕 밥 줘, 기집애야! (하다가 엄마를 보곤, 버럭) 뭐하러 왔어, 여길!

근덕댁, 밥을 입에 넣다가 놀라고, 엄마, 한심스레 본다.

근 덕 (비아냥) 의사 사모님이, 이 누추한 곳에 어쩐 일이냐구. (화가 나 윗옷을 벗어던지며, 버럭) 지지리 궁상 어떻게 사나, 보러 왔어?

엄 마 너 어떻게 그럴 수가 있니? 일한다고 돈 가져가놓구 뭐, 도박을 해?

근 덕 (근덕댁을 쏘아보고)

근덕댁 (울상이 되고)

근 덕 (근덕댁에게 눈을 부라리며) 너....

근덕댁 (기죽은 얼굴로) 그게 아니구....

근 덕 (이판사판이다 싶어, 엄마에게 뻔뻔스럽게) 그래, 도박했다, 왜? 차 한 대 사 달라니까 기껏 돈 이백 주고, 지금 생색내는 거야? 그 돈 갖군 안 되겠어서

나 도박한다. (퉷, 하고 침 뱉곤, 달려들듯) 왜, 떫어?

근덕댁, 마루에서 뛰어와 근덕을 말리며.

근덕댁 왜 그래요, 누님한테.

근 덕 (달려들듯) 안 보구 살자며? 의 끊자며? 그래, 동생이 이렇게 사니까, 맘 편해?

엄마, 기도 안 찬 얼굴로 가방 들고 일어나면.

근 덕 맘 편해, 잠이 오냐구? (하며, 옆에 있는 대야를 발로 차고)

엄 마 (속상해, 버럭) 그래, 이놈아. 마음 편히 잠 잘 온다, 왜!

근 덕 (눈을 부라리며) 그래, 잘 자라! 여긴 내 집이니까, 나가! 어서 나가, 어서 안 나가? (하며, 신발을 벗어 엄마한테 던진다)

엄 마 (속상하고)

S#6. 정철의 진료실.

정철, 가운을 벗고 윗옷을 입고 있다.

윤 박사 (E) 정 박사님, 안에 계시지?

간호사 (E) 네.

이때, 윤 박사 들어오고.

윤 박사 장 선배한테 사진 보냈어요.

정 철 (곱지 않게 보며) 누가 너한테 그러라 시키든, 왜 시키지도 않는 짓을 해, 넌?

윤 박사 ?

정 철 (이내 미안한 마음이 들지만 말 않고 옷을 마저 입고)

윤 박사 (이해한다) ....

정 철　(연이어, 책상 서랍을 잠그며) 검사 다시 받을 거야. 니 차트 필요 없어.

윤 박사　?

정 철　(실내화를 갈아 신으며) 내가 이 병원에 있지만 나 이 병원 못 믿어. 지난번 윤 박사 환자두 자궁종양을 양성인데, 악성으로 잘못 짚은 적 있잖어. 다시 검사할 거야. MRI 기계두 초창기에 사 너무 오래됐구, 아무튼 싹 다 못 믿겠어.

윤 박사　(할 말 없다) ....

정 철　(문으로 나가며) 안 나가?

S#7. 달리는 버스 안.

엄마, 근덕 생각에 속이 상한 얼굴로 창밖을 멍하니 보고 있다.

엄 마　(혼잣말) 나쁜 놈.

S#8. 윤 박사의 진료실 앞.

윤 박사, 문을 닫고 나오는데, 원장, 차트를 들고 오다가 윤 박사에게.

원 장　(짜증) 정 박사님 못 보셨습니까?

윤 박사　왜요?

원 장　병원을 말아먹으려고 하는 건지. 예약 환자도 몇 안 되는 분이, 환자를 다 돌려보내고 자긴 벌써 퇴근을 하니. (가며) 일 못 시켜먹겠네, 정말.

윤 박사　(심란하고)

S#9. 대학병원 대합실.

정철, 출구 쪽을 보며 엄마를 초조한 낯빛으로 기다리고 있다.
엄마, 들어와 정철을 찾으러 고개를 쭉 빼면,

정철, 어느새 엄마 옆에 와 툭 하고 친다. 엄마, 놀라, 보면.

정 철　(짜증) 왜 이렇게 늦어.
엄 마　(짜증) 뭐가 좋아 서둘러요.
정 철　가. (하며, 앞장서고)
엄 마　(뒤따라가며, 곱지 않게 보고) ....

S#10. 커튼 쳐진 병원 진료실.

간호사, 엄마의 팔에서 피를 뽑고 있다.

엄 마　(간호사에게) 어제오늘 피를 한 말은 뽑네.
간호사　(웃고, 피를 다 뽑고는, 그 자리에 솜을 붙여주며) 문지르지 마시고, 꼭 누르세요.

S#11. 장 박사의 진찰실.

장 박사, 정철과 얘기를 나누고 있다.

장 박사　잘 안 되겠지만, 객관적으로 볼려고 노력해라. 얼굴이 그게 뭐야?
정 철　검사 처음부터 다시 해줘. 윤 박사가 보낸 거 다 잊어버리구....

하는데, 엄마와 간호사 커튼을 열고 나온다.

장 박사　(웃음, 엄마에게) 제수씨, 힘들죠?
엄 마　(웃음) 그냥 난 약이나 주면 좋겠구만.
장 박사　(농담) 이쁘니까 잘해주려구 그러지.
엄 마　(자리에 앉으며) 경환 엄마, 잘 있죠?
장 박사　늙은이가 잘 있어봤자지, 골골해요.

엄 마　?

장 박사　그 사람 평생을 약으로 사는데 뭐, 걱정할 거 없어요.

정 철　(일어나며) 검사실이 2층인가?

장 박사　급하긴. (엄마에게) 빈속이죠?

엄 마　예.

장 박사　(차분하게 설명) 어제 검사에서 빠진 거랑, 또 어제 검사했어두, 미흡하다구 생각되는 부분, 다시 할 거예요.

정철, 일어나 장 박사의 말을 신중하게 듣는 엄마를 안쓰럽게 보고.

장 박사　소변보기가 많이 불편해요?

엄 마　(정철의 눈치를 보며) 그러네요.

장 박사　얼마나?

정 철　(엄마를 보고) ....

엄 마　오늘은 배만 뒤틀리구, 한 번도 안 나오네.

정 철　(속이 상하다, 의자에 놓인 코트를 들고) 빨리빨리 검사하자구. (하며, 밖으로 나가고)

엄 마　(나가는 정철의 뒷모습에 시선)

장 박사　(엄마를 보는 표정이 어둡다)

S#12. 내시경 검사실.

엄마, 얼굴을 잔뜩 찡그리고 검사를 받고 있다.

S#13. MRI 검사실.

엄마, MRI 검사를 받고 있다.
정철과 장 박사, 다른 한쪽에서 화면을 보고 있다. 두 사람의 표정이 모두 어둡다.

S#14. 검사실.

엄마, 심전도 검사를 하고 있다.

S#15. 장 박사의 진찰실.

정철, 의자에 앉아 있다.
장 박사, 차트 판을 보다가 끄고는 자리에 앉아 정철의 안색을 살피고는.

장 박사 수술 못 해.

정 철 (사납게 보며) 왜?

장 박사 알잖아.

정 철 (자조적으로, 읊조리듯) 내가 뭘 알아? 명의라고 소문난 너나 알지, 나 같은 돌팔이 의사가 뭘 알아? 난 위염을 위궤양이라고 판정한 적도 있고, 맹장을 장염으로 판정한 적도 있어. 난 몰라.

장 박사 니 그런 행동, 도움 안 돼.

정 철 (눈자위가 붉어져, 장 박사를 똑바로 보며) 챙피한 소리지만, 낼모레면 아랫것들한테 밀려 30년 의사직도 그만이야, 나. 그때까지 기다릴 것도 없어, 나, 지금 그만둔다. 나 지금부터 의사 아니야, 그러니까 찬찬히 내가 알아듣게 설명해.

장 박사 이미 늦었어.

정 철 (눈이 붉게 충혈돼서는 버럭 소리 지르며 일어나서는) 그게 의사가 할 소리야, 임마? 니들은 남의 사정 생각두 않구 늦었다, 그 한마디면 모든 게 끝나? 돈 뜯을라구, 이 검사 저 검사 다 해놓구, 늦었다, 그러니 가라! 그럼 끝나는 거야? 사람 목숨 놓구, 가라, 그럼 끝나, 이 자식아?

장 박사 (친구의 그런 모습에 안타까움보다는 화가 나서) 수술이 하등 도움이 안 돼. 임파선이 퉁퉁 붓고, 여기저기 엉망이야. 잘못해 수술하다 더 크게 번질 수도 있어. 괜히 이곳저곳 휘저어 병만 키운다구. 진정해, 너.

정 철 수술해!

장 박사 안 돼.

정 철 (눈물이 눈가에 가득해) 수술해, 배 열구 보기 전에 누구도 어쩌구저쩌구 장담 못 해. 너 왜 그렇게 말이 쉬워? 남편이 의사란 작자인데 손 하나 까딱 않고 저 하나만 보고 산 여자한테, 거두절미 너 끝장났어, 여편네야. 그렇게 말하라구? 난 못 해. 배 열구 내 눈으로 보기 전엔 나 그 말 못 해. 진행이 예상보다 못 할 수도 있어, 아직은 그 여자도 안 아프대....

장 박사 아퍼, 참는 것뿐이야. 분명 아퍼. 그리고 수술하면 인희 씨가 더 힘들어. 캔서 환자 더디 아무는 거 너두 알잖아.

정 철 ....

정철, 차트 판의 불을 켜며.

정 철 (자궁 위쪽 종양을 가리키며) 그래, 나두 의사야. 이게, 이렇게 큰 게 아래를 누르고 있어. 소변볼 때마다 죽을 맛일 테구, 하루가 다르게 더 심할 거야. 자각은 죽는다는 통보니까, 곧 죽겠지. (울지 않으려 이를 앙다물고 차트 판을 두드리며) 죽을 때 죽더라두, 이건 떼낼 수 있어. 숨통이나 틔우자구! 단 일주일만이라두 더... 그것만이라두... 해주자구!

S#16. 병원 공원, 오후.

엄마, 벤치에 앉아 껌을 씹으며 지나가는 환자들을 아무 생각 없이 보고 있다.

S#17. 병원 현관.

장 박사와 정철, 나오고 있다.

정 철 갈게. (하고 나가다) 다음 주 수요일 세 시, 틀림없지?

장 박사 그래. 낼 당장 입원시켜.

정철 간다. (하고, 문 열고 가고)
장 박사 (맘 아픈 얼굴로 돌아서고)

S#18. 길거리 + 좌석 버스 정류장.

엄마, 씩씩대며 걸어가고 있다.
정철, 성큼성큼 걸어 짜증 난 얼굴로 엄마를 자기 쪽으로 돌려세우며.

정철 집은 나중에 져두 돼. 아픈 사람이 어딜 가?
엄마 (뿌리치며) 아프긴 누가 아퍼? 내 나이에 안 아픈 인사가 있간?
정철 !
엄마 집에 큰돈 두구 잠이 와요? 그리고 몇 번을 말해, 노친네 겨울나기 힘들어, 곧 들어갔으면 싶다구.
정철 (반대쪽으로 팔을 이끌며) 집에 가.
엄마 (뿌리치며) 진작에 좀 걱정하지.
정철 ?
엄마 젊어서 애 날 때두 옆에 없던 사람이... 늙어서 망령이 나나.... 가요, 일두 안 하구 월급 받을라 하네. (정류장 쪽으로 가고)
정철 (한숨 쉬고 따라가, 다시 팔을 잡고)
엄마 (뿌리치고) 내 걱정 그리 되면, 근덕이한테나 한번 가보슈.
정철 (화난, 보면)
엄마 (야속하다) 그러는 거 아니우. 나한테 하나밖에 없는 피붙이구, 당신한텐 하나밖에 없는 처남인데....
정철 ....

버스 오고,
엄마, 사람들과 같이 버스를 타러 가려다.

엄마 오늘은 술 먹지 마요. (혼잣말) 어젯밤처럼 오기만 해봐라. (타고)

버스 출발하고,
정철, 떠나는 엄마를 보고, 하늘 보며, 한숨을 '휴!' 하고 쉬고.

S#19. 연수의 사무실, 저녁 무렵.

사원들, 저마다 퇴근 준비로 바쁘고,
연수, 분주하게 책상을 정리하며 퇴근 준비를 하고 있다.
퇴근하던 사원1.

사원1 웬일이야, 정연수 씨가 초저녁에 퇴근을 다 하고.
연 수 (웃음) 별일이에요.
사원1 (웃으며 가고) ....

그때, 인철, 작업복 차림으로 연수에게 와서는.

인 철 저녁 같이 하자.
연 수 (정리하며) 약속 있어요.
인 철 차 부장이니?
연 수 (대꾸 없이 하던 일 계속하고)

S#20. 주차장.

연수, 자기 차 있는 곳으로 가고 있다.
인철, 뒤쫓아 오며.

인 철 그 사람이 이번엔 너 책임져준대? 그러더냐구?
연 수 (차문을 열며) 책임져주기 바라지 않아요.
인 철 (차문을 닫으며) 사랑은 책임이야.
연 수 선배 생각이에요. 우린 아니에요.

인철 (연수를 돌려세우며, 타이르듯) 아니.

연수 (보고)

인철 사랑은 책임이야. 적어도 책임질려고 하는 노력이야. 그게 사랑인 거야. 책임 없는 사랑은 가벼워서 봄바람에도 날라가 바람 되고, 먼지 돼. 넌 먼지 되고 바람 될 거야. 흔적도 없이, 그렇게 될 거야. 그 사람은 엄청난 책임과 무게가 있는 가정으로 돌아갈 거구.

연수 바람 되고, 먼지 돼도 난 좋아요. 추억은 있으니까. (돌아서려 하고)

인철 (잡으며, 강조) 똑똑히 들어. 차 부장한테 넌 추억도 못 돼. (강조하듯) 넌, 그냥 스쳐 지나가는... 지나가선 다시 오지 않는... 아무것도 아닌... 그런 존재야.

연수 (단호하게) 우리....

인철 ....

연수 ... 그렇게 쉽지 않아요.

인철 ... 무슨 일 있었니?

연수 (경멸스럽게 보고) 무슨 상상해요, 지금?

인철 ... 끝이 보이는 길은 가지 않는 거야, 이 바보야.

연수 미안해요. 난 그 끝, 선배가 말하는 그 끝이라는 거 안 보여요.

인철 !

연수, 야멸차게 차문을 열고, 차에 타서는 이내 차를 몰고 가버린다.

S#21. 전원주택 앞, 어스름한.

가로등이 켜 있고, 아직 완공이 다 안 된 상태,
엄마, 김 소장의 차로 집 앞에 멈춰 선다. 엄마, 내리고선 집을 흐뭇한 마음으로 보며.

엄마 그럼 낼부터는 일 시작할 수 있는 거죠?

김 소장 (사람 좋게 웃으며) 어제 사모님 전화 받구 다 준비시켰어요.

엄마 (집으로 다가가 이리저리 둘레를 살피며) 내장재는 전번에 말한 거 되죠?

김 소장 네. 사시는 집은 나갔어요?

엄 마　네. 그 집은 내년 봄에나 들어온다는데, 우리가 급해서. 나, 안에 좀 들어가보면 안 될까?

김 소장　어쩌죠? 키를 놔두고 왔는데....

엄 마　(서운하다) 할 수 없지, 뭐. (괜한 으름장) 그리구 나무 등치 좋은 걸루 약속한 거유.... 배배 꼬인 놈으루 했다간 요절을 낼 거야.

김 소장　(차문을 열며) 타세요, 제가 댁까지 모셔다드릴게.

엄 마　(주위를 아쉬운 듯, 뿌듯한 듯 둘러보며) 참, 좋다.

S#22. 달리는 차 안.

김 소장　여깄어요. (하면서, 작동을 시킨 전화기를 건네주고) ....

엄마, 건네받아 전화를 건다. 통화 걸리고.

엄 마　아줌마? 일산 왔다가 너무 늦었네.

간병인　(E) 할머니, 죙일 주무시고 이제 깨셨는데요, 뭐.

엄 마　아고 다행이네. 내가 나와 있어두 그 양반 때문에 맘이 안 편해....

그때, 할머니 악 쓰는 목소리 들려온다.

할머니　(E) 연수야! 연수야!

간병인　(E) 할머니, 인나셨네.

엄 마　(걱정돼) 아줌마.

할머니　(E) 너.. 도둑이지? 도둑이다.

간병인　(E) 아이구!

갑자기, 쾅 하며 수화기 내팽개치는 소리 나고, 이내 끊기는 소리 나고.

엄 마　(속상해) 아줌마? 아줌마?

S#23. 집 화장실 안.

간병인, 화장실 문고리를 잡고 안절부절못하는 얼굴로 서 있다.

할머니 (E, 다듬잇방망이로 문을 두드리며) 내가 니년을 반드시 서에 넘길 거다. 콩밥을 먹일 거야, 이년! 수갑을 채울 거야! (다듬잇방망이로 문을 두드리고)

간병인 아이구, 그누무 몽둥이 좀 치워요. 진지 드릴게.

할머니 (E, 몽둥이로 문을 마구 두드리며) 뭐? 내 밥까지 도둑질을 해?

간병인 (치를 떨고)

S#24. 윤 박사 사무실.

윤 박사, 퇴근하려 옷을 갈아입고 있다.
정철, 문을 열고 얼굴만 내밀며.

정 철 술 한잔할래?

윤 박사 사주실래요?

정 철 비싼 건 못 하구, 포장마차에서 간단하게 한잔 사지.

윤 박사 (웃고)

S#25. 근덕댁의 포장마차 안, 밤.

근덕댁, 손님들을 받느라 정신없다. 꽁치를 구워내고, 국수를 말고 하다가 들어서는 정철과 윤 박사를 보고 놀라.

시간 경과.

정철과 윤 박사, 푸짐한 안주에 소주를 마시고 있다.

근덕댁, 정철이 어려워 주방(?) 쪽 의자에 불안스레 앉아 있고, 손님들 다 가고.

정 철 (술잔을 놓고, 처남댁에게) 나, 처남댁한테 부탁 있어 왔어요.

근덕댁 (애매하게 웃으며) 저 같은 거한테 무슨....

정 철 ... 우리 마누라 수술 들어가는데, 병간호 좀 도와줘요. 워낙 깔끔한 사람이라 남 손 빌리는 거 싫어할 것 같아서 그런데.

윤 박사 (술을 마시다, 그 말에 놀라 정철을 보고)

근덕댁 (놀라, 자리에서 일어나며, 버벅대며) 형님, 어디 아프세요? 어, 오늘 낮에까지만 해두 별일 없었는데....

정 철 (보면)

근덕댁 (화났나 싶어, 설레발) 저, 그러니까 오늘 낮에 김치랑, 아니 젓갈이랑....

정 철 (안심시키며) 알아요. 얘기 들었어요.

근덕댁 (얼굴 풀어지며) 네, 그러셨구나. 정말 젓갈밖에 안 주셨어요.

윤 박사 무슨 말이에요?

정 철 (윤 박사를 보고)

근덕댁 근데.. 어디가 많이 아프세요?

정 철 (이내 고개 돌려 근덕댁을 보며, 어렵게 거짓말) ... 네.

근덕댁 어디가요? 형님, 오줌소태 때문에 고생이시라던데... 오줌보가 문젠가?

윤 박사 (정철을 보면)

정 철 (씁쓸하게 웃으며) 네, 그러네요. 드럽게 오줌보가 안 좋네요.

윤 박사 (일어나며) 저, 저랑 나가서 얘기 좀 해요.

정 철 (윤 박사, 팔을 잡아 앉히며, 근덕댁에게) 해줄 수 있죠? 낼 당장 입원할 건데.

근덕댁 그럼요. (사이) 그럼, 지금 포장 접어야 되겠다.

정 철 처남한테 얘기 안 해두 돼요?

근덕댁 (어설픈 웃음) 아마 한동안 안 들어올 거예요. 통장 갖구 나갔으니까 달포는 족히 걸릴 거예요.

윤 박사 (애가 타서는) 정 선배.

정 철 여전히 속 썩여요? (술을 들며) 나쁘네.

근덕댁 (도리질) 아니에요. 그렇게 안 나빠요. 애 못 낳는 년, 데구 사는 것두 고맙죠, 뭐.

정 철 (웃음) 저, 그럼 지금 집에 갔다 오실래요? 짐두 좀 챙기시구, 처남한테 메모도 남기고... 여긴 내가 지켜드릴게.

근덕댁 (웃으며) 그러실래요?

S#26. 작은 카페의 칸막이 테이블(빨간 불 있는 조잡한 느낌의).

담배 연기 뿌옇다.
근덕, 남자들 여럿과 호스티스를 옆에 끼고, 상에 담요를 깔고 포커를 치고 있다. 테이블 중앙에 만 원짜리 수북하다. 근덕, 마지막 히든카드를 받아 들고 좋아, 보고는, 회심의 미소를 살짝 지으며 태연을 가장해 내려놓고는 다른 사람들 표정을 살핀다.
남자1, 심각하게 쳐다보고,
근덕, 자기 옆에 있는 껌 씹는 호스티스 엉덩일 괜히 툭 치고.

S#27. 카페 앞.

근덕댁, 총총걸음으로 그 앞을 지나가려다 뭔가 땡기는 게 있는지, 카페 문을 연다.

S#28. 카페 안.

근덕댁, 문을 빼꼼히 열고 안을 들여다본다. 조용하다. 그때, 근덕의 테이블에 있던 호스티스, 커튼을 치고 나오며.

호스티스 어서 오세요. (하다가, 근덕댁을 보고, 가슴을 문지르며, 짜증스레) 뭐하러 왔어? (자기 가슴을 치며) 또 물러 왔니?

근덕댁 (문지르는 가슴을 보며, 사납게) 우리 집 인간 안 왔어?

호스티스 안 왔다.

S#29. 칸막이 안.

근덕댁 (E) 정말?

근덕, 근덕댁의 목소리를 듣고 잽싸게 테이블 위로 발을 올리며, 다른 사람들 떠들지 못하게 입가에 손가락을 대고.

S#30. 카페 안.

근덕댁 (미심쩍어, 안을 들여다보려고 하는데)

호스티스 (막아서며) 나 새서방 만났어. 경고하는데 곱게 가줄래, 불독 아줌마? 나 아주 조용히 살고 싶거든.

그때, 칸막이 안에서 인상 험악한 남자, 고개만 디밀고.

남자 들어와서 술 따르지 뭐해?

S#31. 칸막이 안.

근덕, 조마조마하고.

S#32. 카페 안.

근덕댁, 고개 쭉 빼고 테이블 밑을 보면 근덕의 신발 안 보이고.

남자 빨리 들어와!

호스티스 가셔. 이번엔 내가 물기 전에.

근덕댁 (찝찝한 맘을 달래며, 뒤돌아 나가면서) 지조 없는 년.

S#33. 칸막이 안.

근덕, 기분 좋은 얼굴로 판돈을 끌어안고,
호스티스, 커튼을 치고 들어오며, 몸을 흔들며 좋아하고,
근덕, 돈을 점퍼 속으로 마구 넣으며 웃고.

S#34. 포장마차 안.

윤 박사 (어렵게) 언니가 힘들지 않을까요?

정 철 (약간 취해, 술을 마시며) 할 수 없지. 너두 좀 도와라.

윤 박사 ....

정 철 해보는 데까지는 해봐야지, 그래야 내 맘이 편할 거 같아.

윤 박사 (그제야 이해가 가고) ....

정 철 (뜬금없이) ... 남자가 참 그렇다.

윤 박사 (술을 따라 마시며) ?

정 철 생각해보니까 남자란 인간이 참 쓸모가 없어. 젊어 일할 때나 쓸데가 있을까 늙어지면 쓰레기야. 평생 지 한 몸 간수하는 법도 배우지 못하구 살구. 도대체 하는 게 없어. 밥을 할 줄 아나, 빨래를 할 줄 아나, 애들을 키울 줄 아나. (농담처럼) 집사람 죽는다고 슬픈 건 없는데 참 아쉬울 거는 같으네. (웃으며)

윤 박사 ....

정 철 (웃음) 윤아, 너두 우리 집 된장, 고추장 많이 퍼다 먹었지?

윤 박사 ... 네.

정 철 (농담처럼, 그러나 괴롭게 술을 들이켜면서) 너 이제 그 맛난 거 못 먹게 돼, 어쩌냐? 안됐다.

윤 박사 (마음 아파 술 먹고)

S#35. 집 대문 앞.

엄마, 숨을 헉헉대며 대문을 열고 들어선다.

엄 마 (큰 소리로) 어머니, 나 왔어.

S#36. 거실.

할머니, 거실에서 양푼째 밥을 먹고 있다. 엄마 들어서며.

엄 마 어머니, 괜찮아?

그때, 간병인, 화장실에서 나오며.

간병인 오셨어요?

엄마, 간병인을 한 번 보고 다시 할머니를 보면,
할머니, 밥을 입안 가득 넣고 눈물이 그렁해서는.

할머니 어디 갔다 왔어?

엄마, 그런 할머니를 측은하게 보고, 입가에 묻은 김칫국물을 옷소매로 닦아 주며.

엄 마 (웃으며) 집 보고 왔지.

S#37. 영석의 아파트 단지 안 + 연수의 차 안.

연수의 차, 천천히 멈추고,
연수의 차 안, 영석, 안전벨트를 풀며.

영 석 내 차 몰고, 니 차 회사에 놔둘 걸 그랬다. 괜히 너 힘들게....
연 수 괜찮아요.
영 석 우리 집 한번 들어갔다 갈래?
연 수 ?
영 석 나 사는 거 보고 싶지 않아?
연 수 ....

S#38. 영석의 아파트 거실.

연수, 서서 천천히 주위를 둘러본다. 모든 게 완벽하리만치 깔끔하고 세련됐다. 연수, 살림들을 보던 눈을 돌려 귀여운 쌍둥이 형제(4, 5세 정도) 사진과 영석과 그의 아내가 함박웃음을 터뜨리며 안고 있는 사진을 오래 본다. 연수, 그런 사진들에 아무런 동요도 느끼지 않는 듯하다.
그때, 영석, 안방(안방문 채 닫지 않고)에서 추리닝을 갈아입고 나온다. 연수 보고 작게 웃으며.

연 수 추리닝... 잘 어울린다.
영 석 (웃으며) 그래. 미안하지만 조금 더 기다려야겠다. 땀 냄새가 나서 씻어야겠어. 냉장고 열면 먹을 게 있을 텐데.... 갖다 먹어. 곧 나올게.

영석, 화장실로 들어가고,
연수, 주방으로 가 냉장고를 연다. 그러다 뭔가 이상해 냉장고 문을 다시 닫고 그 문을 보면 쪽지가 붙어 있다.

인서트 - 쪽지 내용. '아침밥 꼭 먹을 것.'

연수, 그걸 읽고는 냉장고에서 주스를 꺼내고 컵을 가지러 싱크대 쪽으로 가면, 여기저기에 온통 쪽지투성이다. 전기밥솥에 밥솥 사용법이 붙어 있고, 가스레인지엔 국 끓이는 법이 몇 가지 붙어 있고, 조리 기구엔 사용법이 너무도 자세히 붙어 있다. 연수, 거실 쪽을 보면 그의 아내의 웃는 모습이 보이고, 화장실을 보면 물소리 요란스럽게 나고, 연수, 자신이 있을 곳이 아니라는 생각이 드는데,
그때, 영석, 화장실에서 부르는 소리 나고.

영 석 (E) 연수야, 미안한데 안방 장롱에서 수건 좀 갖다줄래?

연수, 주스를 주방 테이블에 내려놓고 안방으로 들어간다.

S#39. 안방.

너무나 깨끗한 안방 내부,
연수, 침대 쪽을 힐끗 보고는 맘이 언짢고(?), 장롱 문을 열어본다.
깨끗하게 정리되어 있는 장롱 안, 양복이 줄을 서서 걸려 있고, 아래를 보면 와이셔츠가 다려져 차곡차곡 개어져 있다. 연수, 서랍을 하나 빼보면, 정갈하게 정리된 영석의 속옷과 양말들이 보이고,
다시 서랍 하나를 빼보면, 수건들이 잘 정리되어 있다. 연수, 수건 하나를 빼고 문을 닫으려다가 문 쪽에 붙어 있는 넥타이 걸이가 눈에 들어온다. 매듭이 되어 있는 예닐곱 개가 나란히 예쁘게 걸려 있고, 연수, 마음이 짠해져 장롱 문을 닫고 침대 쪽을 다시 보면, 엄마처럼 다소곳하게 앉아 수줍게 웃고 있는 부인의 사진 보이고, 연수, 문을 열고 나온다.

S#40. 거실.

연수, 수건을 화장실 문 앞에 놔두고 소파에 두었던 가방을 들고 조용히 나간다.

S#41. 화장실 안.

영석, 러닝 차림으로 머리 감다가 닫히는 문소리에 문 쪽으로 고개 돌리고.

S#42. 집 전경.

엄마 (E, 화가 나) 어떻게 모두 남 일 같어? 지금이 몇 시야? 일찍 들어오라구, 내가 몇 번을 일러, 도대체!

S#43. 거실.

엄마, 걸레질을 하고 있다.
근덕댁, 주방에서 설거지를 하며, 엄마 눈치를 보고 섰고,
연수, 심란한 얼굴로 냉장고에서 물병을 꺼내 따라 마시고.

엄마 사람들이 왜 그래, 정말. 정신 빠진 노친네, 집에 가둬놓구 맘이 편해?
연수 (잔을 내려놓으며) 미안해요.
엄마 (걸레질을 하며) 나 죽어두 눈 하나 꿈쩍 안 할 인간들.
정철 (옷을 갈아입고, 방에서 나오다, 엄마가 걸레질하는 모습 보고) 청소기 없어?
엄마 (일하며, 퉁명스럽게) 그게 때가 져요?
정철 연수, 니가 좀 해라.
연수 ?
엄마 놔둬요. 걔가 손모가지에 힘이나 있구.
정철 (버럭) 연수 시켜.

정철, 엄마에게서 걸레를 빼앗아 연수에게 던지며.

정철 (버럭) 임마, 니가 좀 해!

엄 마　(황당해) 이 양반이....

연수, 속상한 얼굴로 고개 돌리면,
근덕댁, 달려와 걸레를 들며.

근덕댁　제가 할게요. (하고는 바닥을 닦고)

정 철　(연수에게) 너 왜 안 해, 임마. 아버지 말이 말 같지 않어?

연 수　어제오늘 정말 왜 그러세요? 저두 힘들어요.

정 철　이 자식이, 뭐, 힘들어? 니가 뭐가 힘들어? 돈 벌어서 힘들어? 너 지금 돈 좀 번다고, 직장 생활한다고 유세해?! 벌지 마, 임마! 너 안 벌어두 먹구살어, 이 자식아! 니가 무슨 공주야, 왜 기집애가 집일 하나 안 거들어, 엉? 니 엄마가 종이냐, 니 눈엔 니 엄마가 종으루 보여, 임마!

연 수　(버럭) 언제 그렇대요?

정 철　어디서 말대꾸야!

엄 마　(일어나 정철을 가로막으며, 서운하다) 왜 그래요, 도대체! 아무리 처남이 밉다지만 처남댁을 집으로 덱구 오고.

근덕댁　(방을 닦다, 그 소리에 일어서며) 형님, 그게 아니구요....

엄 마　(아랑곳 않고) 힘들게 일하고 들어온 애한테까지. 어머니, 나랑 당신 아니면 남들은 보지도 못하는데.... 당신이나 좀 일찍 들어오지, 술 먹지 말구!

연수, 물컵을 소리 나게 탁자에 놓고 올라가며.

연 수　제발 좀 그러지 마세요. 소리 좀 그만 지르시라구요!

정 철　!

연 수　저두 힘들어 죽겠다구요!

정 철　(연수를 잡으려 하며) 뭐? 힘들어 죽겠어? 이 자식이 그걸 지금 말이라구 해, 너! 임마! 니가 니 엄마만큼 힘들어? 니 엄마가 지금 어떤 줄이니 알이, 임마?

연수, 계단을 오르다 멈춰 서서 그게 무슨 말인가 싶어 보고.

S#44. 마당.

정철, 화난 얼굴로 나가며.

정 철　따라오라면 따라와!

하며, 대문 열고 나가고,
엄마, 현관을 나오며.

엄 마　(투덜투덜) 정말 별일이네.

S#45. 공원.

엄마와 정철(담배를 피우고), 얘기를 나누고 있다.

엄 마　말해요, 어서. 그래, 어디가 그렇게 나쁘대요?
정 철　(맘먹고, 외면하며) 다 나쁘대.
엄 마　?
정 철　(눈 마주치지 못하고, 한숨)
엄 마　아픈 데가 없는데 어떻게 다 나빠?
정 철　(담배를 피며, 단호하게) 암이야.
엄 마　(뭔 소린가 싶다) 암?
정 철　그래.
엄 마　무슨 암?
정 철　(외면하며, 슬픔을 참으며) ... 자궁암.
엄 마　(그닥 심각하지 않게) 초기야? 안 아픈 거 보니까 초기가 맞나 보네. 그래요?
정 철　(엄마를 보며, 차마 말을 못 하고) ....
엄 마　자궁 들어내야 돼요?
정 철　....

엄마　(짜증) 들어내지 뭐, 그깟 것.

정철　(이 여자가 왜 이러나 싶다) ?

엄마　담배 좀 끄구. (하다가, 정철의 굳은 얼굴이 조금 무서워 달래듯) 이제 쓸데두 없는 자궁 들어내는데, 뭐가 어째서 그래요? 구파발 선자도, 평창동 개 친구도 들어냈다는데, 뭐. 아이구 차라리 잘됐어, 혹시나 싶어 나두 조마조마하드만. 이제 이 나이에 애 날 일이 있어, 달거릴 할 거야? 아이구 난 그런 거 하나두 안 겁나네. 사는 게 무섭지, 그런 게 겁나나. 들어가요, 청승 떨지 말구, 추워. (혼잣말처럼) 아픈 데두 없이 병이 왜 걸렸대.

정철　(마음이 아프다) ... 안 아퍼?

엄마　(퉁박) 아프면? 뭐, 대신 아파줄래요?

정철　(할 말 없고) ....

엄마　(일어나 가고)

정철, 가는 엄마의 뒷모습을 마냥 보다가 눈물이 그렁해 하늘을 보고.

S#46. 정수의 방.

정수, 술에 취해 침대에 앉아 얘길 듣는 둥 마는 둥이고,
연수, 속상한 얼굴로 의자에 앉아 있고,
근덕댁, 정수가 귀엽다는 듯 보며.

근덕댁　정수도 이제 총각 다 됐네. 술두 마시구, 우습네.

정수, 자는지 마는지 대꾸 않고.

연수　얼마나 심하대요?

근덕댁　심하긴, 조금 그렇대. 사실, 나두 잘 몰라, 오줌보가 잘못됐다고 그러는 거 같던데, 내가 좀 그렇잖아. 뭘 들어두 통 머리에 안 남아 있어. 워낙 내가 닭대가리잖어.

연수　(속상해서는, 문 열고 나가고)

근덕댁 ?

S#47. 안방.

엄마, 가방에 옷가지들을 챙기고 있다.

엄 마 (가방을 챙기며, 구시렁대고) 내년 봄에 수술하면 안 될 게 뭐 있어? 새집에 들어가서 하면 일두 없구, 좀 좋아? 집일이 태산이구만. 생전에 안 써주던 신경을 귀찮게 다 쓰구, 이제 죽을 때가 됐나 부네, 영감태기.

S#48. 마당.

연수와 정철(담배를 뻑뻑 피고), 얘기를 하고 있다.

연 수 (O. L, 화가 나) 말씀을 해주셨어야죠.
정 철 니가 언제부터 니 엄말 그리 챙겼냐?
연 수 (화가 나는 걸 간신히 참고) 정말, 수술만 하면 아무 이상 없는 거예요?
정 철 (말하려다가 참고는) ... 그래.
연 수 (다짐받듯) 정말이죠?
정 철 (버럭) 그렇다잖니.
연 수 (현관으로 들어가려다) 정수한테는 말하지 마세요. 제가 나중에 말할게요. 저 먼저 들어가요.

정철, 담배를 뻑뻑 피우고.

S#49. 할머니 방.

근덕댁, 자느라 정신없다.

할머니, 자는 근덕댁의 머릿속을 뒤지며 원숭이가 이를 잡아먹듯, 무언가를 자꾸 먹는 시늉을 한다. 그러면서.

할머니 이가 소복하네. 드런 년.

S#50. 화장실.

엄마, 변기에 앉아 아랫배를 누르며 끙끙거린다.
연수, 노크하고 문을 연다.

엄 마 일 보게?
연 수 (미안하다, 들어서지 않고 문틀에 기대서서, 고개를 못 들고) 아뇨.
엄 마 그럼?
연 수 죄송해요, 몰랐어요.
엄 마 (애써 웃으며) 별거 아니야, 초기는 들어내기만 하면 깨끗하대. 혹여라두 정수 알게 하지 말구, 지레 놀래 펄쩍 뛴다. 물혹 났다고, 아주 쉬운 수술이라고 해. 너두 걱정 말구. 우리 나이엔 이런 수술 많이 한다.
연 수 네.... 아프진 않죠?
엄 마 안 아퍼. 어여, 들어가 자. 늦었구만.

S#51. 할머니 방, 낮.

경적 울리는 소리 나고,
엄마, 턱받이를 하고 스스로 물을 마시는 할머니를 대견스럽게 보고 있다.
간병인, 열린 문 앞에 서 있고.

간병인 어서 가세요. 기다리시나 본데.

엄마, 떨어지지 않는 엉덩이를 일으켜 세우면.

할머니 아줌마, 어디 가?

엄 마 (웃으며) 놀러.

할머니 나두 데려가.

엄 마 싫어.

할머니 (갑자기 물잔을 바닥에 던지며) 나쁜 년, 기어이 날 버릴라구. (하며, 엄마 다리를 붙잡고 늘어진다) 나, 데리고 가라, 이년아, 나 데리구 가! 너 혼자는 못 간다, 이년!

엄 마 (속상하고) ....

할머니 (눈물이 그렁해) 나두 데려가라! 나두 데리구 가!

S#52. 종합병원 전경.

환자들, 사람들 오가고, 멀리 병실 창밖으로 엄마가 밖을 보다가 안쪽으로 고개 돌리는 게 보이고.

S#53. 병실.

엄마, 침대에 앉아 있다.
그때, 장 박사, 윤 박사와 들어서고, 엄마, 웃으며.

엄 마 (웃으며) 다 늙어 이게 무슨 호사래. 나 같은 사람한테 박사들이 줄줄이 붙구.

장 박사 (웃음) 혼자 있네요.

엄 마 애들, 요 앞에 잠깐 갔어요.

장 박사 오늘 오흡니다.

엄 마 우리 집 양반은?

윤 박사 차트 보고 계세요. 같이 들어갈 거예요.

장 박사 뭐라 뭐라 해도 신랑이 좋나 부네.

엄 마 (농담) 그럼.

S#54. 공중전화 박스 안.

연수, 영석에게 전화를 하고 있다.

연 수 (편하게) 괜찮아요. 네, 저 통화 오래 못 해요. (사이) 엄마, 수술 들어가요. (사이) 보고 싶어요. (사이) 아니에요. 오지 마세요. 제가 상황 봐서 전화드릴게요. 네. 참, 부인 왔어요? (사이) 그럼 아직두 먹는 게 그렇겠네. 사서 먹는 밥이라두 잘 드세요. 네, 저두요.

연수, 전화를 끊는데, 인철 오는 게 보이고, 연수, 그를 보고.

S#55. 장 박사의 진찰실 안.

장 박사, 정철, 윤 박사, 수술복 차림으로 엄마의 검사 자료들을 다시 한 번 보고 있다.

장 박사 이곳저곳 가지 말고, 여기 보이는 이것만 빼내고 나오자고.

정 철 (사진을 가리키며) 여긴 어때, 떼낼 수 있을 것 같은데.... 다른 덴 몰라두 여기랑 여긴 떼낼 수 있을 것 같은데.

장 박사, 윤 박사의 눈치를 살피고,
윤 박사, 그의 눈빛 못 본 듯 외면하고, 계속 사진만 보고.

S#56. 수술실 앞.

남자 간호사들, 이동 침대를 끌고 오고 있다.
엄마, 수술복 차림으로 그곳에 누워 있고 수술실 앞에서 근덕댁, 연수, 정수,

속상하고 안타깝고 할 말 없는 얼굴들로 서 있다가 엄마 오는 걸 보고, 그리로 간다. 이동 침대 잠시 멈추면.

근덕댁 (울상) 어떡해요, 형님.

연 수 (맘 아프고)

정 수 (그다지 심각하지 않게) 엄마, 안 무섭지?

엄 마 (맘 아프게, 애들을 보고는, 애써 웃으며) 으, 응.

남자 간호사1 갑니다.

남자 간호사들, 이동 침대를 밀고 가고,
연수, 돌아서면 눈물이 그렁하다.

S#57. 몽타주.

1. 수술 준비실.
정철, 장 박사, 윤 박사, 내과의 간호사들의 도움받으며 머릿수건을 하고, 수술 장갑을 끼고 있다.

2. 수술실.
마취사에 의해 마취당하는 엄마,
정철 일행 들어오고, 수술 형광등 보이고, 심전도 기계 보이고.

3. 화장실 안.
근덕댁, 세면대에서 훌쩍이고.

4. 수술실.
장 박사, 간호사에게 '메스' 하면 간호사 메스 주고, 갈라지는 엄마의 배.
정철, 땀을 흘리고, 보글거리는 호흡기 보이고.

5. 병원 앞.

정수, 담배 피우며 서성대고.

6. 수술실 앞.
연수, 바닥에 초조하게 쪼그려 앉아 있고, 인철, 서서 그런 연수를 측은한 마음으로 보고.

7. 수술실.
다 갈라진 엄마의 배,
땀 흘리는 윤 박사 보이고, 죽을 것 같은 엄마 보이고,
장 박사, 엄마의 배를 들추고,
정철, 눈자위가 부르르 떨리고,
갈라진 엄마의 배 벌려보는 손들, 장 박사, 상태가 극심한지 고통스럽게 눈살을 찡그리고, 믿기지 않는 정철 보이고,
장 박사, 윤 박사, 그 외 다른 모든 사람들 정철을 보고,
정철, 엄마를 보고,
죽은 듯 누워 있는 엄마 보이고,
정철, 수술대에서 등 돌리고 마스크를 빼고는 한참을 서 있다가,
문 쪽으로 천천히 가서는 잠시 서 있다가 돌아선다. 눈물이 범벅인 얼굴이다.

정 철 (고통스럽게) 닫아라!

하고, 문을 열고 나간다.

S#58. 수술 준비실 문 앞.

정철, 문을 열고 들어와 문에 그대로 주저앉으며 피눈물을 토한다.

S#59. 병원 전경, 낮.

엄마와 근덕댁, 정수 그리고 다른 여러 환자들의 웃음소리 왁자지껄하게 들린다.

S#60. 병원 복도 창가.

무척이나 밝은 분위기다.
늙은 여자 환자 여럿(모두 휠체어를 타고 있다)과 그들 틈에 보이는, 휠체어에 앉은 엄마,
휠체어를 잡고 서 있는 정수, 근덕댁 보인다. 뭐가 즐거운지 사람들 모두 박장대소한다.

엄 마 (여자 환자1을 치며, 배를 잡고 웃으며) 아이구, 그만 좀 웃겨. 나 배 터진다. 실밥 터져!

제3부

S#1. 병원 복도 낮.

간호사, 엄마의 병실로 들어간다.

S#2. 병실 안.

간호사, 임마의(침대에 앉아 있다) 팔에서 항암 치료제 주삿바늘을 빼고 있다.

근덕댁 그거 왜 빼요? 치료 다 끝났어요? 이상하다, 안 끝난 거 같은데....
간호사 (엄마에게) 오늘은 간밤처럼 어지럽거나 떨리거나 그렇지 않으시죠?
엄 마 (이상하다) 네, 에.
근덕댁 (간호사에게) 어젠 우리 형님 왜 그런 거예요?
간호사 (어색하게 웃으며 나가고)
근덕댁 (가는 간호사 뒤에 대고) 병원 사람들은 잘나, 그러나. 어째 묻는 말에 대답들을 안 한대....

근덕댁, 식판을 엄마의 무릎에 놔주며.

근덕댁　고모부가 오셔야 퇴원을 언제 할지, 상태가 어떤지 속 시원히 알 텐데. 바람이 나셨나, 요즘 어째 통 안 오시네요.

엄 마　(서운한 마음) 그새 지겹나 보지. 무심한 인간. 지 여편네가 아픈지 어떤지 궁금치도 않지. 벌써 몇 날을 안 와.

근덕댁　남자들은 다 그래요. 그저 지들만 알지. 난 가끔 그런 생각이 들어요. 아마 남자들이 여자처럼 멘스를 했으면 하루걸러 한 번씩 전쟁이 났을 거예요. 그게 얼마나 아퍼요. 그걸 못 참아, 괜히 여기저기 총질만 해댈 거라구요. 으이그, 징그런 족속들. (하며, 식판에 담긴 식기의 뚜껑을 열어주고)

엄 마　(서운한 얼굴로 창가를 보고)

S#3.　병원 앞, 작은 공원.

정철, 담배를 몇 모금 안 빨고 컵 안에 넣고 가래침을 모아 뱉어 불을 끄며.

윤 박사　... 애들한테 말하세요.

정 철　(사납게 보면)

윤 박사　(외면하며) 정 선배 맘 알아요. 기적두 있을 수 있을 거예요. 나두 그렇게 믿구 싶어요. 하지만 기적이 일어날 때 일어나더라도 현재까지의 상황이 어떤지는 연수, 정수한테 그리고 언니한테도 말해야 된다고 생각해요.

정 철　(거칠게) 뭘? 뭘 말해?!

윤 박사　(어렵게) 시간... 없어요.

정 철　(일어나며) 시간 많아. 죽는 데, 무슨 시간이 필요해. 저승에 옷가지를 싸 갈 거야, 집을 져 나를 거야? 죽는 데 1분도 안 걸리구, 장사 치르는 데 3일이면 돼. 아직 시간 많아. (가려 하면)

윤 박사　(막아서며, 안타깝게) 정 선배.

시간 경과.

정철과 윤 박사, 둘 다 담배를 피우며 얘기하고 있다.

윤 박사 (정철을 보지 않고) 가끔 죽음을 앞둔 환자들을 보면서 난 그런 생각을 해요. 저들은 행복하다. 저들의 가족은 행복하다.

정 철 (보면)

윤 박사 난 가끔 사형을 앞둔 사형수에게도 그런 생각을 가져요. 저 사람은 행복하다.

정 철 무슨 소리야?

윤 박사 (정철을 보며) 그들에겐 삶을 정리할 기회가 주어진단 얘기예요.

정 철 (보고)

윤 박사 사형 선고가 주어진 환자와 가족들은 엄청난 고통의 대가로 건강한 사람들은 결코 누리지 못하는 삶의 정리 기간을 가져요. 미안해했던 사람에겐 미안하단 말할 기회를 갖고, 마저 사랑하지 못한 사람에겐 사랑한다는 말을 할 수 있는 기회를 갖죠. 연수와 정수한테 그 말을 할 기회를 주세요. 그리고 언니한테도 삶을 정리할 시간을 주세요.

정 철 (그 말에 공감하지만, 외면하며)

윤 박사 그 기회마저 선배가 빼앗을 순 없어요. 원망 사실 거예요.

정 철 (맘에 없는 소리) 상관없어, 맘껏, 맘껏 원망하라고 해! 그깟 것 하나 안 무서워. (가고)

윤 박사 (안타깝다, 한숨 쉬고)

S#4. 택시 안, 오후.

정철, 차 창가를 보며 윤 박사가 한 말들을 골똘히 생각하고 있다.

S#5. 백화점 지하 작업장.

여러 인부들, 일을 하고 있다.
인철, 넓은 판자에 그려진 그림들을 전기톱으로 자르고 있다. 기계 소리 요란하다.
그때, 연수 와서 인철을 툭 치고, 인철, 기계 끄고, 연수 보고.

연수　(돈 봉투를 주며) 간식대예요.

인철　(받아서 뒷주머니에 찔러 넣고, 다시 일을 하려고 하면서) 미스 김은 어디 가구, 니가 가져오니?

연수　제가 대신 전해준다고 자진했어요.

인철　?

S#6. 작업장 다른 쪽.

인철, 연수, 짐 더미에 앉아서 얘기를 하고 있다.

연수　선배를 잃고 싶지 않아요.

인철　(고개 숙이고) ....

연수　하지만....

인철　?

연수　... 사랑하진 않아요.

인철　...

연수　선밴 내게 그림자 같은 사람이에요.

인철　... 그 사람 만나면 편하니?

연수　... 네.

인철　(웃으며) 밥 먹을 때, 내 앞에서처럼 편하게 먹을 수 있어? 김치 찢어가면서 말이야.

연수　....

인철　(애써 웃으며) 올라가봐라.

연수　....

인철　내가 심하게 말한 거 잊어버려. 쓸데없는 시기였다.

연수　(일어나면)

인철　(손을 잡고)

연수　(보면)

인철　(어렵게) 다치지 마라.

연수　(보고)

S#7.　엘리베이터 안.

연수, 혼자 타고 있다. 무언가 골똘히 생각하고 있는 표정이다.
그때, 엘리베이터 문 열리고, 연수 고개 들고.

S#8.　백화점 커피숍.

연수와 영석, 차를 마시며 얘기하고 있다.

영석　엄마 간호한다고 얼굴이 많이 까칠하다.
연수　간호는 무슨. 퇴근하고 가면 얼굴이나 잠깐 보고 오는 게 고작인데. 근데 거긴 왜 그래요? 부인 없는 태가 왜 그렇게 나요? 넥타이도 구겨지고... 부인 언제 와요?
영석　(웃고) ... 언제 퇴원하셔?
연수　잘 모르겠어요.
영석　무슨 소리야?
연수　(외면하며) 아버지 성격이 원래 그래요. 말씀을 잘 안 하세요. (보고 웃으며) 거긴 참 자상해요. 그게 좋아요.
영석　(작게 웃으며) 담당 의사한테 묻지?
연수　퇴근하고 가면 뵐 수가 있어야죠.
영석　항암 치료가 고통스럽다던데, 어머닌 잘 견뎌내시는 거 같아?
연수　그러신 거 같아요. 심한 차멀미 증상 같은 게 나타난다던데 구토도 없고, 머리숱도 여전하세요.
영석　다행이네. 오늘 밤에두 가지?
연수　네.
영석　(차를 마시며) 어머니가 빨리 완쾌되시는 게 여러모로 좋을 것 같다. 니 얼굴 잊어먹겠어.

연수　(작게 웃고)

S#9. 비상구 계단.

영석과 연수, 계단에 선 채로 부둥켜안고 있다.
영석, 연수에게 입을 맞추려 하면,
연수, 손으로 영석의 입을 막고, 한 계단 밑으로 내려와 벽에 몸을 기대고 자기 발끝을 보고 있다.

영석　....
연수　(남 말하듯) 자꾸 욕심이 생겨요. 처음엔 당신을 보는 것만으로도 참 좋았어요. 아, 저 사람 눈은 저렇게 생겼구나. 아, 저 사람은 저렇게 말하는구나. 그렇게 하나하나 작은 것을 알아가는 게 기뻤어요. 그러다, 당신 손을 잡았는데 (작게 웃고) 그때부터 문제였던 거 같아요. 당신을 보면 자꾸 손만 잡고 싶었어요. 그리고 이젠 자꾸 안고만 싶어요. 그래서 그래요. 입 맞추게 되면, 자꾸 입 맞추고 싶고, 아마 그다음엔 자고 싶어질 거예요. 그러다 혼자 자는 게 싫어지고, 당신 보내는 게 싫어지고, (영석을 보고 웃으며) 그러면 당신 힘들어지잖아요.
영석　(다가가, 손으로 연수의 얼굴을 만지고)
연수　(외면하며 웃지만, 눈가는 붉다)
영석　(맘 아프게 보고)
연수　(보는데)

그때, 주머니 속의 휴대폰이 울린다.
연수, 웃으며 휴대폰을 꺼내 영석에게 보이며.

연수　무슨 말을 해야 되나 걱정했는데, 때맞춰 잘 오네요.
영석　(웃고)
연수　(휴대폰을 켜서 귀에 대는데)

S#10. 백화점 정문 앞.

정철, 디스플레이 된 진열장을 보며 있다. 연수가 기특한 마음이 든다.
그때, 연수, 뛰어와 정철을 찾으며 두리번거리다 발견하곤 정철 뒤로 가서.

연수 아버지?
정철 (고개 돌리고)

S#11. 공원, 황혼 무렵.

정철과 연수, 벤치에 앉아 있다.
그 앞을 사람들, 분주하게 걸어가고 있다.

정철 (앞만 보며) 연수야.
연수 ?
정철 (담배를 피워 물고, 심호흡을 하고는, 결심이 선 듯) 니, 엄마....
연수 ?
정철 (아픔을 참고, 남 일처럼 단숨에) 니 엄마 아무래도 오래 못 살 것 같다.
연수 !
정철 죽을 것 같어.
연수 (눈가가 부르르 떨리며) 무슨 말씀이세요?
정철 말한 그대로다. 오래 못 살고 죽을 것 같다.
연수 (아버지를 제 쪽으로 돌려세우며, 입가를 심하게 떨며, 그러나 진정하려고 애쓰면서) 무슨 말씀이냐구요, 그게? 수술했는데.... 무슨 말씀이세요?
정철 (눈가가 붉어져, 연수를 외면하며) 수술 못 했다.
연수 (무슨 말인지 하나도 모르겠다) ...!
정철 수술 못 했어. 수술할 수 없었다.
연수 (기도 안 찬다는 얼굴이다, 나오는 눈물을 참기 위해 하늘 위로 고개를 돌리며) 아버지 말씀, 나 무슨 말인지 하나도 모르겠어요. (큰소리를 내려다, 가까

스로 진정하며) 그래요, 그렇다고 해요. 그럼 얼마나 사실 수 있는 거예요?

정 철 (눈물을 참고, 이를 앙다물고, 역시 외면하고) 한 달... 두 달... 나두 잘 모르겠다.

연 수 (그런 정철을 원망하는 마음이 가득한 눈으로 보며, 기도 안 찬다) .. 어떻게 그럴 수가 있어요. 아버지가 의사신데, 어떻게 그 지경까지 갈 수가 있어요? (버럭) 아버지, 의사시잖아요!

S#12. 카페, 밤.

윤 박사와 연수, 차를 마시고 있다.

연 수 (당돌하게) 전, 아버지 안 믿어요.

윤 박사 !

연 수 아버진 의료 사고를 내 멀쩡한 사람을 죽인 적도 있어요. 그 때문에 병원이 넘어가고, 할머니가 정신을 놓고, 불같은 아버지 성질 무서워 가뜩이나 기 못 펴고 살던 엄마랑 우리는 더 힘들어졌어요. 아버진 의사로서도, 아들로서도, 남편으로서도, 아버지로서도 실패한 사람이에요. 그런 사람 말을 곧이곧대로 믿고, 덩달아 포기할 순 없어요.

윤 박사 (단호하게) 그렇게 말하지 마. 그건 어쩔 수 없는 의료 사고였어.

연 수 어쩔 수 없는 상황이 아버지한테만 있었던 건 아니에요.

윤 박사 그 환자는 급성 위궤양으로 아버질 찾았어. 큰 병원으로 옮기기엔 이미 늦은 상태였고, 수술은 성공적이었어.

연 수 그런데 환자가 깨어나지 못했죠. 간이 나빴죠. 명의라는 명성에 대한 욕심 때문에 무리하게 수술하셨던 거예요.

윤 박사 아니. 그 당시엔 간의 상태보다 위의 상태가 더 급하다는 판단 때문이었어. 그 환잔 아버지가 수술 안 했다면 길거리에서 객사했을 거야. 단 한 번의 희망도 갖지 못하고.

연 수 전 지금 엄마 얘길 묻고 있어요. 아버지의 의견이 아닌 아줌마 의견을 듣고 싶어요.

S#13. 거리, 공원.

연수, 벤치에 앉아 있고,
윤 박사, 커피를 가지고 와서 앉아 연수에게 커피를 주고.

윤 박사 ... 마음의 준비, 해라.

연 수 (눈가가 붉어져) 무슨 이유로 그렇게 단언하세요?

윤 박사 ....

연 수 (입가가 부르르 떨리며) 수술 전에 뭐라고 하셨어요? 초기라구 했죠? 수술하면 깨끗하다고 했죠?

윤 박사 (찻잔을 만지며, 어렵게) 처음 수술에 들어갈 때도 기대는 없었어. 암세포가 이미 임파선을 타고 다른 데로 전이된 상태였어. 큰 것만이라도 떼려고 개복을 한 거야.

연 수 (울지 않으려 눈을 더욱 크게 뜨며) 그런데요?

윤 박사 할 수 없었어. 장기에 암세포가 엉겨 손을 못 댈 지경이었어.

연 수 (증오스런 눈빛으로) 그래서요?

윤 박사 (맘이 아프다) 손도 못 댔어. 간을, 위를, 허파를 모두 도려낼 순 없었어.

연 수 (버럭) 그래두, 해봤어야죠! 박사가 서너 명이나 붙었으면서 살려냈어야죠. (진정하며) 믿을 수 없어요. 어떻게 우리가, 엄마가 그렇게 될 때까지 모를 수가 있어요. 자식인데, 남편인데.

윤 박사 (맘 아프게 보며, 그러나 차분하게) 그게 암이야. 발견하기 전엔 모르고, 발견하면 늦고, 그게 암이야.

연 수 (고개를 저으며) 아니요, 난 안 믿을래요. (눈물을 닦고, 모질게) 아줌마두 장 박사 아저씨두, 아버지두 모두 욕심 없는 분들인 거 알아요. 그래서 포기가 더 쉬웠겠죠. 전 안 그래요. 포기 안 할 거예요.

윤 박사 (단호하게) 포기해야 돼.

연 수 (단호하게) 안 해요, 자식이 어떻게 엄말 포기해요? 아줌마 같으면, 아줌마 부모라면 포기하시겠어요?

윤 박사 (어렵게) ... 옆에서 포기하지 않으면 엄마가 더 힘들 거야.

연 수 (무섭게 윤 박사를 보며) 아버지가 포기하자고 아줌말 설득했죠? 부딪혀 싸우기보단 피하는 데 능한 분이니깐 분명 그러셨을 거예요. 전 포기 안 해요. 엄마 포기한 아버질 용서하지 않을 거예요.

윤 박사 내 말 잘 들어. 우린, 장 박사님과 나는 아주 오래전에 포기했어. 아버진 지금 포기하신 거야.

연수 !

윤 박사 분명히 말하지만 가능성이 있는데 손을 놓는 게 아니야. 엄마의 고통을 줄이는 방법으로 포기를 택한 거야. 이제 우리가 엄마한테 해줄 수 있는 게 그것밖엔 없어서야.

연수 !

S#14. 차 안.

연수, 운전석에 앉아 눈물이 그렁해 앞만 보고 있다.

연수 전 이제 어떡해야 하죠?

윤 박사 글쎄, 나 같으면 어떻게 했을까?

연수 (눈물이 그렁해, 보며)

윤 박사 난 부모님이 차 사고로 한순간에 돌아가셨어. 장사 치를 땐 모르겠더니, 묻고 집에 오니까, 그때부터 눈물이 나대. 그게 꼬박 1년을 넘게 갔어. 밥을 먹다가, 일을 하다가, 잠을 자다가 그렇게 아무 데서나 눈물이 났어. 받은 건 태산인데 해드린 건 하나 없는 내가 미워 눈물이 나더라구. 넌 그러지 마. 니가 받은 만큼, 받은 거에 만 분지 일이라도 돌려드려. 할 수 있는 건 다 해. 밥두, 빨래두, 세수두 시켜드려. 네가 어른이란 걸 알려드려. 니 걱정 때문에 가시는 발걸음 무겁게 하지 말구.

연수 (눈물 참으며) 전요, 아줌마, 아무것도 모르겠어요. 사람은 다 한 번은 죽는데, 우리 엄마가 죽게 될 줄은 정말 몰랐고, 딸들은 다 도둑년이라는데 제가 이렇게 나쁜 년인지 전 몰랐어요. 지금 이 순간두 난 엄마가 얼마나 아플까보다는 엄마가 안 계시면 나는 어쩌나 그 생각밖에 안 들어요. 엄마가 없는데, 어떻게 살까? 어떻게 살까? 그 생각밖엔 안 들어요. 나 어떡해요, 아줌마!

윤 박사 (연수를 애처롭게 보고)

연수 (눈물을 흘리며, 숨을 몰아쉬면서) 나 어떡해요, 나 어떡해!

S#15. 집으로 가는 길, 깊은 밤.

정철, 과일 봉지를 들고 술에 만취해 비틀비틀 걸어가고 있다.

정철 (혀가 잔뜩 꼬여, 자조적인 혼잣말을 하며 간다) 개새끼, 죽일 새끼, 니가 무슨 의사야, 이 개새끼. 암 걸린 여편네한테 뭐 약이나 사 먹으라고, 이 나쁜 새끼.

그렇게 욕을 하며 가다가, 전봇대를 보곤 바지춤을 끌러 용변을 본다. 그러면서도 자신에게 하는 욕은 멈추지 않고, 그때, 방범, 먼 데서 정철을 보고 소리친다.

방범 당신 뭐해, 거기서!

정철, 술 취해 침까지 질질 흘리며 소리 나는 데로 고개 돌리다 봉지 놓치고, 그 바람에 봉지 안에 있던 사과며, 연시 굴러가고, 정철, 그걸 그냥 보고.

S#16. 번화한 길가.

정수, 마구 뛰어가고 있다.

S#17. 파출소 안.

바닥에 대자로 누워 있는 걸인 같은 사람을 '일어나, 일어나' 하며 바로 세우려는 경찰 보이고,
정철, 한쪽 구석진 의자에 고개를 푹 숙이고 앉아 바보(?)처럼 사방을 두리

번거리고 있다.
그때, 정수, 파출소 문을 벌컥 열고 들어오고, 정철, 정수 쪽을 보면, 정수, 속상한 얼굴로 정철 보고.

S#18. 길거리.

정수, 정철을 부축하며 걷고 있다.

정철 (뿌리치며, 큰소리) 놔, 이누무 자식아!
정수 (짜증) 왜 그래요, 챙피하게 정말!
정철 뭐? 챙피해?
정수 (주위를 둘러보고, 정철의 팔을 잡으며) 가요.
정철 애비가 챙피해? (정수의 등짝을 후려치며) 챙피해?
정수 (몸을 빼며, 열 받아) 정말, 왜 그러세요. 갈수록. (정철의 어깻죽지에 거칠게 팔을 끼며, 버럭) 가만 좀 계세요!
정철 이 자식이 어디서 소릴 질러, 애비한테! (하며, 정수 뒤통수를 냅다 치고)
정수 (열 받아) 에이! (하며, 정철에게서 떨어져 남처럼 보면)
정철 (정수를 잡으려다가 넘어지고)

행인들 지나가며 힐끗거리며 정철 보고,
정수, 한심하게 정철 보고, 다시 짜증 난 얼굴로 한숨 쉰다.

S#19. 할머니 방.

할머니, 옷장에서 옷가지들을 계속 꺼내고 있고,
연수, 그 옆에서 울다 지쳐 넋이 나간 얼굴로 쪼그려 앉아 있다.
할머니, 옷가지들을 계속 꺼내다, 연수에게 얼굴을 바짝 갖다 대며.

할머니 (웃는 얼굴로) 아줌마, 왜 그러고 있어? 아줌만 짐 안 싸?

연 수　(그 말이 들리는지 마는지 가만있고) ....

할머니　(커다란 가방에 옷을 챙기며, 신이 나) 우리 빨리 가자. 우리 엄마가 보기보다 성질이 드러워서 약속 시간 늦으면 난리 나, 아줌마도 빨리 짐 챙겨, 가게.

연 수　....

할머니　(다시 코앞에 얼굴을 들이밀며) 아줌마, 안 가? 아줌마가 길 아는데, 같이 가야지. 가자. 응?

연 수　....

S#20. 정철 병원 전경, 낮.

원 장　(E) 이리로 좀 앉으세요.

S#21. 원장실.

젊은 원장, 제자리에 앉아 있고,
정철, 잔뜩 기죽은 모습으로 소파에 앉아 있다.

원 장　정 박사님이 그동안 고생하신 건 아는데, 워낙 박사님 환자가 적어서....

정 철　(모멸감이 드는) ....

원 장　경영상 문제가 많습니다.

정 철　(터져 나오는 화를 참으며, 앞만 보며) 김 원장, 나... 부탁 하나 합시다.

원 장　....

정 철　여편네가 곧 죽을 것 같은데, 그때까지만 어떻게 안 되겠소?

원 장　(난감한 표정 지으며) 대한병원 송 박사님이 낼모레부터 오시기로 했습니다.... 방이 없네요.

정 철　(눈을 질끈 감았다 다시 뜨며) 그럼, 수위실 옆에서라도 있게 해주시오. 한 달만... 그렇게 있게 해주시오. 더는 바라지 않으리다.

원 장　(할 말 없고) ....

S#22. 원장실 밖 복도.

정철, 문을 닫고 나오며 눈가가 붉어져 이를 앙다물고 복도를 걸어간다.

S#23. 정철의 진료실.

정철, 작은 박스에 책상에 놓인 집기들을 하나둘 챙기고 있다. 눈가가 벌겋게 충혈되었다. 처참한 기분이다.
그때, 윤 박사, 문을 열고 들어서다 정철이 하는 양을 보고, 가슴이 철렁한다.

윤 박사 (문을 닫고, 그 문에 기대, 차마 못 보고) ....
정 철 (짐을 챙기며) 무능한 인간은 뭘 해두 태가 나네.
윤 박사 (보면) ....
정 철 (단숨에) 이 짐 니 방에 좀 놓자, 며칠이면 돼. 그래줄 수 있지?
윤 박사 (눈가가 붉어져, 고개를 끄덕인다) ....
정 철 애들하고 마누라 볼 면목이 안 선다.
윤 박사 (애처롭게 보고)
정 철 (짐을 챙기다, 눈물이 나오려는 걸 참고) 윤아....
윤 박사 ....
정 철 (짐을 챙기며) 집에 말하지 마라.
윤 박사 ... 네.
정 철 (이를 앙다물고 짐을 마저 챙기는)
윤 박사 (그런 정철을 보며 맘 아프고)

S#24. 백화점 정문 앞, 저녁.

연수, 문을 열고 나와 가는데,
인철, 급한 걸음으로 뛰어나와 연수의 어깨를 잡아 돌려세우며.

인철　(걱정스레) 별안간 웬 휴가계야?
연수　몸이 안 좋아요, 무리했나 봐요.
인철　정말 별일 없는 거야?
연수　네.
인철　....
연수　(돌아서며) ... 저, 가요. (가고)
인철　(가는 연수 오래 보고)

S#25. 병실 복도, 밤.

연수, 엄마 병실의 문을 열려다 차마 못 열고 돌아서서 간다.

S#26. 병원 밖, 공중전화 박스 안.

연수, 전화를 하고 있다.

S#27. 영석의 집 안.

영석, 아이들과 서로 레슬링을 하는지 요란하고,
부인, 주방에서 저녁 준비를 하고 있다. 그때, 전화벨이 울리고.

부인　장난 그만하고 전화 좀 받아요.
영석　(달려드는 아이들을 떼어내며, 전화를 들며) 그만, 그만, 전화 받고. 전화 받는데 그러면 반칙이야. 저리 가 있어.

부인, 웃고,
아이들, 멀찍이 떨어져 있고.

영 석 (웃음기 가득한 목소리) 여보세요?

S#28. 공중전화 박스 안.

연 수 저예요.

영 석 (E, 어색하게) 어... 잠깐만 기다려. (아내에게) 나, 회사에서 급한 전화 왔거든, 서재 가서 받을게. 부르지 마.

잠시 후, 문 닫는 소리 나고.

영 석 (E) 여보세요.

연 수 (의지하고 싶은 마음에 눈물이 그렁하다) 네.

영 석 (E) 그동안 왜 연락이 없었니?

연 수 걱정했어요?

영 석 (E) 그럼.

연 수 여기 우리 엄마 병원인데... 잠깐 나올 수 없어요?

영 석 (E) ... 어떡하지. 아내가 왔어.

연 수 잠깐이면 돼요.

영 석 (E) 미안해, 나갈 수 없어.

연 수 (어렵게) 나 지금 아주 힘들어요.

부 인 (E) 여보, 식사하셔야죠.

영 석 (E) 아내 있을 땐 이러지 마. 내가 낼 전화할게. (전화 끊고)

연수, 서운한 맘에 눈물이 그렁해 전화기를 놓고, 전화박스 안을 나와 엄마 병실 쪽을 본다.

들어갈 자신이 없다.

그때, 근덕이 탄 택시, 병원 앞에 멈춰 서고,

연수, 그걸 모르고 되돌아간다.

S#29. 경비실 앞.

근덕, 평상복 차림으로 껌을 질겅질겅 씹으며.

근 덕 (건방지게) 아저씨, 병문안 왔는데, 외과 병동이 어디에요?

S#30. 병실.

엄마, 창가로 고개 돌리고 있고,
근덕댁, 근덕, 응접탁자에 앉아 있다.
근덕댁, 눈치를 보며 과일을 깎고 있다.
근덕, 의자에 앉아 성질 돋은 얼굴로.

근 덕 그래서 안 준다고?
엄 마 그래, 못 줘.

근덕, 열 받은 얼굴로 일어나 주위를 한 번 둘러보다가 근덕댁이 깎아놓은 과일 접시를 들어 냅다 문 쪽으로 던져버린다. 접시, 요란한 소리를 내며 박살이 나고.

근덕댁 (맞을까 싶어, 몸을 잔뜩 웅크리고, 엄마한테 달려들지 못하게 근덕의 허리를 안으며) 여보.
엄 마 (태연을 가장해, 계속 창밖을 보며 말없고)
근 덕 (덤빌 듯이) 왜 안 줘. (버럭) 내 마누라, 한 달 동안 종처럼 부려먹고, 단돈 백만 원두 못 줘?
엄 마 (화나) 못 줘!
근 덕 거저 달라는 것두 아니구, 개처럼 부린 품삯 달라는데 그걸 못 줘?
엄 마 니놈한텐 일 원 한 푼 못 줘.
근 덕 내놔!

엄 마　(사납게 보면)

근 덕　그러는 거 아냐. 돈푼깨나 만지고 산다고, 동생 알기를 된장 항아리에 박힌 짠지 정도로 아나 본데, 벌 받아. 지금 아프지, 그거 다 벌 받은 거야, 알기나 알어?!

근덕댁　당신 그러면 안 돼. 무슨 그런 말을 해!

근 덕　(버럭) 넌 가만있어, 이 기집애야!

엄 마　(악에 받쳐) 무슨 벌을 받어, 이놈아. 내가 뭘 잘못하구 살어, 벌을 받어, 이 놈아!

근 덕　나 어리다구 우리 집 재산 빼돌려, 남편 병원 졌지? 그리구선 내가 운수업 좀 한다구 했을 때, 두 사람 어쨌어? 단돈 천만 원, 그게 전부였어.

엄 마　(부들부들 떨며) 이눔이, 터진 입이라구.... 하늘이 알고, 땅이 알어, 이눔아. 아버지 재산 니놈이, 이 사업한다고 다 퍼가고, 저 사업한다고 퍼가고, 밑바닥 똥창까지 박박 긁어가 다 퍼 쓰고, 이제 와 누구한테 행패야, 이놈아!

근 덕　(열 받아, 응접탁자를 발로 걷어차 넘어뜨리고) 내가 얼마나 써서? 만석지기 재산이 그렇게 쉽게 끝나? 좋아! 나 당신하구 연 끊은 사람이야. 두말하기 싫어. 내 여편네 데려갈 테니까 그리 알어. (근덕댁을 잡아끌며) 가, 이년아!

근덕댁, 안 가려고 몸을 빼며.

근덕댁　형님 아퍼요. 이러지 마. 맨날 신세만 지다 이제야 갚는구만, 당신 이러면 안 돼!

근 덕　무슨 신세? 무슨 염병할 신셀 졌어, 내가!

근덕댁　뭐 한다고 천만 원, 뭐 한다고 오백만 원, 번번이 안 그랬어?

근 덕　주둥아리 닥쳐, 따라와!

그때, 엄마, 침대 밑에 있던 봉투를 근덕에게 던진다.
봉투, 근덕의 발아래 떨어지고,
근덕, 그걸 주워 열어보면 수표와 만 원권이 가득하다. 근덕, 엄마 보고.

엄 마　(창가를 보며, 눈물을 모질게 닦고) 니 마누라 두구 가.

근덕댁　(근덕 손에 든 봉투를 뺏으려 하며) 안 돼요, 그거. 그 돈이 어떤 돈인데, 언니 진료비 낼 거예요. 어서 줘요, 어서!

근덕, 빼기지 않고 문을 열고 나가고,
근덕댁, 따라 나가고.

엄 마 (창밖을 넋 놓고 보고)
근덕댁 (E) 또 도박하러 가지, 이 인간아! 손모가지를 잘라버릴 거야, 내가!

S#31. 장 박사 진찰실.

정철, 장 박사와 얘기 나누고 있다.

장 박사 너두 알다시피 환자가 치료제를 쓰고도 아무런 고통을 느끼지 못한다는 건, 치료제가 환자의 몸 안에서 전혀 도움을 못 주고 있다는 얘기야. 평범한 사람들 같으면 머리 안 빠지고, 구토도 없으니까 좋아라 하겠지만 의사 입장에선 그게 아니지.... 치료 중단하자.
정 철 검사 결과 나왔니?
장 박사 백혈구 수가 많이 떨어졌어.
정 철 그냥 치료 계속해.
장 박사 벌써 지시했어. 오늘 저녁부터 치료 중단이야.
정 철 (쏘아보며) 왜 그랬어? 니 맘대로 누가 그러래?
장 박사 어제 인희 씨가 어지럽다고 해서 갔었어. 약 효과가 나나 했는데, 아니었어. 경미하긴 했지만 치료제 쇼크였어. 이미 위에도 전이가 많이 됐어.
정 철 !
장 박사 벼룩 잡으려다 초가삼간 다 태운다고, 지금 상태에선 쇼크가 더 무서워. 낼 모레로 퇴원 수속 마쳐놓을게.
정 철 (한숨만 끙 하고 쉬고)

S#32. 병실.

엄마, 한숨 쉬고 앉았고,
근덕댁, 훌쩍이며 어질러진 물건들을 치우고.

근덕댁 누굴 닮아 저렇게 염치가 바닥일까. 어떡해요. 고모부가 아시면 또 난리 날 텐데....

엄 마 (한탄스런, 혼잣말) 설마 동생 그 돈 줬다고 날 죽이겠어, 살리겠어. 으이구 드런 팔자. 단돈 몇백을 제 요량대로 쓰지 못하고 벌벌 떨고. 으이구 치사스런 내 팔자.

그때, 정철, 들어서고,
근덕댁, 보고 놀라 딸꾹대고.

시간 경과.

엄마, 침대에 앉아 얘기하고,
정철, 의자에 앉아 담배 피우고.

엄 마 (싸울 기세로) 줬어요, 왜요? 나는 그깟 돈도 내 맘대로 못 써요? 평생 호사는 고사하구라도, 응, 사람이 배를 가르고 누워 있으면 하루 한 번은 몰라도 이틀에 한 번은 들여라도 봐야지. 어떻게 사람들이 그리 무심해. 딸년을 키우면 뭐할 거고, 아들놈을 키우면 뭐할 거고, 서방이 있으면 뭐할 거야. 남들이 보면 뭐라 그러겠어, 응? 집 쫓겨난 성질 사나운 중늙은이로밖에 더 보겠어, 나쁜 사람들. 그저 날 부려 처먹을 궁리만 하지, 딴생각은 없는 사람들이라니까.

정 철 (큰소리) 그만해라.

엄 마 소리 더 질러요, 소리 더 질러. 누가 무서워. 내가 당신한테 이렇게 무심했어 봐, 당신은 멸치 볶듯이 날 볶았을 거네.

정 철 (한풀 꺾여) ... 듣기 싫다, 그만해.

엄 마 ....

정 철 그래, 돈은 있어? 낼모레 퇴원인데.

엄마　(미안하지만, 부러) 살림하는 사람이 그만한 돈 없을까 봐.
정철　그럼 됐어.
엄마　(한시름 놓고) ....

S#33. 병원 복도.

근덕댁, 엿듣다가 '후유' 하고 한숨 쉬는데,
그때, 간호사, 약봉지를 가지고 병실로 들어서기 위해 오면,
근덕댁, '이크' 하고 놀라고.

S#34. 병실.

간호사 나가고,
엄마, 약봉지를 뜯으면,
정철, 의자에 앉아 있다.
근덕댁(정철의 눈치를 보며), 일어나 물 따라주고.

엄마　(약봉지를 뜯어, 입에 넣으려다가 뭔가 이상한지 안에 든 알약들을 모두 손에 쏟아 본다)
정철　(엄마를 보고) ....
엄마　이상하네. 빨간 약이 두 알 안 보이네.
정철　!
엄마　이거 내 약 아닌 거 같으네.
정철　어디 봐. (일어나, 엄마 손을 잡아, 그 안에 든 약을 보며) 맞아. 당신 거야. (하고, 의자에 앉으려 하는데)
엄마　(침대에서 내려와 밖으로 나가려 하며) 바꿔 와야 되겠네. 내 약 아니야, 이거.
정철　앉아. 어딜 가!
엄마　빨간 약이 항암제라며? 그게 안 들었는데, 어떻게 내 약이야. 아침나절까지만 해두 그 약을 먹었는데.

근덕댁 맞아요. 그 약 있었어요.

엄마, 그사이, 문으로 가고.

정 철 (엄마를 잡으며, 달래듯) 그 약 당신 약이야. 그거 먹어. 나, 의사야. 내 말 믿구, 먹어.

엄 마 아니라니까. 간호사들이 정신없어 약 잘못 줄 때가 얼마나 많은데.... 그리구 내가 먹는 약을 내가 알지.

정 철 내가 시켰어.

엄 마 ?

정 철 ... 당신 그 약 먹구 어제 힘들었다며.... 그래서 내가 주지 말라고 했어.

엄 마 미쳤나, 이 양반이. 그럼 그 주사약도 당신이 빼라 그랬어요?

정 철 ... 그래.

엄 마 (짜증) 아픈 사람이 힘들어두 약을 먹어야 낫지. 의사란 양반이 어째 그리 생각이 모질랄까. (정철을 밀치며) 저리 가요. 약 타 오게.

S#35. 복도.

엄마, 빠른 걸음으로 간호사들이 있는 곳으로 간다.
정철, 따라 나와 한숨 쉬며 그냥 안으로 들어가려다가 다시 서서 엄마 뒷모습을 보고.

S#36. 간호사들이 있는 곳(?).

간호사1, 2, 차트를 보며 업무를 보고 있다.
그때, 엄마, 와서는 간호사1에게.

엄 마 (미안한 웃음) 저, 아가씨, 나 알지? 나, 장 박사님 환잔데.... 그 양반이 내가 힘들다고 내가 먹는 약을 뺐다네.

간호사1, 2, 서로 무슨 얘긴지 몰라 얼굴만 보고.

엄 마　왜 그 약 빨간 캡슐에 든 거, 항암제. 나 그 약 두 알 줘.

간호사1　(차트를 보며) 약이 취소됐는데요. (눈치를 살피며)

엄 마　알어, 우리 집 양반하구, 장 박사 그 양반하구 친군데... 나 힘들다구 뺐대네. 근데 나 안 힘드니까 그 약 줘, 응? 그 남자들이 철이 없어서 그래. 그 중요한 약을 한 때라도 거르면 쓰겠어, 줘, 응?

그때, 정철 와서는 엄마 팔을 잡고.

정 철　(버럭) 그만 가!

엄 마　(뒤돌며 버럭, 속상해) 놔요! 정말, 왜 그래? 나는 말이야, 한시가 급해 죽겠는데, 당신은 시키지두 않은 괜한 짓을 하구, 정말 늙어갈수록 어째 그렇게 내 속을 썩여요. 하루라도 빨리 나아야 할 거 아냐! 집에 가구 싶다구!

그때, 수간호사 나오고,
간호사1, 2, 그녀 눈치를 보고.

수간호사　무슨 일이세요, 김인희 씨?

엄 마　(반색) 어, 수간호사시구나. 우리 집 양반 알지?

수간호사　네, 알죠.

수간호사, 정철 보고,
정철, 외면하고.

엄 마　그 약 있잖어, 빨간 알약 나 그거 인 받았서는....

수간호사　(웃으며) 아, 네. 이젠 안 아프세요?

엄 마　그럼. (사이) 줄 거지?

수간호사　네, 잠시만 기다리세요.

엄마, 정철을 보고 '으이구' 하고,
잠시 후 수간호사, 빨간 알약 두 개를 가져와 엄마에게 준다.

수간호사 맞죠?
엄 마 (좋아라 하며) 맞네. 고마워요, 갈게요.

엄마, 정철을 보지도 않고 그 약을 보고 병실 쪽으로 가고,
정철, 수간호사를 보면.

수간호사 (그 맘 안다는 듯) 영양제예요.

정철, 가고.

S#37. 병실.

정철, 한쪽 간이침대에서 자고,
근덕댁, 소파에서 쪼그려 자고,
엄마, 창가를 보다가 손목시계를 보고 살며시 일어나 냉장고 문을 열어 그릇에 담겨 있는 밥이며, 반찬 그릇들을 꺼내 품에 안고 조용히 문을 열고 나간다.
정철, 몸을 뒤척이며 자고.

S#38. 복도 전자레인지 앞(수서동 삼성의료원 같은).

엄마, 전자레인지에 반찬 그릇을 넣어 데우고 있다.

엄 마 (구시렁) 신경을 쓸 거나 안 쓸 거나 다 쓰고. 밉상 맞은 할아방탱. 여편네 병문안 오며 그 흔한 깡통 하나 안 사 오고.... 내, 기운만 차려봐라, 한 번 호되게 들었다 놓을라니까.

땡 소리 나며 전자레인지 멈추면,
엄마, 그걸 다른 반찬들과 포개서 품에 안고 간다.

S#39. 병원 비상구.

엄마, 계단에 쪼그려 앉아 그릇 뚜껑을 연다.
그때, 남자 환자 한 명, 담배를 피워 물고 그 옆을 지나가고,
엄마, 민망한 듯 잠시 지나가길 기다렸다가 밥이며, 반찬들을 입이 터져라 우적우적 먹는다. 목이 메는지 가슴팍을 치면서.

S#40. 집 전경, 아침.

S#41. 화장실.

연수, 빨래를 힘들게 하고 있다.

S#42. 안방 문 앞.

할머니, 방문을 닫고 문손잡이를 잡고는 그 앞에 쪼그려 앉으며.

할머니 나쁜 년, 이 밤에 도망가면 내 다리몽둥이를 분지를 테다.

S#43. 안방.

엄마, 죽은 듯 쪼그려 불편하게 잠을 자고 있다.

S#44. 정수의 방.

정수, 침대에 대자로 누워 자고 있다.
연수, 자는 정수를 흔들어 깨우며.

연 수　일어나, 정수야.
정 수　(이불을 뒤집어쓰며) 나둬, 좀.
연 수　(한숨 쉬고)

S#45. 전원주택 앞.

김 소장　어떻게 오늘은 출근을 안 하셨나 봅니다.
정 철　(민망해) 아, 네.
김 소장　사모님이 원하시는 대로 잘 나왔습니다.
정 철　(작게 웃으며) 안에 들어가봐도 될까요?

S#46. 전원주택 안.

가재도구는 없지만 잘 정돈된 실내,
정철, 거실을 둘러보고, 화장실을 열어보고, 안방을 열어보고, 창가로 가서 밖을 내다보면, 신세가 처량해 눈가가 붉어진다.

S#47. 전원주택 앞뜰.

정철, 윗옷을 벗고 땀이 송글송글 맺힌 채 집 앞에 있는 돌들을 골라내고 있다. 한쪽에 골라낸 자갈들이 수북하다. 정철, 열심히 일을 하고.

S#48. 전원주택 안 화장실.

정철, 청소할 때 쓰는 솔로 화장실 이곳저곳을 박박 문질러 닦고, 샤워기로 닦은 오물들을 씻어내고 있다.

S#49. 호프집 안.

정수, 일어나 소리치고 있다.
사람들, 구경하고.

정 수 뭐라 그랬어?
연 수 ....
정 수 엄마가 왜 죽어?! 넌 언제부터 안 거야! 넌 언제부터 안 거야! 누난 언제부터 안 거냐구? 나만... 모른 거야?
연 수 ....
정 수 그런 거야?
연 수 (눈물을 참고, 고갤 모로 돌리며) 엄마두 몰라.
정 수 (입술을 깨물고, 밖으로 뛰쳐나가고)
연 수 (따라 나가며) 정수야, 정수야!

S#50. 호프집 앞.

정수, 나와 뛰어가는데,
연수, 뛰어와 허리를 잡고 늘어지며.

연 수 (울며) 이러면 안 돼. 엄마 생각해서 이러지 마.
정 수 놔!
연 수 이러라구 너한테 말한 거 아냐.

정수　(돌아서서, 연수 어깨를 잡고, 눈물이 그렁해 울며) 넌 내 맘 몰라, 누난 재수도 안 하구, 일류 대학 나오구, 직장두 가서 엄마 용돈두 줘보구, 누난 다 했지? 난 뭐야. 난 아무것도 못 했잖아. 아무것도 해준 게 없잖아. 공부한답시고 별 지랄 같은 유세 다 떨고, 맨날 술만 마시는 것만 보여줬잖아. 난 이대로 못 보내! 누난 보낼 수 있어도, 난 못 보내! (가려 하면)

연수　(허리를 다시 잡고 놓지 않으며) 이러지 마, 정수야.

정수　놔!

연수　(허릴 잡고 울며) 이러지 말자. 이러지 말자.

정수　놔!

연수　더 이상 엄마 힘들게 하지 말자, 우리!

정수　(괴로워하며 주저앉아, 땅바닥을 주먹으로 내리치며, 울고)

S#51. 안방.

엄마, 벽에 기대앉아, 옷 입는 정철을 보며.

엄마　부자가 무슨 깊은 얘기가 있어서 밖에서 만난대.

정철　자.

엄마　... 어째, 나 자꾸 아프네, 여보. 다리며, 팔이며, 전신에 괜한 멍이 자꾸 들구. (퍼런 멍이 든 다리를 내보이며) 이것 봐. 부딪힌 데두 없는데....

정철　(보고, 안타까운 맘을 숨기며) 진통제 먹어.

엄마　(괜히 방바닥을 긁으며) 먹어두 안 나.

정철　(외면하며) 들어와서 주사 맞자. 먹는 것보단 맞는 게 빨라. 나갔다 올게. (나가고)

엄마, 목을 쭉 빼고 열린 문틈 사이로 가는 정철 보고.

S#52. 포장마차 안.

정수　(조금 취해 정철을 보고, 눈물이 그렁해, 애원조) 저, 아버지, 엄마 제 대학 발표 날 때까지만이라도 살게 해주실 수 없어요?

정철　(보고) ....

정수　(흐르는 눈물을 닦고, 차분하게 강조하듯) 아버지 의사시잖아요. 안 되면.... 그래요, 식물인간 상태라도... 숨만 끊어지지 않게 해주세요. 저 아버지를 닮아 욕심 없는 거 아시죠? 더는 안 바래요. 발표 날까지만, 어떻게 해주세요. 저요, 딱 한 번만이라도 엄말 어떻게 해드리고 싶어요. 이대로 돌아가시면요, 저, 엄마, 땅에 안 묻을 거예요. 정말로 안 묻을 거예요.

정철　(정수를 외면하고)

정수　(고갤 푹 숙이고) 저 이번엔 자신 있어요.

정철　?

정수　(고개를 돌려, 정철을 보지 않고) 대학 들어갈 자신 있어요. 지난번처럼 거짓말 아니에요. 이번엔 확실해요. 지난번 그 대학 커트라인 봤는데, 그것보다 제 점수가 20점이나 더 나왔어요. 아버지 제 말이라면 콩으로 메주를 쑨다고 해도 안 믿으시지만 이번엔 진짜예요.

정철　(술을 마시며) 그래.

정수　정말이에요.

정철　(정수를 보며, 고개를 끄덕이면서) 믿는다.

정수　(고개를 떨구고, 물기가 가득한 목소리로) 저, 대학 가면 아르바이트할 거예요.

정철　?

정수　술두 안 마시구, 공부두 열심히 할 거구요. 장학금 받아 학교 다닐 자신 있어요.

정철　(작게 웃는데) ....

정수　(울먹이며) 아버지, 한 번만 기횔 주세요.

정철　(정수의 머리를 가슴에 안고)

정수　(그대로 울며) 전 엄말 그렇게 보내드릴 수가 없어요. 너무 미안해서, 미안해서... 안 돼요. 이렇게는 안 돼요. 미안해서, 죄송해서 안 돼요.

정철　(눈물을 참고 맘 아프고) ....

S#53. 거실, 낮.

연수, 다리미판에서 빨래를 다리고 있다. 다릴 빨래가 수북하다.
엄마, 소파에 쪼그리고 앉아 연수가 일하는 걸 대견하게 보고 있다.
할머니, 소파에 대자로 누워 자고 있고,
정수, 주방 쪽 의자에 앉아 차를 마시며, 엄마를 보고 있다.
그때, 근덕댁, 고추장을 퍼가지고 현관에서 들어오며.

근덕댁 어머머머, 웃기네, 웃겨. 안주인이 아프면 장맛부터 변한다더니, 이 한겨울에 글쎄 고추장이며, 된장이며, 독한 장까지 온팡 하얗게 곰팡이가 일고 말라붙은 구데기가 버글버글한 게 난리두 아니에요, 형님.

엄 마 (놀라, 일어나 다가가 장 그릇을 보며) 무슨 말이니 그게?

근덕댁 (고추장 그릇을 보이며) 이거 보세요. 내가 골라내구, 골라내구 해서 퍼 온 건데, 맛이 완전히 갔어요.

엄 마 (장 그릇을 받아 찍어 먹어보고, 얼굴을 찡그리며) 세상에, 세상에, 이게 웬일이야? 30년 장 담그며 한 번도 이런 적이 없었는데.... 병원 가기 전에두 멀쩡했는데... 뭔 일이니, 이게?

연 수 !

정 수 ?

엄마, 황급히 밖으로 나가고,
근덕댁, 고추장 그릇을 탁자 위에 놓고 신을 신고 따라 나가며.

근덕댁 서리처럼 곰팡이가 하얗게 주저앉았어요. 정말이에요.

연수, 못 들은 척 일하고,
정수, 굳은 얼굴로 일어나 제 방으로 가고.

S#54. 장독대.

인서트 - 된장독 안.

밀가루를 뒤집어쓴 것처럼 하얗고,
엄마, 정신이 아찔해서는 다시 고추장독을 열면.

인서트 - 고추장독 안.

한쪽에 퍼낸 자국이 보이고, 역시 하얗게 곰팡이가 일어났다.
엄마, 가슴이 철렁하다. 그런 엄마의 얼굴 위로.

근덕댁 (생각 없이) 혹시 형님, 몸이 더 나빠지시는 거 아니에요? 안주인이 아프면 펄펄 끓던 장도 순식간에 식는다는데.

S#55. 안방.

연수, 들어온다. 간밤의 이부자리가 그대로 펼쳐져 있다. 연수, 빨래를 바닥에 놓고 이부자리를 정리한 다음, 이불장을 열어, 작은 요와 이불을 꺼내 다시 깔고, 근덕댁 거실로 들어오는 소리 나고.

근덕댁 (E) 정말 희한한 일이죠?
엄 마 (E) 연수야, 아버지 건 놔둬, 엄마가 할게.
연 수 오늘은 제가 할게요. (갠 이불들을 차곡차곡 이불장에 넣는다)

그러고는 옷장 문을 여는데 가슴이 철렁하다. 잘 다려진 와이셔츠가 켜켜이 쌓여 있고, 서랍을 열어보면, 역시 잘 정돈된 양말과 속옷들,
연수, 영석의 안방 장롱 안이 떠오른다.

장면 1. 회상, 제2부 S#39.
깨끗하게 정리되어 있는 장롱 안, 양복이 줄을 서서 걸려 있고, 아래를 보면 와이셔츠가 다려져 차곡차곡 개어져 있다. 연수, 서랍을 하나 빼보면, 정갈하

게 정리된 영석의 속옷과 양말들이 보이고,
다시 서랍 하나를 빼보면, 수건들이 잘 정리되어 있다.

현실.
연수, 장롱 문을 닫으려다가 다시 장롱 문짝에 붙어 있는 넥타이 걸이에 눈이 가고, 영석의 집처럼 역시 매듭이 매어져 걸려 있는 넥타이들이 눈에 들어오고, 연수, 조용히 문을 닫고 그 자리에 주저앉는다.

S#56. 연수네 동네 큰길가, 저녁.

영석의 차가 세워져 있다.
연수, 추운지 스웨터 잔뜩 여미고 나오고 있다.
차 안에 있는 영석, 클랙슨을 울리고, 연수, 클랙슨 소리 난 곳으로 고개 돌리고.

S#57. 한강 고수부지 정도.

영석의 차, 세워져 있다.

S#58. 차 안.

연수, 추운지 의자에 쪼그리고 앉아 창밖을 보고 있다.

영 석 (담배를 피워 물고는 몇 모금 빠는데) ....
연 수 (여전히 영석을 보지 않고) ... 가세요.
영 석 ?
연 수 (눈가가 그렁해지면서) 늦었잖아요.
영 석 어머니가 그렇게 안 좋으신지 몰랐다. 알았다면 그날 무슨 일이 있어도 나갔을 거야.

연수　... 우리, 이제 그만 만나요.

영석　(보면) ....

연수　당신이 나한테 뭘 해줄 수 있어요?

S#59. 차 밖.

영석, 새 담배를 꺼내 다시 불을 붙이고 피우고,
연수, 강가를 보며 서서.

연수　(영석을 보며, 눈가가 붉어져) 매 끼니마다 같이 밥 먹을 수 있어요? 내가 사준 넥타이 떳떳하게 맬 수 있나요? 껌껌한 비상구 이외의 장소에서 날 안을 수 있어요? 사람 많은 곳에서 아는 누군가를 염려해 주위를 두리번거리지 않고 나랑 나란히 서서 갈 수 있어요? 그럴 수 있어요?

영석　!

연수　사랑에도 공식이 있다는 걸 오늘 알았어요. 처녀는 총각을 만날 것, 유부남은 가정만 알 것.

영석　!

연수　(눈가가 그렁하다) 오늘 내 어머니한테서 당신 부인을 봤어요. (외면하며)

영석　!

연수　... 나 잘 살게요. 좋은 남자 만나 우리 엄마처럼, 당신 부인처럼 착하게 살 거예요. 남들에게 자랑할 수 있는 사랑, 할 거예요. 내 남자는 잠버릇이 이렇더라, 나 없이는 양말 한 쪽 못 찾아 신고, 세수하면 옷이 앞섶까지 젖더라, 난 그런 남자가 하루에도 열두 번씩 아프게 보고 싶다.

영석　(아프다, 담배를 깊게 빨고, 눈가가 그렁하다, 아주 어렵게) ... 널 조금만.. 더.. 일찍 만났으면... 좋았겠다.

연수　(눈물을 주룩 흘리며) 우리 인연이... 이거밖엔 되지 않았어요. (입술을 물고)

S#60. 화장실(문 열려진).

엄마, 화장실 변기를 열고 온몸을 바들바들 떨며 그 속에 웩웩하고 헛구역질을 해댄다. 그러다 턱, 하고 숨이 막히고, 이내 웩하고 다시 토해내면 노란 구토물이 한 주먹 나오고, 엄마, 놀라고.

엄 마　(무의식적으로, 안방 쪽에 대고) 여보.

엄마, 가슴 쪽을 보면 입에서 흐른 한 줄기 핏물이 앞섶을 적시고 있다. 엄마, 의식하지도 못하고 눈물을 흘리며, 안방에 대고 소리친다.

엄 마　여보!

S#61. 안방.

정철, 자다가 부스스한 눈으로 일어나 사방을 두리번거린다. 그때, 화장실 쪽에서 '여보' 하는 소리 들리고, 정철, 놀라 일어나 뛰쳐나간다.

S#62. 거실 + 화장실.

정철, 거실을 지나 화장실로 와 등 돌린 엄마를 돌려세우면,
엄마, 다시 웩하고 정철의 앞섶에 피를 토해내고.
정철, 그런 엄마를 보고, 놀라 엄마의 어깨를 잡는다. 그의 눈가며, 온몸이 부르르 떨린다.
엄마, 몸을 사시나무 떨듯 떨며.

엄 마　여보, 나 왜 이래? 수술했는데... 나 왜 이래? 여보....
정 철　(나오는 눈물을 주체 못 하고, 고통스럽게 끌어안고) ....
엄 마　(큰 소리로, 믿어지지 않아) 여보! 나 왜 이래!
정 철　(아무 말도 할 수 없어, 엄마를 더욱 세게 끌어안고) ....

엄마　나 죽나 봐, 그치, 여보! 나 안 낫나 봐, 그치?!

정철　....

엄마　여보, 나 왜 이러니, 여보, 나 아퍼!

정철　(가슴이 찢기는 것처럼 아퍼, 눈물을 철벅하게 흘리며, 아아 하는 신음 소리 밖에 토해내지 못하고)

엄마　(넋이 나가서는) 장이 다 썩었던데... 나 죽지? 나 죽는 거지! (하며, 악을 쓰고 우는데)

S#63. 정수의 방 + 방 앞 + 계단 + 거실 + 화장실 앞.

연수와 정수, 엄마의 울음소리를 듣고 놀라 울음소리가 나는 곳으로 뛰어 내려간다. 연수와 정수, 화장실 밖에서 입가에 피가 범벅된 엄마를 안고 있는 정철을 보고,
연수, 그 자리에 그대로 주저앉으며 넋 나간 얼굴로 눈물을 토하고,
정수, 정철에게 안겨 있는 엄마의 얼굴을 감싸 안으며.

정수　(눈물이 그렁해, 큰 소리) 엄마!

엄마　(넋이 나간 목소리로) 정수야.

정수　(참지 못하고, 눈물을 흘리며, 악을 쓴다) 엄마? 엄마! 엄마, 엄마!....

엄마　(넋이 다 나가 울고) ....

엔딩.

제4부

S#1. 거실 창문 밖, 오후.

카메라, 마당에서 보면,
엄마, 주저앉아 마냥 넋 나간 사람처럼 앉아 있다. 그 눈가로 눈물이 한줄기 주룩 흐른다.

S#2. 커피숍.

정철, 테이블에 있는 전화를 걸고 있다. 길 건너, 다니던 병원 보이고.

정 철 그래, 길 건너 커피숍. 참 어제 부탁한 거 되지? 그래. (전화 끊고)

시간 경과.

정철, 윤 박사와 커피 마시고 있다.

윤 박사 (주머니에서 봉투 꺼내 놓으며) 말씀하신 거예요.
정 철 (주머니에 넣으며) 내년 봄에 집 비우고 잔금 들어오면 줄게.

윤 박사　그러세요. (상자를 앞으로 내밀어 주며) 약이에요.
정 철　그래. (받아서 옆자리에 놓고)
윤 박사　통증이 심하시죠?
정 철　(차를 마시며) 그러네.
윤 박사　....
정 철　(일어나며) 가자.
윤 박사　저녁 식사하고 가세요.
정 철　(웃음) 아니. 나, 가구 시장에 좀 가볼려구 해.
윤 박사　왜요?
정 철　그럴 일이 있어. 그리구 일산두 가야 되구.
윤 박사　?
정 철　우리 이사 갈 집. 나 요즘 거기 다녀. 거기 가면 쓸모없는 나무 할 일이 많아.
윤 박사　?

정철, 카운터로 가고.

S#3.　정류장.

정철, 버스를 기다리고, 윤 박사 배웅하고.

윤 박사　말씀하신 자리 부탁해놨어요.
정 철　(버스 오나 안 오나 그것만 보며, 건성) 그래.

정철, 버스가 오면 타면서.

정 철　약 고맙다.

윤 박사, 고개 끄덕이고,
정철, 버스 타면, 차 떠나고.

S#4. 안방.

엄마, 통장이며 서류들을 잔뜩 꺼내놓고 이것저것 보고 있다.
그때, 근덕댁, 들어오며.

근덕댁 부르셨어요?
엄 마 응. 앉아.
근덕댁 (쭈뼛쭈뼛 앉고)
엄 마 (반을 접은 누런 봉투를 하나 주며) 이거 가지고 집에 가.
근덕댁 (안 받으며, 울상) 왜요? 제가 뭐 잘못했어요?
엄 마 근덕이 놔두고 여기서 살 거야?
근덕댁 요즘은 들어오지두 않아요.
엄 마 들어가. 밀린 일이 태산일 텐데....
근덕댁 (봉투를 밀며) 간호비면 싫어요.
엄 마 나 돈 없어. 돈 아니야. 뭔지는 집에 가서 보구. 어여, 가지고 가.
근덕댁 (훌쩍이며) 제가 있으면 밥이라두 하는데....
엄 마 나 연수가 지어주는 밥 먹을래.
근덕댁 ... 형님 옆에 있고 싶은데....
엄 마 귀찮어. 내 옆에 사람 많어.
근덕댁 (옷섶을 배배 꼬며 훌쩍이고)
엄 마 (눈가가 붉어졌지만, 짐짓 가볍게) 꼭 우리 근덕이 옆에 있어. 그놈이 뭐라 그래두 어디 가지 말구. 꼭 옆에 있어. 지 놈이 젊어 힘이 넘쳐 꽥꽥대긴 해두 늙어봐. 올케한테 미안한 거 알구 잘할걸. 어머니 일찍 돌아가시구 내가 업어 키운 애야, 걔가. 부모 일찍 여의고 정을 못 받고 자라 그렇지, 본성은 나쁜 애가 아니야.
근덕댁 (훌쩍이며) 알아요.
엄 마 울지 마, 다 큰 사람이. (봉투를 근덕댁 손에 쥐여주며) 그리고 이거 근덕이하고 올케만 아는 거야. 아무한테도 말하지 마.
근덕댁 ?
엄 마 더 늦기 전에 어여 가. 나 피곤해, 눕고 싶어.

근덕댁　(쭈뼛쭈뼛 봉투를 받아 들고 일어나 나가고) ....

엄 마　(문 열고 가는 근덕댁 보다, 문 닫히면 방바닥에 옆으로 눕고)

S#5.　근덕의 집으로 가는 길, 밤.

근덕, 기분 좋게 껌을 짝짝 씹으며 침을 퉤 뱉고 길을 오르고 있다.

S#6.　근덕의 안방.

근덕댁, 서류 하나를 펴 들고 벽을 보며 훌쩍대고 있다.
근덕, 문을 들어서서 옷을 벗어 던지며.

근 덕　(짜증) 너 왜 울어? 서방 죽었냐? 왜 처울어? (하다가 웃으며 바지 주머니에서 돈뭉치를 꺼내주며, 장난) 야, 너 이만한 돈 봤냐? 못 봤지?

근덕댁, 아랑곳 않고 계속 훌쩍이고.

근 덕　(자리에 앉아, 근덕댁을 돌려세우며) 돈이라니까... 돈 싫어?

근덕댁, 울다가 갑자기 눈 부릅뜨고 분노에 찬 얼굴로 근덕의 팔뚝을 냅다 물어뜯는다.
근덕, 놀라 '악!' 소리치며 냅다 근덕댁의 등짝을 치고,
근덕댁, 그래도 떨어지지 않고 물어뜯으며.

근 덕　(놀라) 이게 미쳤나, 놔, 아퍼, 임마! (하며, '악!' 소리치면서 다시 근덕댁 등을 냅다 친다)

그제야 근덕댁, 물었던 팔을 놓고 무섭게 눈을 흘긴다.

근 덕　(물린 팔을 다른 한쪽 손으로 감싸 쥐며) 너 돌았니? 왜 그래, 엉?

근덕댁　그래, 나 미쳤다, 미쳤어. 이 인간아! (서류를 근덕에게 던지며, 악을 쓰고 울며) 그게 뭔지 알아?

근덕, 서류를 받아 펴보면 생명보험 증서다. 근덕, 멍한 얼굴로 근덕댁 보면.

근덕댁　니 누나, 곧 죽는대....

근 덕　(멍하고) ?

근덕댁　(악을 쓴다) 그거, 니 누나가 자기 죽으면 너한테 줄려고 식구들 몰래 들어논 거래. 알어?! 이 나쁜 인간아!... 행여, 행여, 니가 그 맘을 알겠다. 행여 니가 알겠어?! 너 같은 인간이 뭘 알어?! (일어나 빗자루를 들고 근덕을 패며) 그것두 갖다 도박해라! 그것두 갖다 도박해! 이 인간아! 그것두 갖다 기집질해, 이 인간아! (패다 주저앉아 울며) 이 짐승만도 못한 인간아! 너 이제 어떻게 살래! 평생 니 누나 등골 빼먹구 살다, 이제 어떻게 살래... 이제 어떻게 살래!

근 덕　(멍하고) ....

S#7.　거실, 아침.

엄마, 추운 듯 몸을 웅크리고 안방에서 문을 열고 나와 거실의 커튼을 치고 주방으로 간다.

S#8.　주방 + 계단 + 거실.

엄마, 쌀을 씻고 있다. 된장국을 끓이려는지 쌀뜨물을 받는다.

장면 1.

엄마, 호박을 썰고 있다. 옆에 감자며 대파가 이미 썰어져 있고,

그때, 연수, 계단을 내려오다 주방에서 나는 도마 소리 듣고 서둘러 주방으로 온다.

연수　(엄마 손목을 잡으며) 놔둬요. 제가 할 테니 쉬세요.

엄마　다쳐. 엄마가 할게.

연수　제가 할게요.

엄마　(짜증) 놔둬라. 내가 벌써 송장 됐어? 왜 다들 사람 움직이는 걸 못 봐?

연수　힘드시잖아요.

엄마　(일하며) 이 정도는 할 수 있어.

연수　(마지못해 식탁으로 가 앉고)

엄마　일 안 나가?

연수　오늘 잠깐 나가봐야 해요.

엄마　(일을 계속하며) 일 나가. 다들 일 그만두고 나 죽기 기다렸다, 나 죽으면 손 빨고 살 거야? 그리고 된장 끓일 때는 쌀뜨물 쓰고. 처음 끓일 때부터 호박 넣으라고 몇 번을 말하디? 다 끓고 넣으면 먹을 때 서걱서걱한 게 그게 무슨 맛이 있어? 모양내다 맛 배려. 된장도 하나 제대로 못 끓이구.... 시집을 어찌 갈란지. (하며, 그냥 안방으로 가고)

연수　(할 말 없고) ....

S#9. 안방.

정철, 이불을 개고 있다.
엄마, 그때 문 열고 들어서서.

엄마　(자리에 앉으며 구시렁) 그렇게 잘하면서 왜 진작 안 했누.

정철, 멋쩍게 이불을 장에다 넣고 자리에 앉아 담배를 피워 물려고 하면.

엄마　(걱정) 빈속에 그누무 담배는?

정철, 담배를 들고 나가려 일어서는데,
엄마, 정철의 바짓가랑이를 퉁명스레 잡았다 놓으며.

엄마　그냥 피워요.

정철, 도로 주저앉아 담배를 한쪽으로 밀어놓는다.
엄마, 그사이 앉은걸음으로 문갑 쪽으로 가서 상자 하나를 꺼내 정철 쪽으로 밀어놓는다. 모든 행동, 볼멘 듯 퉁명스레.

정철　(보면) ?
엄마　(정철을 보지 않고, 퉁명스레) 통장이랑, 집문서, 땅문서, 보험 뭐 그런 거예요.
정철　(밀어놨던 담배를 갖다 피우고) ....
엄마　어제 꺼내보니까 아껴 쓰면 당신 언제 죽을랑가는 몰라도 죽을 때까지는 쓰겠대. 당신은 좋겠수, 부자라. (짜증) 거기 노란 통장은 연수 시집보낼 거고, 흰 통장은 정수 거니까 애저녁에 손댈 생각 말구요.
정철　당신이 가지고 있어.
엄마　싫어요. (자리를 틀어 정철을 마주 보며) 내가 뭐 당신이 이뻐 주는 줄 알아요? 나 죽고 나서 통장 어딨나 싶어 울지도 않고 자식새끼들 앞세워 찾아 나설까 봐 그래 주는 거예요. 그 꼴 보기 싫어서.
정철　안 그럴 테니까 넣어둬.
엄마　그럴지 안 그럴지 어떻게 알어?
정철　(한숨 한번 킁 하고 쉬고, 일어나려 하면)
엄마　(속상하다) 언제 시간 있을 때 나 일산 좀 데리고 가요.
정철　....
엄마　오늘 휴가계도 낸다며? (혼잣말처럼) 이제 집이 얼추 다 됐을 텐데.
정철　(말없이 밖으로 나가고)
엄마　(화나, 구시렁) 으이구, 저 주변머리. 죽은 사람 소원도 들어준다는데, 그게 뭐 큰 소원이라구 말을 안 한대! (속상해) 으이구, 속 터져.

S#10. 할머니 방.

할머니, 추운지 이불을 뒤집어쓰고 엄마가 퍼주는 밥을 받아먹다가 갑자기 방바닥에.

할머니 에이, 퉤! (하고, 밥을 뱉는다)

엄 마 (화난다) 왜 그런대, 또?

할머니 썩었어.

엄 마 썩긴 뭐가 썩어, 아침에 끓인 게.

할머니 (노여운) 이년이 (뱉은 걸 손으로 찍어서 들이밀며) 이게 안 썩었어? 누런데, 이게 안 썩어?

엄 마 (버럭) 되지두 않는 말 애지간히 해요, 정말?! (밥그릇을 들어 보이며) 이게 뭐가 썩어, 된장에 비빈 밥이 다 누렇지, 어디가 썩어?

할머니 에이, 이년이! (하며, 벌떡 일어나다 그릇을 엎고)

엄 마 (그릇에 든 밥을 뒤집어쓰고) 이 늙은이 미쳤나 보네, 정말!

할머니 그래, 나 미쳤다, 미쳤다, 이년아. (하며, 방 안에 있던 요강 단지를 엄마 쪽으로 던지려 하고)

S#11. 주방.

밥을 먹고 있는 정철 이하 식구들, 그때, 갑자기 요강 단지 깨지는 소리 요란하게 들려오고.

엄 마 (E, 악쓰는 소리) 아이구, 못 살어! 징글징글해, 정말!

정철, 연수, 정수, 무슨 소린가 싶어 할머니 방으로 달려가고,

S#12. 할머니 방.

정철, 문을 벌컥 열면 그 안이 가관이다.
요강 단지 깨져 있고, 엄마, 오줌과 밥알로 범벅이 되어 퍼질러져 앉아 있고,

할머니, 씩씩대고 서 있다.
정철, 눈에 불이 일고,
연수, 정수, 기가 막히고.

할머니 (정철 아랑곳 않고) 저 썩은 거 너나 먹어라, 이년. 우리 아들 병원 차려준다드니, 병원두 안 차려주고 빈 몸으로 시집오고, 이 나쁜 년, (엄마 머릴 잡고) 죽어, 이년, 죽어!

엄 마 (악을 쓰며) 놔, 아퍼!

연수, 정수, 할머니를 뜯어말리며.

연 수 (할머니에게) 왜 그러세요?

정 수 (엄마 머리 잡은 할머니 손을 잡고 말리며) 이 손 놔요, 놔요!

할머니, 아랑곳 않고.

할머니 나쁜 년, 내 집 망친 이년. 시에밀 까다 만 콩깍지로 아는 이년, 이년!

엄 마 (속상해 울며) 못 살어, 못 산다, 내가!

정철, 기도 안 찬 얼굴이다.

S#13. 연수의 차 안, 낮.

연수, 운전을 하고,
정철, 옆 좌석에 타고 있다. 정철, 창밖을 보며 얼굴이 잔뜩 흐려 있다.

S#14. 정철의 병원 앞.

연수의 차, 멈춰 서면.

S#15. 차 안 + 길가.

연 수　아버지, 다 왔어요.

정 철　(넋을 잃고 창가를 보다가) 으응, 그래. (문을 열고 내리려다가) 오늘 오후에 시간 있니?

연 수　휴직계 내고 바로 들어갈 거예요.

정 철　그래? 그럼 나 좀 보자.

연 수　일이 언제 끝날지 모르는데.... 무슨 일이신데요?

정 철　그냥, 볼까 싶어서.

연 수　제가 전화드릴게요.

정 철　(뜨끔하다) 아니다. 나두 오늘 진료 안 보고 일찍 휴가계만 내고 나올 거야. 내가 근처 가서 전화하마.

연 수　... 그러실래요?

정철, 차에서 내리고 그대로 서 있으면.

연 수　들어가세요.

정 철　먼저 가라.

연수의 차 가고,
정철, 연수의 차 멀어지면 병원 지나쳐 정류장 쪽으로 걸어간다.

S#16. 길가 공원, 공중전화 박스 안.

정 철　(기분 좋아서) 그래. 틀림없는 거지. 돈이야, 뭐. 괜찮아. 일 있으면 되지. 고맙다. 내가 나중에 한턱 쏠게.

정철, 전화를 끊고 나와 옆에 있는 신문 판매대에서 신문을 한 부 사고, 벤치로 가 주위를 한번 둘러보고 신문을 읽는다.

S#17. 복도, 사무실 앞.

연수, 사무실로 들어가려다 자재를 들고 나오는 인철과 마주친다.
두 사람, 서로를 쳐다보고.

S#18. 사무실.

연수, 결재 서류에 사인하고 있다.

S#19. 비상구 계단.

인철, 연수, 벽에 기대 커피를 마시고 있다.

연수 저 휴직계 냈어요.
인철 괜찮으신 줄 알았는데....
연수 (마음 아프다) 저두 괜찮으실 줄 알았어요.
인철 잘해드려라.
연수 (고개 돌리고. 외면하며) 못 해드린 거, 한이 되고 싶지 않아서 받은 만큼 돌려드리고 싶은데, 아무래도 안 될 거 같아요. 밥두 잘 못 짓구, 빨래도 내가 하면 때가 잘 안 져요. 청소를 해두 꼭 한두 군데는 놓치고.
인철 자식이 부모한테 받은 걸 다 돌려줄 순 없어.
연수 ?
인철 물이 아래로 흐르는 것처럼 어쩔 수 없는 거야. 난 그렇게 생각해. 사람들이 결혼하는 건 자기가 부모한테 받은 걸 주체할 수 없어서 털어놓을 델 찾는 거라구. 그래서 자식을 낳는 거라구.
연수 ... 그러네요.

인철　너두... 몸... 조심해라.
연수　(고개 숙이며) ... 네.
인철　(안타깝게 보고)

S#20. 차도, 오후.

연수의 차, 달리고 있다.

S#21. 차 안.

연수, 정철, 타고 있다.

연수　집에 일찍 가봐야 할 텐데....
정철　할머니 주무시는 거 보고 나왔으니 괜찮을 거다.
연수　어디 가시는지 말씀 안 하셨어요.
정철　일산 집에 간다.
연수　?
정철　(연수를 못 보고) 니 엄마 거기 한 번 데리고 가달라는데, 집이 어수선해서 내가... 정리하는 게 어째 시원찮네.
연수　(정철을 짠한 마음으로 보고, 운전을 계속하고)

S#22. 전원주택 거실.

아직 포장을 뜯지 않은 가구들이 아무렇게나 놓여 있고, 벽걸이 액자들이며 장식물들 역시 아무렇게나 놓여 있다.
연수, 멍하니 서서 그 가구들 보고 있다. 마음이 짠하다.
그때 정철, 손을 걷어붙이고 화장실에서 걸레 가지고 나오며.

정철 (주눅 든 목소리로 눈치 보며) 색깔이 좀 그렇지? 내가 어제 대충 그냥 샀는데... 내 맘에두 썩은 안 드는데....

연수 (말꼬리를 자르며) 아뇨.

정철 ?

연수 좋아요. (걸레를 뺏어 들며) 걸레질은 제가 할게요. 아버진 앉아 계세요.

정철 (여전히 어눌하게 가구를 가리키며) 이거 저쪽으로 치우고 밑에도 한 번 닦아야 할 텐데.... 그냥 하면 니 엄마, 먼지 냄새 난다구 싫어할 텐데.

연수 (마음이 짠하지만 짐짓 밝게) 그러죠 뭐. 그럼 가구 일단 저쪽으로 옮길까요?

S#23. 몽타주.

장면 1.

정철(땀을 뻘뻘 흘리고)과 연수, 가구를 옮긴다.
연수, 힘 못 쓰는 정철이 우습고, 정철은 민망하고, 그러면서도 가구 옮기고.

장면 2.

연수, 바닥을 걸레질하면서 벽에 액자 거는 정철에게 '이쪽으로, 저쪽으로' 하면서 코치하고,
정철, '여기, 여기' 하면서 액자를 걸고.

장면 3.

연수와 정철, 의자에 올라가 안방 커튼을 달고.

장면 4.

연수, 정철, 침대 커버를 씌우고,
정철, 그 침대에 앉아 보고는 마음이 아프고,
연수, 조용히 방을 나간다.
그렇게 잠시 있는데, 연수가 밖에서 부르는 소리 난다.

연수 (E) 아버지, 커피 드세요.

S#24. 거실, 저녁 무렵.

깨끗하게 정돈된 아늑한 실내, 거실 창밖으로 저녁 풍경 보이고,
연수, 정철, 커피를 마신다.

연수 ... 전에 죄송했어요.

정철 (커피 마시며) 뭘?

연수 (커피잔만 보며) 아버지한테 화가 난 게 아니었어요. 저한테, 저 자신한테 화가 났어요.

정철 ... 그래.

연수 죄송해요.

정철 아니다. 니 엄마가 불쌍해서 그렇지, 난 괜찮다. 너도 너무 속상해하지 마라. 난 그런 생각을 한다. 니 엄마가 지금 죽는 게 다행이다 싶어. 고생 남보다 두 배는 더 한 사람. 좀 더 일찍 좋은 데로 간다고, 난 그렇게 믿기로 했다.

연수 (맘이 아퍼) 효도하고 싶었어요.

정철 우리 모두 잘해주고 싶었지. 그 맘 알 거다. (연수가 든 잔을 보며) 그 잔 이쁘지?

연수 ... 네.

정철 (억지웃음) 니 엄마 줄려고 내가 특별히 산 거야. 너 시집가두 그건 못 준다.

연수 (맘 아프게 잔을 보며 웃고) ....

S#25. 거실.

엄마, 소파에 앉아 마당을 멍하니 내다보다가 시계를 보면 시계 여덟 시를 가리키고 있다. 열려진 할머니 방을 고개를 쭉 빼고 보면,
할머니, 자고 있다.
엄마, 일어나고.

S#26. 대문 앞, 밤.

엄마, 대문을 열고 나와 큰길가를 목을 쭉 빼고 본다. 누군가 걸어오고 있다. 애들인가 싶어 다시 보면 그냥 지나가는 행인이다. 엄마, 추운지 발을 동동 구르다 큰길 쪽으로 걸어가본다.

S#27. 집으로 가는 길.

정수(꽃을 들고 있다)와 재영, 나란히 걸어오고 있다.

재 영 엄마, 꽃 드리면 좋아하시겠다.

정 수 그래, 내가 사야 하는데.

재 영 (웃으며) 내가 사드리고 싶었어.

정 수 난 요즘 니가 참 부럽다.

재 영 왜? 대학 다녀서? 엄마한테 너 대학생인 거 못 보여서? 그렇게 생각하지 마. 공부 열심히 하는 모습 보여드렸잖아. 발표 때까지 사실 수도 있고.

정 수 그게 아냐.

재 영 (멈춰 서서) ?

정 수 (보며) 니네 엄만 건강하시잖어. 오래 사실 거구. 그게 부러워. 요즘은 건강한 사람, 엄마가 있는 사람, 그런 사람이 젤 부러워.

재 영 ....

정 수 이제 그만 가. 요즘은 만날 때마다 니가 나 배웅하게 되는구나. 싫겠다.

재 영 아니, 내가 해주는 것도 나쁘지 않아.

엄마, 내려오다 정수를 보곤.

엄 마 정수야!

정수, 재영, 엄마 쪽으로 고개 돌리고.

정 수 엄마!

엄 마 (다가와 재영에게 반색하며) 우리 정수 여자친군가 보네?

재 영 (멋쩍게 웃음 지으며) 네, 처음 뵙겠습니다.

엄 마 이쁘게 생겼네.

정 수 (재영에게) 가봐.

재 영 (고개 끄덕이고, 엄마에게) 다음에 뵐게요.

엄 마 왜, 들어갔다 가지?

재 영 아니에요. 늦었는걸요. 가볼게요. (정수에게) 갈게. (하고, 가고)

정 수 가요. (하며, 엄마 팔을 이끌지만)

엄 마 (가는 재영만 보고)

S#28. 집으로 가는 길.

엄 마 (꽃을 들고) 저만치 이쁜 꽃두 샀네.

정 수 추운데 왜 나와 계세요?

엄 마 웃기다, 야. 너두 사내라구 기집애를 다 사귀고. (멈춰 서서 정수를 보며) 입은 맞춰 봤어?

정 수 엄만?

엄 마 참하게 생겼드라. 꼭 니 누나 닮았드라. 나 처녀 때 같기도 하고.

정 수 (웃고)

그때, 경적 소리 나서 두 사람 뒤돌아보고.

S#29. 대문 앞.

연수, 차문 잠가놓고,

엄마, 정수, 정철, 기분 좋게 문 열고 들어간다.

S#30. 마당.

정철 일가, 마당을 가로질러 현관문으로 가고 있다. 날이 춥네, 왜 나왔어 등을 말하면서.

S#31. 거실.

할머니, 현관문 옆에 다듬잇방망이 들고 씩씩대고 있다.

S#32. 현관.

엄마, 맨 앞에서 문 열며.

엄 마 아, 춥다.

S#33. 거실.

엄 마 (아무것도 모르고 실내화 갈아 신으며) 노친네, 안 깼나 모르겠네. (하고, 들어서는데)

할머니 (분해) 이 나쁜 년, 또 날 버리고 갈라고! (하며, 몽둥이로 엄마 머리를 냅다 친다)

들어오던 식구들 놀라고,
엄마, 어이쿠 하면서 손으로 이마를 가리고 방바닥에 주저앉고, 이내 이마에서 손을 떼 손바닥을 보면 피가 조금 묻어 있다.
연수, 쓰러진 엄마를 안으며.

연 수　엄마, 엄마, 괜찮아요?

엄마, 정신이 가물가물하고,
그사이 정수, 할머니 손에서 방망이를 모질게 빼앗아 거실 쪽으로 던지며.

정 수　이제 그만 좀 하세요. 차라리 돌아가세요, 네!

할머니, 입술을 씰룩거리며.

할머니　이 새끼, 이 나쁜 새끼. (하며, 정수를 패고)

그때까지 넋을 잃고 서 있던 정철, 결심을 한 듯 신발 서랍장을 뒤져 망치를 꺼내고, 못을 꺼내 입에 물고 화난 얼굴로 거실로 들어와 할머니를 한 팔로 달싹 들어 할머니 방으로 데리고 들어간다.
정수, 연수, 놀라고,
엄마, 없는 정신에도 정철을 보고,
할머니, 정철 팔에서 허둥대며.

할머니　놔라. 이누무 새끼, 놔, 어서 놔! 에미야!

정철, 눈가가 붉어져 있지만 아랑곳 않고 할머니 방문을 열고,
엄마, 저 양반이 뭐하나 싶고.

S#34. 할머니 방.

정철, 할머니를 내려놓고 나가려 하면.

할머니　(정철을 끌어안으며, 울고 불며) 아저씨, 아저씨, 왜 그래? 날 두고 어디 가!

정철, 모질게 할머니를 떼어놓고 나가고.

S#35. 거실.

정철, 할머니 방에서 나와 문을 닫고 문을 못 열게 못질을 시작한다.
할머니, 안에서 '에미야, 에미야' 하며 문을 긁으며 울고,
정수, 놀라서 정철을 말리며.

정 수 　아버지. 왜 그러세요? 이러지 마세요.

정철, 모질게 정수를 뿌리치고 계속 못질하고,
엄마, 놀라(그러나 힘이 하나도 없다), 정철 쪽으로 기어가며.

엄 마 　왜 그래요? 왜 그래? 연수야, 말려. 니 아부지 말려.

연수, 뛰어가 못질하는 정철을 말리며,
정수, 다시 일어나 정철을 잡고.

연 수 　진정하세요. 아버지, 진정하세요.
정 수 　잘못했어요. 그러지 마세요, 아버지.
정 철 　(눈물을 참고, 못을 박으며 애들을 뿌리치려 하며) 놔!
엄 마 　(정철의 바짓가랑이 잡고 늘어지며) 그러지 마.

정수, 울며 정철 손에 든 망치를 뺏어 제 방으로 뛰어가고,
정철, 나오는 눈물을 뱉어내지도 못하고, 한숨만 헉헉 쉬고.

S#36. 마당.

정철, 담배를 피우고 서 있다.

연수 (현관문 열고) 아버지.

정철 들어가라.

연수 추워요.

정철 ... 괜찮다. 들어가라. 찬바람 들어간다.

연수, 들어가고.

S#37. 정수의 방.

정수, 불을 끄고 의자에 쭈그리고 앉아 있다. 책상에 놓인 망치만 보고 있다.
연수, 방문을 열어 보고 아무 말 못 하고 도로 닫고,
정수, 그래도 움직이지 않고.

S#38. 집 전경, 깊은 밤.

엄마 (E) 욱! 욱! (하는, 헛구역질 소리)

S#39. 안방.

정철, 자고 있다.
엄마, 한쪽에 앉아 울렁증이 나는 걸 입을 앙다물고 참다가 조금 가라앉는지 밖으로 나간다.

S#40. 거실 + 주방.

엄마, 주방으로 가 냉장고 문을 열고 물을 따라 마시다, 다시 울렁증이 나 그

자리에 주저앉는다. 엄마, 그 울렁증을 이를 앙다물고 참는다. 그러다, 할머니 방에 눈길이 가고.

S#41. 할머니 방.

할머니, 한쪽 모서리에 쪼그리고 자고 있다.
엄마, 문 열고 들어서고, 엄마, 할머니를 측은하게 보고 이불을 깔아주고 할머니를 눕힌다. (여전히 울렁증이 작게 일고) 엄마, 힘들어 헉헉대며 벽에 기대앉아 할머니를 본다.

엄마의 회상. (각 부에서 보였던)
공 고르다 입술 실룩대던 할머니 모습,
엄마 등에 업혀 잠드는 할머니,
연시를 터뜨리며 '개똥이다' 하는 할머니.

현실.
엄마, 울렁증을 달래려 가슴을 치고.

S#42. 연수의 방.

연수, 책상에 앉아 사진첩을 보고 있다.
엄마와 정철, 정수, 건강할 때의 할머니 사진들이다.
연수, 그중에서 엄마 사진을 꺼내 물끄러미 오래 보고.

S#43. 할머니 방.

엄마, 울렁증이 심해지는지 옆에 있는 휴지를 입에 대는데, 문득 생각난다.

엄마의 회상.

병원 갈 때 엄마 다리 잡고 늘어지며 '어디 가냐, 날 두고 어디 가냐' 하는 할머니,

엄마를 방망이로 내려치는 할머니.

현실.

엄마, 다시 뒤척이며 이불 걷어차는 할머니의 이불을 덮어주다 퍼뜩 머리에 스쳐가는 생각.

엄마의 회상.

정수의 '차라리 돌아가세요' 하던 얼굴.

정철, 할머니 방에 못 박던 모습,

연수, '아버지 진정하세요' 하는 모습.

현실.

엄마, 자는 할머니 얼굴에 눈물이 그렁해 입술을 부르르 떨며 보다가는 손에 들려 있는 이불자락을 할머니 목까지 덮어주다가, 다시 멈칫하고 할머니를 한 번 더 보고는 눈물을 주룩 흘린다. 그러다 이내 이불을 머리까지 씌우고 할머니가 숨을 못 쉬게 위에서 덮는다. 엄마, 이를 앙다물고 온 힘을 다해 할머니를 누른다. 단단히 죽일 결심을 하고서.

S#44. 연수의 방.

연수, 사진첩에 사진을 꽂고 커피잔을 들어 마신다. 그러나 커피가 없다. 연수, 일어나고.

S#45. 할머니 방.

엄마, 눈물을 흘리며 할머니를 모질게 누르고 있다.

할머니, 으으 신음 소리를 내며 버둥거리지만 엄마를 당하진 못한다.
엄마, 이를 앙다물고 계속 누르고.

S#46. 계단.

연수, 커피잔을 들고 내려와 주방으로 가려다가 느낌이 이상해 할머니 방 쪽으로 시선이 간다. 할머니 방에서 으으 하는 신음 소리 희미하게 나고.

S#47. 할머니 방.

엄마, 할머니를 온 힘을 다해 누르고 있다.
그때, 연수, 문을 열고 들어와 놀라 커피잔을 떨어뜨리고 엄마 팔을 잡고 말리며.

연 수　엄마, 엄마, 왜 그래요. 놔요, 이러면 안 돼요!
엄 마　(아랑곳 않고, 계속 누르고)
연 수　아버지! 정수야! (부르면서, 엄마 팔을 잡아당기며, 울면서) 엄마, 제발 놓으세요! 아버지!
엄 마　(아랑곳 않고, 눈물을 흘리며 계속 누르고)

그때, 정철, 정수, 뛰어와 엄마가 하는 양을 보고 놀라고,
두 사람, 엄마에게 달려들어 팔을 하나씩 잡아 엄마를 할머니로부터 떼어내며.

정 철　무슨 짓이야!
정 수　엄마!

엄마, 할머니에게서 기어코 떨어지고,
연수, 이불을 들추고,
할머니, 파랗게 질려 헉헉대고,

연수, 그런 할머니를 안고,
정철과 정수에게 양쪽 팔이 다 잡혀 있는 엄마, 다시 할머니에게로 달려들며.

엄마 (모질게) 죽어.
정철 미쳤어? 왜 그래, 정신 차려! 정신 차려!
엄마 죽어!
정수 (엄마를 안고 꺽꺽대고)
정철 정신 차려, 이 사람아!
엄마 (맘에 담아뒀던 모든 걸 터뜨리며, 악을 쓰고 울면서) 어머니, 어머니! 나랑 같이 죽자! 같이 죽자! 나 죽으면 어떻게 살래?! 나랑 같이 죽자! 애들 고생 그만 시키고 나랑 같이 죽자! 어머니! (넋 놓고 울고)

S#48. 거실.

정철(담배를 피우며), 정수, 소파에 앉아 있고,
연수, 화장실 문밖에 서 있다.

연수 (안에 대고, 설득조) 엄마, 엄마, 저랑 같이해요, 엄마!

S#49. 화장실 안.

할머니, 변기 위에 물을 뒤집어쓴 속옷 차림으로 앉아 있고,
엄마, 할머니 발에 비누칠을 해 씻기고 있다. 엄마, 밖에서 들리는 소리 아랑곳없다.

엄마 (조금은 퉁명스레) 오늘뿐이에요. 나 없으면 이제 똥 아무 데나 누고 그러면 안 돼요. (샤워기로 발을 헹궈주며 달래듯) 안 그러실 거죠? 오늘은 내가 놀라게 해서 그런 거죠? 이제 그러면 안 돼요?
할머니 (가만있고)

엄 마　(계속 헹궈주고)

S#50. 화장실 문밖.

연수, 불안한 얼굴로,

연 수　엄마?

엄마, 대답 없고,
연수, 심란하게 정철을 보고,
정철, 창밖만 보며 담배 피우고,
정수, 고개 푹 숙이고 있고.

S#51. 화장실 안.

엄마, 할머니(변기 위에 앉아 있고)에게 새 속옷 갈아입혀주고 있다. 윗옷까지 마저 다 갈아 입혀주고.

엄 마　(할머니 눈을 보며, 맘 아픈 걸 참고) 좋아요?
할머니　....
엄 마　(쪼그려 앉으며) 개운하지?
할머니　(엄마의 눈을 보고 있다. 정신이 들어왔는지 엄마 맘을 알 것 같다)
엄 마　(눈물을 참고, 대견해하며) 이렇게 입으니까 꼭 새색시 같네. (할머니 손을 잡고, 차마 못 보고) 어머니, 나 먼저 가 있을게, 빨리 와. (다시 할머니 눈을 보며) 싸우다 정든다고 나 어머니랑 정 많이 들었네. 친정어머니 먼저 가시고 애들 애비 공부한다고 객지 생활할 때, 애들두 없구, 외롭구 그럴 때도... 어머닌 내 옆에 있었는데... 나 밉다고 해도 가끔 나한테 당신이 좋아하시는 거 아꼈다가 주곤 하셨는데... 어머니, 이제 기억 하나두 안 나지?
연 수　(E) 엄마?

할머니 (갑자기 버럭 밖에 대고) 저리 가, 이년아!

엄 마 (놀라, 할머니를 보고 정신이 드는가 싶어 눈물이 난다) ... 어머니, 아까 미안해요. 내 맘 알죠?

할머니 (눈물이 나는 걸 참고) ....

엄 마 (손을 잡고, 울며) 이런 말 하는 거 아닌데... 정신 드실 때 혀라도 깨물어, 나 따라와요. 아범이랑 애들 고생시키지 말고, 기다릴게. (손을 잡아 얼굴에 대며 울고) 아이고, 어머니....

S#52. 근덕네 동네, 새벽.

카메라, 위에서 아래로 이동해 근덕의 집 대문 앞까지,
근덕네, 반찬 보따리 싸들고 문을 박차고 나오고 있다.
뒤에서 근덕, 운전기사복 차림으로 얼굴은 부스스한 채, 서둘러 신발을 신고 뒤따라 나오고 있다.

근 덕 (뒤따라 나오며) 같이 가.

근덕댁 (뒤돌아보지 않고 걸으며 퉁명스레) 오든가 말든가.

근덕댁, 가고,
근덕, 뒤따르며.

근 덕 (성질) 같이 가자니까!

S#53. 골목.

근덕의 택시, 세워져 있다.
근덕, 뛰어와 택시 문을 열고 타고,
근덕댁, 눈을 흘기며 타고.

S#54. 택시 안.

근덕, 안전벨트를 두르면,
근덕댁, 앞만 보고 뾰로통하다.

근 덕 안전벨트 매.

근덕댁 (쏘아붙인다) 가기나 하셔!

근 덕 (주먹을 올리며) 이게... 매라니까!

근덕댁 (지지 않고) 쳐라, 쳐! 떡메 치듯 쳐! 방앗간 집 딸년 데려다가 떡 주기는 고사하구 돌방아 찧듯 패기는.... 맞는 거라면 이력이 났다, 나두. 치구 싶으면 쳐!

근 덕 (참으며) 기집애가 눈에 뵈는 게 없나, 아휴. (하며, 근덕댁의 안전벨트를 거칠게 매주고)

근덕댁 (하는 양을 보며) 맬려면 잘 매, 살 접혀!

S#55. 정수의 방.

엄마, 정수 침대에서 정수를 안고 자고 있다. 아주 편안한 모습이다.

S#56. 할머니 방.

정철, 할머니에게 죽을 먹이고 있다.

정 철 아, 하세요.

할머니, 정신은 딴 데 가 있는 것처럼 보이지만, 잘 받아먹는다.

정 철 우리 어머니 잘하시네. 다시, 아. (하고)

S#57. 주방.

연수, 식탁을 차리고 있다.
그때, 엄마, 다가와.

엄 마　여행 준비는 안 하고 내가 잠을 너무 오래 잤네.

하며, 가스레인지로 와 끓는 된장 냄비 열어보고.

엄 마　(밝게) 쌀뜨물로 끓였네?
연 수　(고개를 끄덕이며) 네.
엄 마　살림해두 되겠네. (하며, 식탁에 놓인 반찬을 손으로 집어먹으며) 아이구, 맛나다.
연 수　(밥을 푸며) 간이 맞아요?
엄 마　잘 맞네.
연 수　(웃고)
엄 마　(마음이 짠해져) 연수야.
연 수　(밥을 나르다가, 맘이 아파서) 네.
엄 마　연수야.
연 수　네.
엄 마　(짠한 마음을 참으며) 어째 자꾸 우리 딸 이름이 부르고 싶네, 연수야.
연 수　(괜히 싱크대에 있는 그릇을 닦으며) ... 네.
엄 마　난 연수가 참 이쁘다. (하고, 돌아서서 안방으로 들어간다)

연수, 흐르는 눈물을 쓱 닦고 계속 설거지하고.

S#58. 집 대문 앞.

근덕의 차, 서 있다.
근덕댁, 차문을 열고 내리다 말고.

근덕댁 그래서 증말, 안 뵙고 갈 거야?

근 덕 (맘에 없는 말) 돈 벌어야지.

근덕댁 그 꼴난 돈, 언제부터 그렇게 벌었어?

근 덕 이게... 보자 보자 하니까 말마다....

근덕댁 상종 못 할 인간. (하며, 차에서 내려 보따리를 드는데)

근 덕 (옆에 뒀던 봉투를 멋쩍게 건네주며, 여전히 뚱하게) 갖다, 줘.

근덕댁 뭐야?

근 덕 놀러 간다며? 갈 때 먹으라고 줘.

근덕댁 (받아 들며) 뭐야?

근 덕 호두과자야. 우리 누나, 그거 좋아해.

근덕댁 (밉지 않게 눈을 흘기고)

근 덕 (시동을 걸며, 눈가가 붉어져선) 어제 산 거야. 렌지에 덥혀서 먹으라고 해. 잘난 거 먹다 목멘다. (하며, 문을 닫고 차를 출발시키고)

근덕댁 (봉투를 보고)

S#59. 안방.

엄마, 외출복 차림으로 힘들게 앉아 있고,
정철, 넥타이를 매며.

엄 마 어디 가는데?

정 철 좋은 데.

엄 마 애들하고 그냥 집에서 쉬고 싶은데....

정 철 힘들어?

엄 마 (고개를 끄덕이며) ... 응.

정 철 조용한 데 가서 쉬고 싶다며? 차 가지고 가니까 그닥 안 힘들 거야. 옷도 다 입었는데 가보자.

엄 마　(웃음) 그래. 영감이 어딜 데리고 갈랑가, 한번 가보지, 뭐. (하며, 일어나며) 할마씨 뭐하나 잠깐 들여다보고 나갈 테니 먼저 나가요. 애들 기다리겠네.

정 철　(힘들게 일어나는 엄마를 보고) ....

S#60. 할머니 방.

엄마, 할머니와 손을 잡고 쪼그리고 앉아서.

엄 마　(애처로운 맘 숨기고 또박또박) 어머니, 나 아범이 좋은 데 데려간대. 힘들어 안 가고 싶기도 한데, 가볼라구 해. 그냥 이 집이 조금 무섭네. 정 뗄라 그러는지, 소란 피지 말구 있어요.

할머니　(고개를 끄덕이고) ....

엄 마　(할머니, 손을 세게 한 번 꼭 쥐고) 나, 가요.

할머니　어여... 가.

엄 마　(고개를 끄덕이며, 흐르는 눈물을 닦고 짐짓 밝게) 네, 갈게요.

S#61. 대문 앞, 낮.

연수의 차, 세워져 있고(그 안에 정수, 연수, 타고 있다),
근덕댁, 정철, 엄마, 나오고 있다.

근덕댁　조심해서 다녀오세요. (뒤에 숨겨놨던 보따리와 봉투를 주며) 반찬 몇 가지 하고, 이건 호두과자래요. 그이가 샀어요.

엄 마　(고맙게 받으며) 할머니 잘 모셔.

근덕댁　... 네.

정철, 뒷좌석의 문을 여는데,
엄마, 뒷좌석에 앉으며.

엄 마 (앞좌석에 있는 정수에게) 정수야, 니가 뒤에 타고, (정철에게) 당신은 앞에 타요.

정수, 내려 뒤로 가고,
정철, 서운하지만 앞으로 타고,
모두 앉으면, 차, 출발하고,
근덕댁, 뒤에 남아 맘 아프게 손 흔들고.

S#62. 한적한 차도.

달리는 연수의 차.

S#63. 차 안.

엄마, 정수의 손을 꼭 잡고 있다.
정수, 창밖으로 시선을 외면하고.

장면 1.
엄마, 정수의 손을 잡고 백미러로 운전하는 연수를 마냥 보고 있다.
정철, 역시 백미러로 엄마를 보고.

S#64. 일산 가는 길, 번화한 + 달리는 연수의 차 안.

엄 마 (밖을 내다보며) 일산 가나 보네? 거기 러브호텔 많다던데, 거기 갈라고?
정 철 (고개를 끄덕이고)
엄 마 딴 데 가지. 경치 좋은 데.
정 철 힘들잖아. 경치 좋은 데 있어, 걱정 말고 가. 참, 연수야, 저쪽 가서 차 좀 잠깐 세워라.

연수 어디요?
정철 저기 보건소 있는 데.
엄마 ?

S#65. 보건소 앞 + 차 안.

연수의 차, 서면.

정철 (엄마에게) 저기 저 보건소 잘 봐둬.
엄마 (보건소를 보며) 왜?
정철 일산 오면 저기로 출근할 거야.
엄마 (보고)
정철 (연수에게) 그만 가자.

연수의 차, 출발하고, 차 뒤창으로 보면,
엄마, 목을 빼고 보건소를 보고 있다.

S#66. 전원주택 앞.

연수의 차, 서고.

S#67. 차 안.

연수, 정철의 안전띠를 풀어주고, 몸을 뒤로 해, 엄마를 보며.

연수 다 왔어요.
엄마 (깜빡 자다가 일어나 둘레를 보며) 여긴, 우리 집이잖어?
정철 내가 연수랑 대충 정리했어. 들어가자. (하며, 보따리를 들고 내리고)

엄마　(마음이 짠해져, 창밖으로 집을 한번 보고)

정수　(눈물을 참으며, 창밖만 보고)

엄마　(정수의 손을 잡고) 정수야, 엄마 봐야지?

정수　(힘들게 고개 돌리다, 차마 엄마를 못 보고 고개 숙이고)

엄마　(맘 아픈 걸 참고, 정수의 남방 단추를 모두 채워주고) 엄마, 낼이라도 다 쉬었다 싶으면 갈게. 울어?

정수　(고개를 저으며)

엄마　(장난처럼, 밝게) 정수야, 나 누구야?

정수　(고개를 들고 눈을 부릅떠 눈물을 참고, 아이처럼) 엄마.

엄마　한 번만 더 불러봐.

정수　(목이 메어) 엄... 마.

엄마　(눈가가 그렁해) 정수야, 너... 다 잊어버려두, 엄마 얼굴도 웃음도 다 잊어버려두... 니가 이 엄마 배 속에서 나온 건 잊으면 안 돼.

정수　(힘들게 끄덕이고)

엄마　(손가락에 낀 반지를 빼서, 정수 손에 쥐여주고) 이거, 니 마누라 줘.

정수　!

엄마　잊어먹을까 봐 그래. (안으며 눈물이 주룩 흐르고) 아무리 뒤져봐도 엄마가 이거밖에 줄 게 없다, 미안해.

정수　(안겨, 이를 앙다물고 울고)

엄마　(정수를 떼어내고, 창가로 얼굴을 돌려 외면하고) 잠깐 내려봐. 누나랑 할 얘기 있어.

정수, 내리고.

엄마　(시트에 몸을 기대, 나오는 눈물을 참고, 고개를 모로 돌리며, 연수에게) 연수야, 엄마가 아무래도 곧 정신을 놓칠 것 같다. 자꾸 가물가물해.

연수　(핸들을 잡은 채, 앞만 보며 맘 아프게 고개를 끄덕이고)

엄마　엄마, 연수 사랑해. 알지? (눈물 주룩 흘리고)

연수　네. (고개 숙이고, 눈물을 흘리며) 저도... 엄마 사랑해요.

엄마　(주입시키듯) 그래, 사랑해. 아주 많이 사랑해.

연수　....

엄 마　너는... 나야. 엄마는... 연수야.

연 수　(소리 죽여 울며) ... 네.

엄 마　이제 동생 데리고 가. 엄마, 아버지랑 좀 쉬어야겠다. (하면서, 아쉬워) 아이고, 우리 딸. (하며, 등 뒤에서 연수를 안고, 볼에 입 맞추고)

연 수　(눈물 연이어 흐르고)

S#68. 전원주택 앞.

엄마, 연수의 차를 배웅하고 있다. (정철은 집 안에 들어가고 없다)
연수 차, 출발하고,
그때 정철, 집 문을 열고 나오고,
엄마, 손 흔들고,
연수, 정수, 달리는 차 안에서 백미러로 그런 엄마 보고.

S#69. 전원주택 식탁, 저녁.

엄마, 평상복 차림으로 더욱 아픈 모습으로 식탁에 앉아, 정철이 상을 차리는 모습을 보고 있다.

장면 1.
정철, 엄마에게 죽을 떠 먹여주고,
엄마, 웃으며 받아먹고.

S#70. 거실.

정철과 엄마, 차를 마시고 있다.

정 철　훌훌 불면서 먹어, 뜨거.

엄마 무슨 찬지 향이 좋네. 무슨 차야?

정철 (차를 마시며) 몰라. 그냥 향이 좋은 차야.

엄마 (웃으며, 바깥 전경을 보며) 꼭 신혼여행 온 거 같다. 당신이 공부한다고 우리 신방도 못 차리고 산 거 알죠?

정철 응.

엄마 말년에 복이 텄다더니, 이런 날이 올라 그랬나 보네. 당신은 좋겠다. 이런 집에서 앞으로 10년은 더 살겠지.

정철 씻을래?

엄마 힘들어.

정철 힘드니까 씻어. 씻겨줄게. (하고, 일어나는데)

엄마 정말?

S#71. 욕실 밖.

엄마 (E) 눈 매워.

정철 (E) 그러니까 눈을 꼭 감아야지.

엄마 (E) 감아두 매워.

정철 (E) 괜찮아.

물소리 나고.

S#72. 욕실 안.

엄마, 욕탕에 들어가 있고,
정철, 속옷 차림으로 엄마 머리에 샤워기로 물을 붓고 있다.

장면 1.

정철, 샤워 타월로 엄마의 팔을 밀어주고 있다.

장면 2.

정철, 엄마의 얼굴을 비누칠해 닦아주고 있다.

장면 3.

정철, 옷 입고 서 있는 엄마 얼굴의 물기를 수건으로 닦아주고 있다.

정철 (웃음. 다 닦아주고 나서) 이쁘다, 우리 마누라.

엄마 (웃고)

S#73. 침실.

조금은 어두운, 그러나 따뜻해 보이는,
엄마, 정철, 조금은 낯설고 멋쩍게 침대에 걸터앉아 있다.

정철 (멀뚱하게 앞만 보며) 테레비라도 하나 갖다 놓을걸, 심심하네.

엄마 여보, 나 소원 있어.

정철 뭐?

엄마 나 무덤 만들어줘.

정철 언젠 답답해서 싫다구 화장해달라며?

엄마 우리 엄마 화장하니까 별루더라. 남한강에 뿌렸는데 하두 오래되니까 여기다 뿌렸는지, 저기다 뿌렸는지 도통 기억에 없구. 여기 가서 울다 저기 가서 울다, 꼭 미친 사람처럼. 당신하구 애들은 그러지 말라구.

정철 ....

엄마 당신은... 나 없이도 괜찮지?

정철 (보면)

엄마 잔소리도 안 하고 좋지, 뭐.

정철 (고개 돌리며) 싫어.

엄마 나... 보고 싶을 거는 같애?

정철 (고개를 끄덕인다)

엄마 언제? 어느 때?

정철　… 다.

엄마　다 언제?

정철　아침에 출근할려고 넥타이 맬 때.

엄마　(안타까운 맘, 보며) … 또?

정철　(고개를 돌려, 눈물을 참으며) 맛없는 된장국 먹을 때.

엄마　또?

정철　맛있는 된장국 먹을 때.

엄마　또?

정철　술 먹을 때, 술 깰 때, 잠자리 볼 때, 잘 때, 잠 깰 때, 잔소리 듣고 싶을 때, 어머니 망령 부릴 때, 연수 시집갈 때, 정수 대학 갈 때, 그놈 졸업할 때, 설날 지짐이 할 때, 추석날 송편 빚을 때, 아플 때, 외로울 때.

엄마　(눈물이 그렁해, 괜히 옷섶만 만지며 둘레를 두리번거리며) 당신, 빨리 와. 나 심심하지 않게. (눈물이 주룩 흐르고)

정철　(엄마를 안고, 눈물 흘리고)

엄마　(울며 웃으며) 여보, 나 이쁘면 뽀뽀나 한번 해줘라.

정철　(엄마 얼굴을 손으로 안고, 입을 맞춰주고)

두 사람, 다시 안고 울고.

정철　고마웠다.

울고.

S#74. 몽타주.

1. 정원에서 돌 고르는 행복한 얼굴을 한 엄마와 정철.

2. 화장실에서 정철을 등목해주는 엄마.

3. 시로 밥을 먹여주는 엄마와 정철.

4. 거실 소파에서 엄마, 정철 무릎에 누워 있다. 정철, 재미난 책을 읽어주고, 엄마는 재미있는지 환하게 웃고.

5. 엄마, 침대에 수줍게 누워 있고, 정철, 속옷 차림으로 이불 속으로 들어와 불을 끄고.

S#75. 전원주택 전경, 새벽에서 아침 되는.

S#76. 침실.

침실 가득 밝은 햇살이 들어오고,
엄마, 정철의 팔에 안겨 깊은 잠이 들어 있다.
정철, 물기 가득한 눈으로 엄마를 안고 있다.

정 철 (엄마의 죽음을 느낀다, 엄마를 보지 않고) 여보.
엄 마 ....
정 철 여보....
엄 마 ....
정 철 인희야.

그러나 엄마는 대답 없고,
정철, 이를 앙다물고 우는데, 눈물 뚝 떨어져 엄마의 뺨 위로 흐른다.
엄마, 너무도 편안하게 깊이 잠들어 있고,
그런 두 사람 보여주며 카메라 멀어지면서,
엔딩.